# PARADISE

*Ellen Sussman*

# PARADISE

Tradução
Marisa Motta

Casa da Palavra

Este livro foi revisado segundo o Novo Acordo Ortográfico da Língua Portuguesa.

Copidesque
Marluce Melo

Revisão
Rodrigo Rosa

Capa
Elmo Rosa

Imagens de capa
© Daniana/ Shutterstock
© Icsnaps/ Shutterstock

Diagramação
Abreu's System

CIP-BRASIL. CATALOGAÇÃO-NA-FONTE
SINDICATO NACIONAL DOS EDITORES DE LIVROS, RJ

S963p

Sussman, Ellen.
Paradise / Ellen Sussman ; [tradução Marisa Motta]. – 1. ed. – Rio de Janeiro : Casa da Palavra, 2014.
256 p. ; 21 cm.

Tradução de: The paradise guest house
ISBN 978-85-7734-446-8

1. Romance americano. I. Motta, Marisa. II. Título.

14-09165

CDD: 813
CDU: 821.111 (73)-3

**CASA DA PALAVRA PRODUÇÃO EDITORIAL**
Av. Calógeras, 6, 1001 – Rio de Janeiro – RJ – 20030-070
21.2222 3167 21.2224 7461
divulga@casadapalavra.com.br
www.casadapalavra.com.br

*Este livro é dedicado à memória de meus pais, que não tiveram a oportunidade de viajar pelo mundo*

# PARTE UM

# 2003

— E você? – pergunta o rapaz. – Por que está indo para Bali?

O avião atravessa a nuvem e lá está ela – uma ilha com florestas densas, terraços de arroz e praias deslumbrantes. Jamie recua como se alguém tivesse golpeado seu coração.

– Férias? – pergunta seu companheiro de assento, quando ela não responde.

– É – mente. – Férias.

Ele já lhe contou que iria fazer um retiro de meditação silenciosa, que estava ansioso para começá-lo, que queria se desprender do mundo material. Então, ela pensa, *por que não começa agora?* Xinga-se mentalmente por falar com ele em primeiro lugar. A segunda dose de uísque a desinibiu e quebrou sua regra: nada de conversas em aviões. Depois é impossível escapar.

– Está sozinha? – insiste.

Jamie vira-se para ele. – Tenho um evento aqui – responde. Distraída, passa o dedo na longa e fina cicatriz ao lado do rosto e então põe a mão no colo.

– Um casamento? – pergunta o rapaz com animação. Ele já lhe contou sobre sua maravilhosa noiva australiana que irá encontrá-lo no retiro em Ubud.

– Não – diz Jamie. Seus pensamentos estão confusos. Não há motivo para contar nada ao rapaz. E, no entanto, ela disse ao mundo: "Vou voltar a Bali." Sentiu prazer em observar a expressão atônita dos amigos. "Que coragem", disseram. "Que ousadia."

O avião balança ao cortar uma nuvem e Jamie segura com força os braços da cadeira.

– O que está desenhando? – pergunta seu companheiro de assento. – Você é boa nisso.

Jamie olha para o bloco de papel no colo. Desenhou a ilha sob uma perspectiva aérea. Seus traços são delicados e com poucos movimentos – é claramente uma autodidata. Há vezes em que consegue certa simetria em seus desenhos, e outras – como agora – em que as linhas ficam irregulares.

– Rabiscos – respondeu, cobrindo o papel com a mão. O avião se inclina e revela a costa sul de Bali. – Esta é Kuta Beach.

A praia de areia branca estende-se por quilômetros. O centro da ilha é montanhoso e coberto de florestas. A cor é espetacular, um verde-esmeralda iridescente. Em seguida, a vista de Bali desaparece e eles veem-se imersos numa nuvem espessa.

– Você já esteve aqui?

– Há um ano – diz. As palmas de suas mãos estão escorregadias de suor.

– Quando minha noiva me falou para encontrá-la aqui, eu disse nem pensar. Centenas de pessoas morreram no atentado terrorista no ano passado, não é? Com bombas em casas noturnas? Mas ela insiste que o lugar é um paraíso.

*Como diabos esse cara vai sobreviver num retiro de meditação silenciosa?*, pensa Jamie.

E como um homem que não sabe o que fazer com um silêncio momentâneo, continua a falar.

– Por que os terroristas escolheriam Bali como alvo? Eu entendo o World Trade Center, afinal, era o centro do mundo financeiro. Mas jovens dançando numa boate em uma ilha distante da Indonésia?

O avião dá um solavanco ao tocar na pista. Jamie solta a respiração.

– Você não precisa ir – dissera ontem Larson, seu chefe e melhor amigo, no caminho de Berkeley para o aeroporto. – Já sofreu o suficiente.

– Eu tenho que fazer isso – respondeu Jamie.

– No meu caso, prefiro evitar o sofrimento.

Jamie viu um sorriso tímido aparecer nas feições de Larson, as marcas de evidência de seus 57 anos. Ele fora diagnosticado com câncer de pâncreas há três meses. Sua vida era sofrimento.

– Você vai ficar bem sem mim? – perguntou Jamie.

– Quem precisa de você? Tenho dois encontros este fim de semana.

Jamie pôs a mão em sua cabeça calva. Ela a chamava de Cúpula dos Desejos. Acariciou-a e pensou em três pedidos. Viva bastante. Viva melhor. Viva.

– Me ligue enquanto eu estiver fora e bote na conta do escritório – Jamie lhe dissera. – Mas não conte para o chefe.

– O chefe está atento a tudo – retrucou Larson. – Eu sei por que vai a Bali. E não tem nada a ver com a cerimônia.

– Claro que é pela cerimônia – ela insistiu.

– Você vai tentar encontrar aquele homem – disse Larson. – Gabe.

– Você está errado. – Porém sua voz titubeou e ela lhe deu as costas.

Agora um ruído alto e metálico paira no ar e o piloto diz algo inaudível no interfone. O homem ao seu lado toca em sua mão e ela vira-se em sua direção.

– Se cuida – fala já em pé, recolhendo seus pertences. Os passageiros enchem os corredores. Quando o avião parou?

Jamie faz um aceno com a cabeça, mas não sai do lugar. O homem desaparece no corredor.

Ela olha para o desenho em seu colo. Algumas das linhas – palmeiras, embora não lembrasse se sequer *havia* palmeiras em Bali – pareciam monstros vigiando a ilha. "Voltei", diz a eles. "Não se metam comigo."

Por fim, levanta-se. É a única passageira que restou no avião. Pega a mala no compartimento superior e segue pelo corredor puxando a bagagem. Uma comissária de bordo, já com o casaco desabotoado, murmura para si mesma "*Sayonara*, uma ova". Ao ouvir a mala de Jamie bater no pé de uma poltrona, ela olha para trás.

– Oh, desculpe – diz a jovem. – Pensei que todos os passageiros já haviam desembarcado.

– Eu estava dormindo – mente Jamie.

A comissária de bordo dá um passo para o lado e pergunta com um sorriso alegre e gentil:

– É sua primeira visita a Bali?

Jamie hesita e depois faz um aceno afirmativo.

– Viagem espiritual? – pergunta.

– Meu Deus, não.

A moça ri.

– Ainda bem. Assim não ficará desapontada. Muitas pessoas saem daqui surpresas por ainda terem os mesmos problemas complicados com que chegaram. Não sei o que procuram.

– O sol – disse Jamie. – É tudo que eu procuro.

– Isso você terá – garante a jovem. – Feliz bronzeamento.

Jamie atravessa a porta do avião, porém para antes de descer a escada de metal até a pista. O calor a envolve e interrompe sua respiração. A luz do sol a cega e ela lembra o

momento em que a boate ficou imersa em uma luz branca e quente, como se tivesse sido apagada à borracha, o som parou e, em seguida, só havia gritos, cores, barulho e sofrimento.

– Posso ajudá-la? – pergunta a comissária de bordo.

– Não – diz Jamie e dá um passo para frente, rumo a Bali.

Quando o táxi para, Jamie abre os olhos e por alguns segundos surpreende-se com a visão de Gabe em seu sonho; não, é uma sensação mais tátil do que visual. Os dedos dele fazendo círculos em seu quadril. O cheiro do mar no cabelo dele. De repente, desperta do seu devaneio.

– Esta é a rua – diz o motorista de táxi, esperando pacientemente por ela.

Jamie ficara acordada no início da viagem de uma hora até Ubud. Observou as diversas motocicletas que enchiam as ruas e abaixou as janelas, para que o denso ar tropical entrasse. E depois adormeceu. Horas em voos internacionais e não conseguira cochilar nem um minuto. Dez minutos em um calhambeque sem ar-condicionado e caíra num estado letárgico.

– Senhora – diz o motorista de táxi. É jovem e cheira a gengibre. No painel há oferendas religiosas, provavelmente para os deuses das estradas esburacadas e cheias de motocicletas.

– Obrigada – diz Jamie, pagando e saindo do carro com sua mala.

Para na calçada e olha ao redor. Ela não foi a Ubud no ano anterior. Ficou em Seminyak nos primeiros dias. Depois passou três dias em algum outro lugar, num bangalô à beira-mar, até poder deixar o país.

Mas Ubud é a casa de Nyoman, seu anfitrião nessa viagem ao passado. A fundação que organizou o memorial de um ano lhe enviou uma carta com seu nome, endereço e um roteiro de eventos antecedendo a cerimônia, que se realizaria no domingo. Ela recebeu também uma passagem de avião oferecida pelo governo. Prometeram-lhe uma nova Bali.

Jamie olha em torno. As ruas estão repletas de pessoas e ela sente um entusiasmo imediato, que sempre marca seu primeiro dia num novo país. No entanto, esse entusiasmo está misturado a uma sensação diferente, que provoca um calafrio em sua pele, apesar do calor úmido. "Eu consigo", diz a si mesma, do mesmo modo como argumentou com a mãe durante semanas. Preciso fazer essa viagem.

Lê o nome do hotel no papel em sua mão: Paradise. Passa por uns bangalôs modestos, alguns com portões de pedra e entradas esculpidas com refinamento, mas nenhum deles com nome.

Sente o olhar de alguém e vira-se para o outro lado da rua. Um garoto está sentado no meio-fio empoeirado junto com um cachorro. Está imundo, e o cachorro ainda mais. O menino a observa com um ar atrevido, e, depois de um momento, seus lábios curvam-se num sorriso.

Jamie retribui com um sorriso quase imperceptível, enquanto pensa: *Me deixe em paz.*

O garoto levanta-se e um segundo depois o cachorro faz o mesmo. O menino provavelmente tem uns 12 anos, Jamie imagina, e é esperto. Parece inteligente e atento, e suspeita que seja um menino de rua. Ou talvez todos os meninos de Bali tenham essa aparência – ela não faz ideia. Não conhece esse país. Nem quer conhecer.

Mas não é por isso que está aqui?

– Eu ajudo! – diz o garoto do outro lado da rua.

– Não, obrigada! – responde Jamie. Apressa o passo e puxa a pequena mala.

Porém, com um rápido movimento ele está ao seu lado, se oferecendo para carregar a mala, suas mãos tocando as dela. Jamie se afasta.

– Estou bem – insiste.

– Você quer bom hotel?

Crianças falam inglês aqui? Será possível que da última vez, numa semana inteira, não tenha visto sequer uma criança em Bali? Viu o interior do seu quarto de hotel, os bares na praia, uma trilha na montanha. Viu Gabe num jardim, os pés perdidos num mar de orquídeas e gardênias.

– Eu não preciso de ajuda – diz Jamie, a voz um pouco ríspida.

– Todas pessoas precisa de ajuda – diz o menino com um sorriso. Na verdade, ele não parou de sorrir. É alto e cheira a terra e chuva. O cachorro anda ao seu lado como uma sombra. É um filhote magro, uma mistura bonita de Labrador preto com Border Collie.

Jamie vê uma placa dourada com letras pretas num portão: PARADISE. Vira abruptamente para o caminho, com a esperança de escapar do garoto. Mas ele é rápido e mais uma vez tenta alcançar a mala. Devia estar atrás de uma gorjeta.

– Eu posso levar – diz irritada. – Adeus.

– Você está cansada – retruca o garoto. – Amanhã você vai ser mais legal.

Jamie olha para ele, sem saber o que responder. Ele abre o portão e deixa que ela passe.

– Vejo você amanhã, senhorita.

Quando o menino fecha o portão, Jamie respira fundo. Jasmim. O portão bloqueia o barulho da rua, o menino e seu cachorro, o sol quente, a poeira. Seus olhos adaptam-se à fria escuridão, e à sua frente surge um jardim tropical cheio de bananeiras, samambaias e hibiscos. Segue o caminho pela densa vegetação até um pequeno bangalô de pedra com a porta de madeira esculpida, onde bate com a aldraba em forma de macaco. Um som retumbante quebra o silêncio. Espera. Depois bate de novo, dessa vez com mais força.

Por fim, bem devagar a porta abre com um rangido. Um homem aparece com os cabelos despenteados e as roupas amassadas. Será que ela o acordou? Ele pisca ao vê-la e passa a mão pela camisa.

– Em que posso ajudá-la? – pergunta. Seu sotaque é melhor do que o do menino. Arruma os óculos tortos pendurados no nariz e a examina com atenção.

– Estou procurando por Nyoman.

– Já o encontrou.

– Sou Jamie Hyde.

Ele a encara.

– Recebi uma carta da organização que... – Jamie abre a mochila pequena e mexe dentro dela para achar a carta.

– Sim – diz Nyoman antes que ela a encontrasse. Um sorriso aparece em meio às rugas de seu rosto. – Bem-vinda.

– Você estava à minha espera?

O homem se cala por um instante. Sua mão esfrega vigorosamente a cabeça. Os cabelos ficam em redemoinho, dando-lhe a aparência de um maluco.

*É melhor eu ir embora*, pensa Jamie. Mas, estranhamente, se aproxima mais dele.

– Pensei que viria amanhã – diz, por fim.

– Sinto muito. Achei que era...

– Você é bem-vinda em minha casa. Eu estou quase sempre confuso. – O sorriso transforma seu rosto.

*Talvez tenha uns 40 anos*, Jamie pensa, *e embora seja bem desleixado, é um homem bonito*.

– Posso procurar outro lugar para esta noite. – Jamie inconscientemente toca a cicatriz em seu rosto e, depois, enfia a mão no bolso.

Nyoman pega sua mala.

– Venha comigo.

Passa por ela e atravessa a porta. Porém, em vez de levá-la até o portão e de volta às ruas desconhecidas de Ubud, contorna a casa e anda por uma série de pequenos bangalôs atrás do seu próprio. Dois meninos estão em pé diante de um deles, ambos com caminhões de brinquedo nas mãos. Olham boquiabertos para Jamie, saem correndo aos gritos e desaparecem entre as árvores.

– Sobrinhos – diz Nyoman. – Um é espalhafatoso e o outro mais ainda.

Continua a andar, passa por um bangalô e depois por outro. Uma mulher muito idosa, com a pele escura e enrugada, está sentada no chão em frente a uma porta. Ela sorri para Jamie com a boca desdentada.

– Avó – diz Nyoman. Fala umas palavras rápidas em balinês com a mulher e ela ri como uma menina.

Nyoman para diante do quarto bangalô. Uma glicínia espalha suas flores lilases pela fachada da pequena casa, exalando um cheiro penetrante. O chão em frente à porta de madeira está coberto de pétalas, uma colcha de cores no lugar do capacho.

– Sua casa – diz.

Jamie sente algo em seu peito relaxar, uma tensão que se instalou ali desde que decidira fazer essa viagem.

– Obrigada.

– Agora descanse. Os voos são muito longos. Venho buscá-la na hora do jantar.

Ele abre a porta e a claridade ilumina o único quarto. Jamie vê uma cama de dossel com um mosquiteiro. Uma cômoda de madeira encimada por um espelho está encostada à parede. O quarto é simples e limpo.

Jamie entra. Quando se vira, Nyoman já tinha desaparecido.

Em pé em frente à porta, olha o jardim. Há luzes em todos os bangalôs. Sua família, presume. Sente o cheiro de incenso e ouve um galo cantar. É como se tivesse atravessado os muros de Ubud e encontrado um país diferente.

*Minha casa*, pensa. Sua casa verdadeira em Berkeley é um quarto numa casa vitoriana caindo aos pedaços, que divide com outros três guias de turismo de aventura, embora todos geralmente estejam em algum outro lugar no mundo. E sua mãe acabou de se mudar da casa em Palo Alto onde Jamie crescera. "Não quero viver cercada de lembranças de seu pai", disse Rose, quando Jamie implorou para que ela mantivesse a casa.

"Eu também vivi lá", retrucou Jamie, como uma criança amuada. Ela tem 32 anos; o lugar onde a mãe mora não deveria ser importante. Talvez a sensação de não ter um lar tenha provocado saudade do quarto de infância. Ou talvez seja um desejo de concretizar todos os sonhos que apenas uma criança pode ter – pais que vivem juntos a vida inteira, namorados que não morrem, boates que não explodem.

Ouve o som de alguém cantando. É a voz de uma mulher, aguda e doce. As palavras deviam ser balinesas ou em indonésio – Jamie não consegue distinguir as duas línguas. Porém, a música é tão melancólica, que ela se afasta da porta. *O coração dessa mulher está partido*, pensa.

Fecha a porta e o som para.

– Consegui – diz, e a mãe dá um suspiro dramático. – Estou bem, mamãe.

– Sei que está.

– Estou numa cidade montanhosa. Ainda não vi nada. Dormi na viagem de táxi.

– E onde está hospedada?

– Em um conjunto de casas de uma família. Tenho um pequeno bangalô só para mim. Muito simpático.

– O lugar é seguro?

– Desde que as galinhas não comecem a andar armadas.

– Jamie.

– Piada de mau gosto.

– O que vai fazer agora?

– Dormir.

– Quando é a cerimônia? Você tem que ir até *lá*?

*Lá* é o local atingido pela bomba. Ela falava com eufemismos. *Desde o que aconteceu em Bali* significava desde o atentado terrorista. *Dormiu bem*? queria dizer se não tivera os pesadelos que a atormentavam.

– Só no domingo. E não, não tenho que ir ao local do atentado.

– Que bom. Lou acha que lhe faria bem, mas não penso que deveria passar por essa experiência.

Lou é o futuro marido da sua mãe, um psicólogo e, aparentemente, uma autoridade em assuntos referentes a Jamie, apesar de conhecê-la muito pouco. Jamie ignora a maioria dos conselhos sábios de Lou transmitidos pela mãe. Não gosta muito da ideia do casamento. Lou é 12 anos mais velho do que a mãe e para Jamie parece uma ruína decrépita, com partes fragmentando-se e descascando dia após dia. A mãe de todas as outras pessoas viravam panteras sedutoras e conquistavam um jovem sexy. Será que Rose nunca conseguiria seguir uma tendência?

Quando Jamie lhe perguntou por que iria se casar, Rose respondera. "Ele é muito bom para mim." O que significava: *Seu pai não me tratou bem*. Ou seja: *Ele nunca vai me trair. Não corro o risco de me machucar de novo, mesmo que isso signifique casar com uma relíquia*.

– Você promete que não vai se expor a nenhum perigo?

– Vou ficar bem.

– Isso sempre foi seu dom e sua desgraça.

– O que quer dizer? – Jamie pergunta, impaciente.

– Você é invencível – diz Rose. Jamie já ouviu tudo isso antes. Sabia o que viria a seguir. – Ninguém é invencível.

– Boa noite, mamãe.

– Eu amo você.

– Eu também amo você.

Jamie desliga o telefone, bombardeada pelo complicado turbilhão de emoções que as conversas com a mãe sempre provocam. Senta-se na cama do bangalô protegida pelo mosquiteiro e encosta-se na guarda de madeira. Se deitasse, dormiria em segundos. Seu braço dói, uma dor profunda no cotovelo que quebrara. Os médicos disseram que a fratura consolidara perfeitamente. A dor vem quando está cansada.

Pega o bloco de desenho ao lado da cama, vira a página e olha pela janela. Uma parede de glicínias emoldura a porta do bangalô seguinte. Tenta desenhá-la com traços rápidos, as flores como borrões de lápis, e depois olha o resultado. Nada mal. Captou algo fundamental no desenho – as flores devoram o bangalô.

*Para Larson*, escreve em cima da página. Dá um título ao desenho: *Vitória da natureza.*

Em seguida, clica em seu nome no celular.

"Estou escalando montanhas", ouviu na mensagem de voz. "Deixe um recado."

Sorri. Ele gravou essa mensagem no dia em que começou a quimioterapia. Foi Larson que a enviou a Bali no ano passado para pesquisar um novo roteiro turístico. "Você não me disse para examinar a maldita boate", disse Jamie, quando ele se culpou por seu trauma.

Agora ela deixa uma mensagem. "Cheguei a Bali sã e salva. Por que pensei que seria uma boa ideia? Ligue para mim."

Larson não quer contar a mais ninguém que tem câncer de pâncreas e que provavelmente só viverá mais um ano. Seu irmão, que mora na Costa Leste, também sabe, mas o cara não faz nada a não ser dar telefonemas chorosos de vez em quando. Jamie é a melhor amiga de Larson desde que ele a contratara há dez anos. Ela sente um profundo afeto por ele, porém se preocupa com o fato de ser sua única amiga.

Jamie vira-se na cama e olha o teto. Uma lagartixa passa pelo mosquiteiro.

– Ei, olá – diz Jamie.

A lagartixa para como se a tivesse ouvido.

– Não quero interromper seus passeios – fala para ela.

A lagartixa sai correndo.

Pega de novo o celular. Disca o número de Gabe em Bali, um número para o qual nunca ligara. Depois de uma chamada, a ligação cai e ela ouve uma mensagem em indonésio.

Põe o celular na cama e vira-se de lado. Segura o braço, comprimindo o cotovelo a fim de parar a dor. E então dorme.

Jamie é a única pessoa sentada à mesa no meio do jardim. A mesa é de ferro com um tampo de ladrilhos coloridos e desenhos variados, grande o suficiente para diversas pessoas. Ela imaginou que jantaria com a família, mas aparentemente o plano era outro. Perto da mesa, um elefante de pedra joga água de sua tromba para um pequeno lago. Flores de lótus flutuam aos seus pés.

Uma adolescente caminha em sua direção carregando uma travessa de comida. Ela está vestida com uma minissaia preta e uma camiseta rasgada com as palavras NÃO CONSIGO TER AMOR. Seus cabelos tingidos de louro eram compridos e desgrenhados, e os olhos estavam pintados com um delineador preto grosso; a garota não ficaria deslocada entre os jovens de São Francisco. Mas Jamie tinha certeza de que essa não era a imagem de Bali.

A garota coloca a travessa de arroz e legumes na mesa e vira-se para ir embora.

– Obrigada – diz Jamie. – Você é parente de Nyoman?

– Sobrinha – ela responde, parando por um momento com um ar desconfiado.

– Meu nome é Jamie.

– Dewi.

– Bonito nome.

– De onde você vem?

– Estados Unidos.

Os olhos da garota se arregalam. Sua expressão de aborrecimento e tédio desaparecem.

– Eu adoro música americana! – fala com um entusiasmo juvenil.

– Ah, é, que tipo?

– Heavy metal. Curto Estados Unidos.

– Quantos anos você tem?

A pergunta parece aborrecê-la.

– Dezesseis – murmura e volta para a cozinha.

Nyoman sai de seu bangalô e caminha em direção a Jamie. Ele penteou o cabelo e trocou de roupa, mas os óculos ainda se penduram tortos no nariz.

– Minha sobrinha é uma menina rebelde – resmungou Nyoman.

– Eu gosto dela.

– Quando um bebê nasce em Bali, enterramos o cordão umbilical no pátio da casa da família. Depois que a criança cresce, é possível que saia de casa. Porém, no final o cordão umbilical a traz de volta. Dewi pode seguir outros caminhos, mas voltará para casa.

Jamie anseia por encontrar tal lugar.

– Gosta da comida? – pergunta sorridente.

– Pensei que iria jantar com a família.

Nyoman dá uma gargalhada como se ela tivesse contado uma piada.

– As famílias em Bali não fazem as refeições como na televisão americana. Comemos sozinhos. Não é uma ocasião de reunião familiar como em seu país.

– Existem outras casas de hóspedes aqui?

– Só uma. Alugamos para turistas. Está quase sempre vazia agora.

– Dewi mora aqui?

– Dewi é filha de minha irmã. Ela mora em uma das casas com o pai, não muito longe daqui. Nesse conjunto de bangalôs vivem minha avó, meus pais, meu irmão e sua mulher, e meus sobrinhos.

– É assim que as famílias balinesas vivem? Todas juntas?

– Você não mora com sua família? – pergunta Nyoman.

Jamie fez um aceno negativo.

– Eu divido uma casa com um grupo de amigos. Minha mãe mora a cerca de uma hora da minha casa.

– Sozinha?

– Sim, pelos últimos dezoito anos. Mas agora ela tem um namorado. Vão se casar em breve.

– Você não tem pai? – pergunta Nyoman. Ele parece desconcertado.

– Ah, se tenho. Ele nos abandonou e foi para o outro lado do país com uma moça jovem e bonita. Agora tem uma família novinha em folha, com crianças pequenas correndo pela fazenda. – Na verdade, a casa do pai em Connecticut é mais uma casa de campo do que uma fazenda, e as crianças já são adolescentes. No entanto, Jamie contava a história do pai dessa maneira há tanto tempo, que não aprendeu a contar a nova versão.

*Seria difícil reunir essas pessoas num conjunto de casas de família*, ela pensa.

– Você não precisa comer essa comida – diz Dewi, voltando para a mesa. Jamie pega seu garfo.

– Mas eu gosto – retruca.

– Senhorita Jamie – diz Nyoman em voz alta.

Ela olha para ele. Nyoman semicerra os olhos como se tivesse dificuldade de enxergá-la. – Você veio sozinha para Bali. Tem marido?

Dewi ri.

– Não – responde Jamie. – Sou solteira.

Nyoman esfrega a parte de cima do nariz e os óculos ficam ainda mais tortos. Ele parece perplexo.

– Nos Estados Unidos não é tão raro que uma pessoa de 32 anos seja solteira.

– Porém você quer ter filhos?

– Acho que sim. Minha mãe pediu para você fazer esse interrogatório? – Ela sorri, mas Nyoman continua a observá-la. – Estou só brincando.

– Tenho muitos clientes do Ocidente. Sei que os hábitos são bem diferentes.

– O que você faz? – Jamie pergunta.

– Sou guia de turismo. Levo turistas para todos os cantos de Bali e mostro nosso país a eles. Mas os negócios caíram muito depois do atentado. Porém, logo voltará ao normal.

– Tio não tem trabalho há um ano – diz Dewi.

– Agora meu negócio começou a crescer – insiste Nyoman.

– Eu também mexo com turismo. Trabalho para uma agência de viagens de aventura. Desde o 11 de Setembro tivemos que criar vários passeios pelos Estados Unidos e o Canadá. As pessoas não querem sair do país.

– O que você quer dizer com viagens de aventura? – ele pergunta.

– Nossos clientes gostam de se exercitar enquanto viajam. Então, organizamos viagens com trilhas, passeios de bicicleta e *raftings*. Assim, conhecem o país de uma maneira mais íntima do que se visitassem os lugares em ônibus de turismo.

– Por isso estava em Bali no ano passado? – pergunta Nyoman. – Em qual roteiro turístico?

– Eu vim pesquisar um novo roteiro. Tinha chegado há poucos dias.

– Em que casa noturna estava?

– Estava entrando no Paddy's Pub.

– Minha esposa morreu no Sari Club.

Jamie põe o garfo na travessa. O som ecoa pelo jardim silencioso.

Dewi recua alguns passos e depois vai embora.

Um melro pousa na extremidade da mesa e Nyoman o afugenta. O pássaro parte voando com um grasnido.

– Sinto muito – diz Jamie por fim. É claro, por isso ele é o anfitrião. Há tantos como ele. Viúvos. Viúvas. Sobreviventes.

Fecha os olhos e vê o rosto de uma menina australiana loura, a boca aberta num grito interminável que ainda atormenta seu sono. O vestido dela encostou numa parede em chamas e, em segundos, o fogo feroz a devorou. Jamie afasta essa imagem da mente.

– Minha mulher voltará para mim em outra encarnação – diz Nyoman, com uma voz alegre. – Talvez como minha filha.

– Os balineses acreditam em reencarnação? – pergunta Jamie. Ela deveria saber disso. Deveria ter estudado os costumes de Bali. Mas manteve-se ocupada fazendo trilhas no Chile, em Marrocos e no Butão.

E então se lembrou de uma noite na praia, quando Gabe lhe explicou a crença dos balineses na reencarnação. Sua voz era suave aos seus ouvidos, e ao redor as velas brilhavam na noite escura. Mas o momento desaparece tão rápido como surgiu. Talvez por isso não possa confiar em sua lembrança de Gabe. É tão difícil capturá-la quanto a luz de um vaga-lume. E mesmo assim sente seu peso angustiante.

Nyoman pigarreia.

– Sim. As crianças são reencarnações de seus ancestrais.

– E essa crença ajuda a suavizar sua perda?

– Sim – responde Nyoman. – Mas ainda existe um pequeno buraco dentro mim que me faz lembrar que estou sozinho, quando antes tinha uma linda esposa.

Jamie fica embaixo do chuveiro por um longo tempo. Não sente sono, embora já sejam duas horas da manhã. Quando a água quente acaba, ela deixa a água fria picar sua pele. Depois se enxuga e deita nua na cama.

O ventilador de teto range ao girar, como se por um instante ficasse preso em algo. A mente de Jamie também parecia presa em algo. Como ela conseguiu evitar as lembranças por tanto tempo? É uma especialista em seu trabalho, a Rainha do Movimento Constante. Seus clientes querem fazer trilhas maiores, escalar montanhas mais altas, navegar em rios mais desafiadores, e ela diz: *sim*, *sim*, *sim*. Eles são viciados em adrenalina e no minuto que a excitação passa, já há outra aventura à espera.

Agora está deitada imóvel, como uma mulher morta. Não, se estivesse morta, sua mente não estaria presa nesse turbilhão de emoções. O coração não martelaria em seu peito.

Sua pele estava escorregadia de suor. Por que o maldito ventilador não refresca o quarto?

Miguel força entrada em sua consciência. Ela pode praticamente ver seu olhar zangado e petulante. *Lembre-se de mim.*

Jamie veio com ele para Bali no ano passado, louca de paixão pelo guia chileno que conhecera em Torres del Paine seis meses antes. Ela o convencera a acompanhá-la na viagem de trabalho, afinal, os quartos dos hotéis estavam pagos e tinha milhas acumuladas suficientes para conseguir um voo de graça para ele.

Ela se lembra do sexo na grande cama branca, no grande bangalô branco dentro do luxuoso hotel em Seminyak. Dos mergulhos na piscina privada. Do macaco que subiu na parede entre o bangalô deles e do vizinho e viu-os transando no *futon* próximo à piscina. Quando acabaram, ele deu saltos como se estivesse aplaudindo. Em algum lugar existe uma fotografia desse macaco, guardada bem no fundo de uma caixa que Jamie se recusa a abrir.

Miguel e ela escalaram o Monte Batur no segundo dia em Bali. Um guia local os pegou no hotel a uma hora da manhã para levá-los ao longo caminho até o vulcão. O guia quase não falava inglês, então os três subiram a trilha em silêncio, numa escuridão fria que empolgou Jamie. *Nossos clientes vão adorar esse passeio*, pensara. Chegaram ao cume da montanha às seis da manhã, quando o sol surgia no horizonte. O verde vívido da floresta e os arrozais brilharam com os primeiros raios de sol.

Na descida da montanha, Jamie e Miguel dispensaram o guia. Ao chegarem numa cachoeira, tiraram a roupa e nadaram na piscina natural. Miguel a levou por trás da cortina de água, onde encontraram uma caverna abrigada dos respingos. Entraram na caverna e observaram a água cair em torrentes à frente deles. O som era surpreendentemente alto e o ar vibrava. Mesmo assim, pairava uma calma em seu esconderijo. Quando Miguel a beijou, pensara: *seria possível amar esse homem?*

Acima de Jamie, o ventilador de teto gira e range. Gira e range. Sua mente prende-se em lembranças, para, move-se com dificuldade e depois segue em frente.

Um barulho a acorda. Alguém bate na porta, com um som leve e insistente. Sente a pressão de uma dor de cabeça iminente, a dor incômoda no braço. Mesmo dormindo, segurava o braço como se ainda estivesse quebrado.

Devia ser tarde da manhã – a claridade já inunda o quarto. Pega o celular e vê que são nove e meia. Dormiu durante cinco horas.

Outra batida na porta.

– Sim! – grita. – Já vou abrir.

Levanta-se, veste um roupão de algodão e abre a porta.

Nyoman está do outro lado com uma bandeja nas mãos.

– Café da manhã – diz.

Ela está toda desarrumada, com um roupão, cabelos desgrenhados devido aos sonhos exaustivos e restos da maquiagem da véspera. Deve estar com uma aparência tão louca como ele no dia anterior. São gêmeos espirituais.

– Obrigada – diz, tentando pegar a bandeja.

– No jardim – ele responde, afastando-se. Em seguida, dirige-se para a mesa no meio do jardim.

– Saio em um minuto – diz e fecha a porta. Precisa de café.

Toma um banho rápido e veste calças de linho e uma camiseta. Penteia o longo cabelo castanho avermelhado, escova os dentes e se olha no espelho. Seus olhos estão vermelhos, o rosto pálido. A cicatriz estende-se da sobrancelha até o maxilar, uma linha fina e branca com uma curva igual a de uma vírgula. O médico disse que não deveria se expor ao sol, porque queimaria a cicatriz e ela mudaria de cor. Mas não tinha certeza se isso a incomodaria.

Mais uma vez, ouve a batida na porta.

Impaciente, ela a escancara.

– Estou pronta – diz, e Nyoman a leva até o jardim.

Na mesa há uma bandeja de frutas exóticas, uma tigela de iogurte, uma jarra de suco de melancia e uma cesta de bolos de arroz.

– Maravilhoso. Café?

– Chá – responde, e depois vai embora. Onde está seu sorriso esta manhã?

O bule de chá pousa orgulhoso na mesa.

Jamie senta-se e respira fundo. Agora que ele foi embora, sente-se contente por estar acordada e sentada no meio de seu paraíso particular. Faz um aceno de bom-dia ao deus elefante na fonte. Há um pássaro pousado em sua cabeça, mas ele não parece se importar.

Não há sinal de ninguém da família – eles já devem estar no colégio ou no trabalho. O sol brilha forte, porém Jamie está à sombra de uma figueira-de-bengala e, pela primeira vez, não começou a suar. Ouve o canto de um pássaro, um som que não reconhece, e olha para a árvore. Não encontra o pássaro, mas seu trinado é respondido por outro pássaro na árvore seguinte e, de repente, surge uma sinfonia. Seus ombros relaxam.

Toma o café da manhã devagar. Não quer sair desse lugar.

Nyoman reaparece ao seu lado e pega a travessa vazia.

– Barong daqui a três horas.

Jamie não tem a menor ideia do que se trata. Devia ser algo da programação da cerimônia.

– Você quer mais chá?

– Não, já bebi bastante. Vou dar uma volta pela cidade. Obrigada pelo café da manhã.

– Eu vou com você – diz Nyoman, com um ar um pouco autoritário.

– Ficarei bem sozinha – responde. É uma frase que diz com muita frequência, mas dessa vez não tem certeza de que é verdade.

O garoto e seu cachorro ficam radiantes ao vê-la cruzar o portão. Levantam-se imediatamente e atravessam a rua para cumprimentá-la. Só um dia em Bali e ela já tem uma família grudenta.

– Bom dia, senhorita!

– Bom dia – responde com um tom insípido. Precisa se livrar deles, e rápido.

– Quer que mostre cidade?

– Só vou andar um pouco. Estou bem sozinha.

Mas ele a segue como um cãozinho ansioso, seu cãozinho também ansioso atrás, como um eco persistente.

Ela para no meio da rua.

– Vou andar sozinha – diz.

O garoto dá um sorriso travesso.

– Você não dormiu bem? Ainda não está muito legal?

– Estou sempre não muito legal – responde.

– Mas Bali é linda! Bali é paraíso!

– Você trabalha para uma agência de turismo?

– Eu trabalho para você! Diga o que quer que eu faço.

– Quero que você ande em outra direção. Quero que faça o que os garotos em Bali fazem. Vá ao colégio. Trabalhe nos arrozais.

– Eu tenho 14 anos. Acabei colégio!

A rua está cheia de homens e mulheres balineses, e a maioria se dirige para o centro da cidade. Sente um instante de medo, mas continua a caminhar. Durante este último ano, passou a detestar multidões. Porém Gabe era professor num colégio em Ubud. É possível que ainda esteja na cidade. Tem de enfrentar o grande movimento matinal. Precisa se livrar de alguma maneira do garoto e, em seguida, mergulhar no coração da cidade.

A distância, vê um letreiro luminoso com os dizeres Bali Bali café. Pensa: *café*.

– Tenho um trabalho para você – diz, virando-se para o menino. Seus olhos arregalam, o garoto está desesperado por dinheiro ou por atenção. Talvez pelas duas coisas.

– Você quer maconha? Quer um homem?

– Não! – E então ri. – É isso que a maioria das mulheres quer?

– Mulheres ocidentais engraçadas – diz com um sorriso. – Mulheres ocidentais querem muitas coisas.

– Eu quero... – De repente, o garoto se transforma em seu gênio da lâmpada. Três desejos. Quero dormir sem pesadelos. Quero uma cura milagrosa para Larson. Quero voltar no tempo e, quando Larson me pedir para viajar a Bali, direi que sou alérgica a paraísos.

– Sim, senhorita?

– Quero café. Você consegue encontrar café solúvel para mim?

– Café – Ele parece desapontado.

– Você conhece alguma loja? Eu lhe dou o dinheiro.

– Claro, senhorita – diz, mas o sorriso desaparece do seu rosto.

Pega a carteira na mochila e dá umas notas de rupia para ele. Valia a pena gastar dez dólares para se livrar do garoto. Tinha certeza de que nunca mais o veria.

– Me encontre aqui ao meio-dia, está bem?

– Eu sou Bambang – diz o menino.

– Bam-bam?

– Bam-*bang*! Este é meu nome. Qual seu nome, senhorita?

– Jamie.

O menino inclina-se em cumprimento.

– É um grande prazer conhecer Jamie.

Ela inclina-se de volta, sorrindo ao ouvir o inglês ensaiado.

O garoto coloca o dinheiro no bolso e sai correndo pela rua acompanhado pelo cachorro.

Jamie se vê ainda sorrindo depois que ele partiu. Bambang.

Olha ao redor. Há uma multidão na rua principal à sua frente. Mais além, vê o mercado central fervilhando de cores e barulho. Respira fundo e entra na maré de pessoas, como se estivesse pegando uma onda.

Ao passar por uma loja, vê uma prateleira com chapéus de palha, alguns com abas largas e moles, e pensa que deveria comprar um. O sol está muito quente e já pode sentir uma nova dor de cabeça. Entra na loja, que cheira a incenso e laranjas. Uma mulher baixa e corpulenta a cumprimenta em voz alta.

– Olá, olá. Em que ajudo?

– Posso experimentar um chapéu? – pergunta Jamie.

– Sim, claro – diz a mulher ansiosamente. – Muito bom preço. Só cem mil rupias.

Jamie escolhe um chapéu com uma faixa amarela ao redor da copa. Fica perfeito.

– Vou dar preço melhor – diz a mulher, como se Jamie estivesse barganhando. – Preço da manhã. Só 75 mil.

– Sim, vou levar.

Jamie abre a mochila e, num segundo de pânico, vê que a carteira de dinheiro desapareceu. Mexe em tudo que há dentro da mochila até que, por fim, a esvazia no balcão da loja. Passaporte. Celular. Câmera. Notebook. Guia *Eyewitness Travel* de Bali. Estojo dos óculos escuros. Brilho labial.

Nada da carteira.

Checa os bolsos - todos vazios.

Maldito garoto. Como pode ter pegado a carteira? A mochila estava em seu ombro o tempo todo.

Exceto quando ela a tirou para lhe dar o dinheiro.

- Problema, senhorita? - pergunta a mulher, ao ver Jamie colocar tudo de novo na mochila.

- Um grande problema - responde Jamie.

E se encaminha para a porta de saída.

- Chapéu! - grita a mulher.

Jamie ainda o estava usando. Tira o chapéu e o coloca na cabeça de um gigantesco Buda de bronze, sentado feliz na porta da frente. O chapéu também fica perfeito nele.

É meio-dia e ela está esperando. Já havia andado pelas ruas de Ubud à procura do garoto. Ele não aparecerá com o café, pedindo para ser pego, mas ela não sabe mais o que fazer. Irá esperar quinze minutos e depois, bem, não tem ideia do que fará em seguida.

Que idiota. Um viajante esperto esconde o dinheiro em diversos lugares e guarda o cartão de crédito num lugar diferente do dinheiro. Ela sempre foi uma viajante esperta e sempre aconselhou seus clientes a seguir exatamente essas recomendações. Talvez estivesse mais abalada com essa viagem do que imaginava. Quando trocou o dinheiro no aeroporto no dia anterior, pôs tudo que tinha na maldita carteira, sem refletir. Pelo menos o passaporte continua na mochila - aliás, ficou surpresa ao ver que o garoto não o roubou também.

- Você tem sorte, senhorita - diz uma voz, e ela se vira.

Ali está Bambang com um enorme sorriso no rosto, segurando um vidro de café solúvel.

– Onde está? – pergunta em voz alta.

– Aqui – diz, mostrando o café. Lê o rótulo. – Café solúvel Folgers.

– Minha carteira – diz Jamie.

– A senhorita me deu cem mil rupias. Tenho troco – responde orgulhoso, sacudindo as notas. Ele chega perto até demais, e a vontade que ela tem é de esmurrar seu rosto meigo com os punhos.

– Você roubou a minha carteira.

O garoto dá um passo para trás, como se tivesse levado um soco com as palavras.

– Não – fala, o sorriso desaparecendo de seu rosto. – Peguei dinheiro que me deu.

O cachorro gane ao sentir o medo de Bambang.

Jamie olha-o com atenção. Por que o garoto teria voltado? Outra trapaça?

– Escute – diz com a voz mais suave. – Me devolva a carteira. Eu vou te pagar bem.

– Eu tenho não carteira – fala com uma voz suplicante.

– Vinte dólares – insiste Jamie. – Se me devolver a carteira, não irei à polícia. Te dou vinte dólares e a minha promessa. Você sai livre.

– Eu tenho não carteira – repete com uma expressão triste no rosto.

*O garoto mente bem*, ela pensa. E não consegue entender seu golpe. *Por que voltou? O que pode lucrar dessa situação?*

Será possível que ele seja inocente?

– Eu não tenho dinheiro – Jamie diz, apelando para um pedido sincero. – Não tenho como conseguir dinheiro.

– Não, senhorita. Está errada. Comprei café. Tenho troco! – Ele sacudiu de novo o dinheiro, como uma bandeira de rendição.

Jamie vira-se e começa a andar.

– Pare, senhorita! Pegue café! Pegue troco! Eu tenho não carteira!

Jamie continua a andar. O ganido tristonho do cachorro a segue na rua.

Jamie telefona para seu chefe, mas novamente cai na mensagem de voz. Tenta lembrar se Larson viajou para algum lugar que não tenha sinal de celular. Foi a Houston na semana passada para consultar um novo especialista. Não, essa semana ele tem sessões de quimioterapia. Deveria atender o maldito telefone.

Liga para a mãe e também deixa uma mensagem.

Então deita na cama no bangalô, olhando o ventilador de teto inútil.

Quando o celular toca alguns minutos depois, dá um pulo.

– Mãe!

– Você está bem? Você se machucou?

Jamie senta-se na cama. – Estou bem. Não fui assaltada, mas alguém roubou meu dinheiro e meu cartão de crédito. Nem sei como conseguiram.

– Volte para casa, querida.

– Não – responde calmamente. – Vou ficar aqui. Só preciso que você me mande dinheiro.

– Você só tem que trocar sua passagem de volta. Eu pago a multa.

Jamie deita na cama com o telefone no ouvido. Adora o amor da mãe, mas, ao mesmo tempo, foge dele. Morou com a mãe em Palo Alto após voltar de Bali no ano passado, enquanto consultava médicos em Stanford para tratar a fratura do braço e tirar os pontos do rosto. Rose fez uma lista de todos os amigos que ligaram para Jamie, de todas as pessoas gentis que tentaram visitá-la e mandaram presentes. Porém Jamie não quis falar com ninguém. Pegou a lista e rasgou em pedaços minúsculos. Quando os jogou no lixo, viu partes dos nomes voarem no ar, como se eles também tivessem explodido e ficado irreconhecíveis.

Jamie saiu da casa de Rose um mês depois do atentado, forçou-se a voltar a Berkeley, ao trabalho e à próxima viagem da Global Adventures. Ficou com medo de passar todas noites pelo resto da vida assistindo a uma comédia romântica no sofá azul do escritório da mãe, dividindo um pote de pipoca amanteigada.

Agora, pelo telefone, estão caladas, respirando no ouvido uma da outra.

– Para onde mando o dinheiro? – pergunta Rose com um tom aborrecido.

– Esqueça – responde Jamie. – Vou dar um jeito nisso.

– Você não tem que ficar aí.

– Na verdade, tenho.

Quando Jamie tinha 14 anos, um dia voltou da escola e encontrou a mãe assando dezenas de brownies. As caixas cobriam a mesa de jantar, a ilha central e o balcão da cozinha. Uma fornada de brownies queimava no forno e a fumaça saía em espiral pelas extremidades, enquanto Rose batia furiosamente ovos na massa do brownie.

Jamie correu para o forno e tirou o tabuleiro queimado.

– Mãe. O que está acontecendo?

Rose continuou a bater a massa numa espécie de frenesi.

– Pare. Fale comigo.

– Jogue todos esses no lixo – disse Rose, com a cabeça abaixada. – Vou começar uma nova fornada.

Jamie segurou a mão da mãe e esperou até que retomasse o ritmo normal da respiração.

– Seu pai – disse por fim. – Ele vai sair de casa.

– O quê?

– Está cansado do casamento. Cansado de mim. Ele não se sente feliz comigo.

Seu pai adorava brownies. Jamie desligou o forno. O cheiro de chocolate queimado penetrou em seus pulmões. Sentiu uma ânsia de vômito.

– Vamos ficar um pouco lá fora, mãe.

– Não posso. Tenho que preparar a nova fornada.

– Agora.

Jamie levou a mãe até o pátio, onde se sentaram à mesa sob a chuva.

– Vocês vão se divorciar? – perguntou.

Rose olhou-a pela primeira vez.

– Você acha que é minha culpa. Você acha que tudo que o seu pai faz é certo. – Seus olhos brilhavam como se estivesse com febre.

– Isso é loucura – disse Jamie. Mas já estava pensando: *ele vai me levar com ele. Eu irei embora com ele.*

No entanto, seu pai não a levou. Quando voltou para casa à noite, contou a Jamie que iria se mudar para Connecticut e que mandaria uma passagem de avião para ela visitá-lo nas férias escolares. De certa forma, ele já parecia diferente. Estava vestido com um suéter que ela nunca vira antes – um suéter verde-escuro com decote em V sem camisa por baixo. Parecia um artista de cinema.

– Quando for me visitar, faremos a trilha da Appalachian Trail. Demora meses para fazer a trilha toda. Não vai ser o máximo?

Aquela noite, Jamie foi de bicicleta ao Stanford Park Hotel. O pai lhe dissera que ficaria hospedado lá por algumas semanas até que pudessem "resolver essa confusão". Enquanto trancava a bicicleta, olhou pela janela e viu o pai no hall do hotel. Ele cruzou a sala, abraçou uma mulher e beijou-a. Jamie sentiu um acesso de raiva. No momento em que o pai se afastou dela, a mulher olhou na direção de Jamie. Senhorita Pauline. Alguns meses antes, seu pai tentou convencê-la a estudar balé, embora detestasse todas as atividades de meninas.

– Por que eu iria querer aulas de balé? – disse com rispidez ao pai que, então, propôs um acordo: se fizesse uma aula, iriam acampar no fim de semana.

Senhorita Pauline, alta, magra e com os cabelos louros puxados num coque apertado, fez com que todas as meninas andassem ao redor da sala como se estivessem flutuando. Disse para imaginarem que um fio as puxava para cima pelo alto da cabeça. "Graça", prometeu a Srta. Pauline. "Graça e beleza". Jamie saiu da sala antes que a aula acabasse.

– Por que você me fez assistir a essa aula? – perguntou ao pai mais tarde, quase em lágrimas e sem entender o motivo. Ele não respondeu e, afinal, não foram acampar no fim de semana.

Quando a Srta. Pauline apontou para a janela, Jamie disse a si mesma para sair correndo, pegar sua bicicleta e se afastar o máximo possível do Stanford Park Hotel. Mas ainda estava parada na porta quando o pai saiu e pôs a mão em seu ombro. Jamie a empurrou.

– Ela tem 20 anos – disse Jamie. Sentiu as lágrimas escorrerem pelo rosto e, zangada, secou-as com a manga do casaco.

– Tem 26 – respondeu o pai.

– Você é um mentiroso.

– Eu não menti. Tomei a decisão certa ao ir embora.

– Você sempre mente – retrucou. O pai a levara em sua primeira viagem de acampamento. Eles subiram a montanha Shasta juntos. Ele a ensinou a escalar em Pinnacles. No verão passado, fizeram *rafting* de grau V de dificuldade nas corredeiras de Idaho. Como ele poderia se apaixonar por uma bailarina?

Ao longo dos anos seguintes, Jamie visitou o pai e a Srta. Pauline no feriado de Natal e por uma semana ou duas nos verões. Pauline teve um bebê atrás do outro, perdendo a graça e a beleza a cada ano que passava. E embora Jamie e o pai fizessem trilhas durante o dia quando conseguiam escapar, ele nunca teve tempo para fazer a Appalachian Trail. Nos últimos dez anos, o relacionamento deles esfriara – agora, Jamie só falava com o pai algumas vezes por ano. Ele só soube que ela estivera em Bali no ano passado semanas depois de sua volta.

Nyoman bate na porta do bangalô, ainda que esteja aberta.

– Vamos para Barong agora – diz. Volta a sorrir no melhor estilo guia de turismo. Está vestindo um sarongue colorido, enrolado no corpo como se fosse uma saia longa e preso na cintura com uma faixa verde. Sua camisa é uma polo branca simples, mas usa uma espécie de bandana em torno da testa, amarrada com um nó elaborado.

– Eu preciso vestir um sarongue? – pergunta Jamie.

– Você está bem assim – diz Nyoman.

– Não estou tão bem. Alguém roubou a minha carteira.

O rosto de Nyoman fica triste; abaixa a cabeça.

– Durante muitos anos não houve crime em Bali, mas agora as coisas mudaram. Sinto muito que isso tenha acontecido.

– Vou dar um jeito. Isso acontece em qualquer lugar.

– Não em Bali. Meu país é diferente. – Ele olha para Jamie. Até seu rosto triste a faz se sentir melhor.

– O que é Barong?

– Apresentação de dança. Muito importante em Bali.

– Não vi esse evento no meu roteiro.

– Está no meu roteiro – diz Nyoman orgulhoso.

– Então vamos. – Levanta-se com um suspiro, pega a bolsa e os óculos escuros e prende o cabelo com um clipe.

Quando atravessam a entrada do conjunto de bangalôs, Jamie procura Bambang e seu cachorro, porém não os vê.

Nyoman a leva até um pequeno carro estacionado na rua. Os dois entram e ele dirige para fora da cidade.

– A dança de Barong é a história do bem e do mal. Barong é um leão mágico. Ele tem de lutar contra Rangda, a bruxa. Assistimos à história de Barong muitas e muitas vezes – ele explica.

Jamie não liga para a dança do leão e da bruxa, mas aprecia o passeio de carro com Nyoman. O carro tem ar-condicionado, e a paisagem da zona rural é extraordinária. Eles passam por longos trechos de arrozais e, em seguida, por colinas e o rio. O céu azul brilhante encosta no verde da paisagem, e as cores colidem. Nyoman fica calado e Jamie contempla a região pela janela.

Há muitos meses, ela sentou-se no portão da casa de Larson em Berkeley, olhando uma pilha de catálogos e folhetos de Bali, muitos deles cheios de fotografias fascinantes de colinas terraceadas como essas.

Larson saiu da casa com duas latas de cerveja e lhe deu uma.

– Esquece essa porcaria. Nós não vamos a Bali.

– Nós? – ela perguntou, como se não soubesse do que estava falando.

– Global Adventures. Você está fora desse projeto, lembra? Não tem nenhum americano que queira ir a Bali agora.

– Mais tarde – murmurou. – Daqui a um ano.

Larson inclinou-se e empurrou todos os catálogos para fora da mesa. Eles caíram no chão nos pés de Jamie.

– Ei! – gritou.

– Jamie, me escute. – Agachou-se ao seu lado. – Acho que isso não tem a ver com Bali. Você nem quer voltar a Bali.

– Não é por mim – falou sem convicção. – É pela agência.

– Você não parou de pensar em Gabe. Nem por um minuto desde que voltou.

– Chega, Larson. – Puxou com força o rabo de cavalo dele. Larson beijou o alto de sua cabeça antes de levantar.

– Esqueça ele – disse suavemente.

Agora Jamie olha para Nyoman, perdido em seus próprios pensamentos.

– Chegamos – diz, por fim.

No final de um pequeno vilarejo, ele para o carro ao lado da estrada. Andam até um parque com filas de cadeiras em frente a um palco improvisado. As crianças ocupam a maioria dos assentos. Há alguns homens idosos sentados na fila detrás e um grupo de turistas reunido em torno de um guia balinês. Nyoman a leva até duas cadeiras perto do palco entre as crianças. O dia está quente e a única sombra provém de uma grande figueira-de-bengala.

A música paira no ar. Os músicos surgem de algum lugar atrás da plateia e sentam-se na grama ao lado do palco. Jamie não reconhece muitos instrumentos – devia ser um conjunto musical gamelão. Há gongos de bronze, um xilofone, tambores, flautas, címbalos. A música vibra e se difunde.

Jamie ficaria feliz só em escutar essa música por uma hora ou mais. Já se sentia melhor.

Porém logo a cortina atrás da plataforma se abre e um leão corre para o palco. Ele tem um pelo felpudo, feito com algo semelhante a folhas cortadas, e seu rosto é uma máscara de couro espetacular pintada de dourado.

A plateia aplaude enlouquecida.

– Este é Barong – explica Nyoman.

As quatro pernas do leão, que está de calças listradas e pés descalços, dançavam sem parar e, surpreendentemente, a enorme cabeça do animal movia-se tão leve como o ar. Jamie vê que Nyoman já tem um sorriso no rosto.

– E esta é Rangda – sussurra Nyoman em seu ouvido.

Rangda explode no palco. É mais feroz do que Barong e mais opulenta. Usa uma máscara dourada com olhos esbugalhados, e a longa língua vermelha pendura-se até quase os joelhos.

Rangda se volta para a plateia. Seu olhar se fixa diretamente em Jamie. Balança a cabeça, como se estivesse pensando, e depois dá um urro. O monstro encara Jamie e ela retribui o olhar. *Eu conheço você*, pensa.

Durante a hora seguinte, Barong e seus companheiros tentam matar Rangda, mas ela é poderosa demais. Por fim, eles viram os punhais contra o próprio peito.

Depois da apresentação e depois que os aplausos terminam, Jamie pergunta a Nyoman:

– O bem não vence o mal?

– Ninguém vence – ele responde. – Há sempre um equilíbrio. Assim é o mundo.

– Minha esposa era garçonete no Sari Club – diz Nyoman, em meio ao silêncio do carro. – Ela gostava muito do trabalho. Foi trabalhar naquela noite, a noite das explosões das bombas, muito feliz.

Eles estavam passando agora pelas plantações de arroz. Essas são as suas primeiras palavras desde a apresentação.

– Sinto muito – diz Jamie.

– Senti raiva por muito tempo.

– Dos terroristas?

– Sim. E sentia raiva de vocês. Dos ocidentais. O alvo das bombas era vocês. Não a minha esposa.

– Você não sente mais raiva?

– Não. Não há motivo para ter raiva. É inútil. Isso aconteceu, então era para ter acontecido. Aceito a minha perda.

Nyoman semicerra os olhos à luz do sol e parece fazer um esforço para acreditar no que disse. Jamie não conhece esse homem nem sua religião. Talvez a aceitação fosse a coisa mais fácil do mundo.

– Minha esposa morreu instantaneamente.

Por um ano, Jamie é atormentada pela lembrança dos corpos que viu na boate após a explosão da bomba. Eles pairam como sombras em sua mente; sussurram em seu ouvido logo que acorda.

Seu corpo treme como se estivesse congelando. Esta noite desenharia o rosto de Rangda.

– Minha esposa era a irmã mais nova de um amigo. Eu a conhecia desde criança. Eu era um rapaz sério e ela, uma garota bem-humorada que ria muito. – Olhou para a estrada à sua frente. – Vivíamos no mesmo vilarejo e nossos pais se conheciam bem. Eu me apaixonei por ela no momento em que a vi.

Jamie sorri e observa a fisionomia de Nyoman se suavizar com a lembrança.

– Casei com 24 anos e ela, com 16. Deveríamos envelhecer juntos, mas isso não vai acontecer.

Fica calado por algum tempo e Jamie se pergunta se sua história terminou. Não consegue imaginar a extensão de sua perda.

– Ela estava grávida do nosso primeiro filho.

Jamie pressiona o estômago com o punho. De certa forma, esse fato terrível é pior do que todo o resto. Pensou que Nyoman fosse mais velho – talvez o sofrimento o tivesse envelhecido prematuramente.

– Ela pegou a minha mão e me levou para o mundo. Agora sigo meu caminho sozinho.

Os dois ficam em silêncio até chegarem em casa.

Nyoman estaciona o carro perto do Paradise. Jamie sai do carro e logo vê o garoto.

Ele está em seu lugar habitual na esquina do outro lado da rua, o ladrão e seu cachorro. Jamie o olha e caminha em direção ao portão do bangalô.

– Estou com carteira! – grita, balançando-a no ar.

Ela vira-se.

O menino está eufórico e corre em sua direção com o cachorro nos calcanhares.

– Eu achei. Homem roubou. Trouxe carteira de volta!

Grita essas palavras enquanto salta no ar, como se levitasse de felicidade. Quando chega perto de Jamie, sacudindo ainda a carteira, ela a agarra.

– Droga, seu pequeno...

– Não! Eu encontrei!

Jamie olha em torno. Nyoman tinha desaparecido em seu bangalô.

Abre a carteira e vê o dinheiro, o cartão de crédito e a carteira de motorista. Contará o dinheiro depois; tem certeza de que sumiu uma grande quantidade. Por ora, só queria conter-se e não cometer um homicídio. Está tremendo de fúria.

– Vinte dólar! Vinte dólar!

Ela o fuzila com os olhos.

– Seu vigaristazinho. Você rouba a carteira, depois a devolve e espera que...

– Você disse. Vinte dólar!

Enfia a carteira na mochila e anda depressa pela rua em direção aos bangalôs.

É claro, o garoto fica ao seu lado, insistente como um mosquito.

– Ladrão é homem que vive em caverna. Roubou carteira muitas vezes, sempre turistas. Principalmente moça bonita. Eu achei ele e achei carteira. Juro que é verdade.

Jamie para e encara o menino. Será que estava falando a verdade?

– Vou te dar vinte dólares, mas não quero ver você de novo. Quero sair do meu bangalô sem ver ninguém na esquina da rua. Nem mesmo um cachorro. Você não vai ficar perto de mim quando eu estiver andando pela cidade. Não vai mais existir para mim depois disso.

– Eu prometo. Vinte dólar.

Tira a carteira da mochila e puxa uma nota de vinte dólares. Ele arranca o dinheiro de seus dedos e então some. Some. O garoto e seu cachorro disparam pela rua, para longe da cidade, o cachorro latindo de alegria.

Ela é uma idiota.

Mas uma idiota com uma carteira e algum dinheiro, um Visa e a carteira de motorista. Seus salva-vidas.

Dentro do bangalô, joga tudo em cima da cama. Pega dinheiro, cartões e guarda parte no bolso, parte no *nécessaire* e o resto na mochila.

Antes de guardar novamente a carteira, retira uma fotografia. Miguel e ela de pé no topo da montanha de Fitz Roy na Argentina, abraçados e com um sorriso corajoso nos lábios. Olha para si mesma como se fosse uma estranha. A mulher na foto é bonita. Tinha acabado de escalar uma montanha e queria conquistar outra. Que venha a próxima.

Jamie passa o dedo na cicatriz do rosto. A pele ao redor é suave. Curiosamente perdeu a sensibilidade no local, mas gosta do efeito de não sentir nada.

Miguel não olha para a câmera na fotografia; olha para ela. Não se importa com vistas e picos de montanhas - se importa com o amor.

Poucos meses depois, ela o deixaria e o perderia. Nesta mesma noite, se romperia num milhão de pedaços.

Jamie passeia sem destino pelas ruas caóticas de Ubud. Havia imaginado a cidade como um centro artístico, ou pelo menos era o que dizia seu guia de viagem, porém era tão comercial como Seminyak. Os turistas são mais velhos aqui do que nos resorts praianos a uma hora de distância, e os cartazes das lojas anunciam poções medicinais em vez de óculos escuros Gucci. Mas a cidade é muito barulhenta. Alguns restaurantes deixam a música alta invadir as ruas. Os motoristas buzinam e roncam os motores para correr entre os ônibus de turismo.

Encontra um pequeno restaurante despretensioso no centro de Ubud e olha pela janela. Parece silencioso e tranquilo. Um Buda de madeira senta-se no bar, como se tivesse bebido demais e não conseguisse levantar. Almofadas púrpuras cobrem os bancos das mesas de teca. Jamie entra pela porta aberta.

Uma jovem bonita a leva para uma mesa ao lado da janela, com vista para a rua. Jamie logo pede uma cerveja Bintang.

Os frequentadores do restaurante são na maioria de meia-idade e falam tão alto, que suas vozes se chocam no restaurante. Vê dois casais com guias de viagens espalhados pela mesa e câmeras penduradas no pescoço. Em outra mesa, três homens discutem a eleição na Austrália.

A garçonete lhe serve uma garrafa de cerveja gelada.

– Já escolheu seu pedido?

Jamie ainda nem olhou o cardápio. Pede *nasigoreng* – o nome do prato que comeu na casa de Nyoman na noite passada.

A garçonete anota o pedido e desaparece.

Em uma mesa no canto do restaurante, vê um ocidental e uma balinesa com dois filhos, uma óbvia e bonita mistura de raças nos rostos. O homem devia ser um expatriado.

Pensa em Gabe, um expatriado em Ubud. Poderia ele entrar nesse restaurante? Tem afastado as lembranças dele de sua mente, como se fossem brasas – se as tocasse por muito tempo, poderiam queimar seus dedos.

Não tem o direito de vê-lo de novo.

A garçonete traz um prato fumegante de legumes e arroz e Jamie começa a comer.

Um casal jovem entra no restaurante e Jamie os observa. A moça é ocidental e o rapaz parece balinês, com sua pele escura e suas bonitas feições orientais. A moça tem um cabelo louro e longo, e o corpo esguio de uma bailarina. O rapaz está vestido com jeans e uma camisa social branca. Seu cabelo cai com um topete na testa, fazendo-o parecer um Elvis Presley balinês. Sentam-se na mesa ao lado de Jamie.

A moça sorri logo para ela.

– Que noite agradável, não é? – Tem um sotaque britânico.

– Sim – responde Jamie. – Se superar a diferença de fuso horário, talvez até fique acordada mais tempo para aproveitar a noite.

– Você acabou de chegar? – pergunta a moça.

Provavelmente tem a mesma idade de Jamie, mas o rapaz parece mais jovem.

– Cheguei ontem. Você está aqui há muito tempo?

– Três anos – diz a moça, rindo. – Cuidado. Os homens balineses têm um poder extraordinário de nos manter aqui.

O rapaz para de analisar o cardápio e olha para a moça.

– Vou me lembrar disso – fala Jamie.

– É a primeira vez que vem a Bali?

– Não.

A moça estende a mão e cumprimenta Jamie. – Meu nome é Isabel.

– E o meu é Jamie.

– Você quer jantar conosco?

– Por favor – diz o rapaz, com um sorriso tímido.

Jamie leva o prato e a cerveja para a mesa deles e senta-se.

– Meu nome é Made – fala o rapaz. Pronunciou o nome como *Ma-dei.*

– Vocês conhecem muitos americanos que moram em Bali? – pergunta Jamie. A pergunta saiu de sua boca antes que pudesse impedir.

A moça franze a testa.

– Alguns. Por quê?

– Conheci um rapaz aqui ano passado. Um expatriado.

– Parece bem romântico – diz Isabel.

– É complicado.

– Ele mora em Ubud?

– É professor de um colégio aqui. Suponho que more em Ubud, mas não tenho certeza.

– Bem, a maioria dos expatriados mora na cidade – diz Isabel. – Ubud atrai pessoas que procuram mais do que um retiro espiritual ou um porre de uma semana. Qual é o nome dele?

– O primeiro nome é Gabe. Não sei o sobrenome. Deve ter uns 40 anos.

– Vou perguntar por aqui – fala Isabel.

A garçonete traz duas cervejas e o casal pede seus pratos. Então, Isabel toca no braço de Jamie.

– Você estava em Bali durante o atentado? – pergunta em voz baixa. Seus olhos fixam-se na longa cicatriz no rosto de Jamie. Made abaixa os olhos.

Jamie faz um aceno afirmativo.

– Você voltou.

– Fui convidada a participar de uma cerimônia de aniversário. Mas a volta tem sido mais difícil do que eu imaginava.

– Você teve ferimentos graves? – pergunta Isabel.

– Um braço quebrado. Alguns cortes.

– Made perdeu um primo.

– Ele era cozinheiro no Sari Club – diz Made. – Viveu ainda alguns meses. Muito mal. Foi bom ter descansado.

A garçonete coloca os pratos na mesa.

– Tenho uma amiga que é professora na escola internacional em Denpasar – diz Isabel. – Vou perguntar se conhece seu professor. Me passe o seu celular.

– O que você faz aqui? – pergunta Jamie depois que trocaram os números de telefone.

– Ensino ioga. Tenho um estúdio na cidade. Vim a Bali para assistir a um workshop e me apaixonei pelo meu guia numa viagem de um dia à montanha Agung. – Inclina-se e beija Made no rosto. Ele fica vermelho.

– Talvez eu faça uma aula – diz. Levanta-se e abre a carteira para pegar dinheiro.

– Fica por minha conta – diz Isabel, empurrando o dinheiro de volta. Jamie vê uma tatuagem ao redor do pulso fino de Isabel. É o desenho de uma trepadeira com flores vermelhas e amarelas.

– Gabe tem uma tatuagem no antebraço – diz Jamie, com uma lembrança repentina. – De um pássaro.

Estava deitada ao lado dele na cama verde. Abriu os olhos e viu o pássaro, que começava a voar. Passou o dedo em suas asas. Gabe mexeu-se e acordou ao seu lado. Ele a olhou.

– É você – disse, com uma voz tão gentil como uma bênção. – Você logo vai voar para casa. E eu ficarei para trás.

Nyoman sorri. Sorri, sorri e Jamie persegue seu sorriso. Está um pouco à frente dela, e Jamie tenta andar o mais rápido possível para alcançá-lo. Mas o calor do sol do meio-dia e a umidade pesada fazem parecer que está atravessando um lamaçal. Ela não consegue andar depressa o bastante.

– Por aqui, vamos – diz, com uma alegria contagiante.

Ao virar numa esquina, vê um enorme estacionamento no final de Kuta, onde centenas de pessoas estão reunidas.

– Nyoman! – grita com a voz trêmula.

Ele vira-se e espera por ela. Ainda está sorrindo.

– Chegamos, não precisamos mais correr. Pediram que eu fosse pontual. Estou sempre atrasado, por isso corro rápido demais.

Jamie ouve sua própria respiração ofegante, como se nunca tivesse andado pelas ruas de uma cidade, muito menos escalado algumas montanhas nas semanas anteriores.

– Por que tem tantas pessoas reunidas?

Nyoman olha para o grupo de pessoas do outro lado da rua.

– É uma reunião para todos os sobreviventes, viúvas e viúvos – diz, confuso. – As crianças vão fazer um espetáculo maravilhoso de dança e música para nós.

– Existem centenas de pessoas como a gente? – pergunta Jamie.

Ela não pensara nessa hipótese. Sim, dissera que iria a Bali. Lembra-se da lista de motivos que deu à mãe: vou apoiar o país, ajudar a recuperar o turismo, mostrar ao mundo que o terrorismo não venceu. No entanto, nunca deixou que esta imagem se formasse em sua mente – a imagem de uma cerimônia para pessoas atingidas pelo bombardeio. Seu bombardeio. Pessoas que poderia ter tirado dos escombros. Pessoas em que pode ter pisado durante a fuga.

– Sobreviventes. Viúvos. Viúvas. Somos muitos – diz Nyoman suavemente. – Uma organização nos tem ajudado ao longo desse ano. As atividades dessa semana são muito importantes para nós.

– Estou com dificuldade de respirar. Não sei por quê – diz Jamie. Seu coração bate acelerado, como se precisasse fugir de seu peito.

– Vou estar com você – diz Nyoman. – Ao seu lado.

Jamie sente vontade de chorar. Engole em seco.

Atravessam a rua. Há muitos jovens entre a multidão, tanto ocidentais como balineses. Um homem de muletas para e, num gesto de cumprimento, bate a palma de sua mão na de outro homem, e então se abraçam. Uma garota de cabelos ruivos, com cicatrizes horríveis de queimaduras no rosto, grita: "Oi, Charlie!", e Charlie a abraça e rodopia no ar. Sobreviventes.

Um pequeno grupo de balineses observa uma criança pequena brincar com uma bola de praia enorme. Os sorrisos são tensos. Viúvos. Viúvas.

– Precisamos nos registrar – sussurra Nyoman. – Vamos procurar a Srta. Dolly. Ela é muito gorda.

Então Jamie semicerra os olhos à procura de uma mulher gorda em meio à multidão.

– Lá? – pergunta.

– Sim.

Seguem em direção a uma mulher de meia-idade com um cabelo bem curto e um corpo de Humpty Dumpty.

– Senhorita Dolly – diz Nyoman.

A mulher abre os braços.

– Ah, Nyoman, estou tão contente de vê-lo.

Eles se abraçam e Nyoman parece um pouco assustado.

– Esta é a jovem americana que convidamos – fala.

Ela estende a mão.

– Jamie Hyde.

– Dolly Thompson. Você é a única americana.

– Não havia outros americanos?

– Sete que morreram. As famílias não puderam vir.

O sotaque de Dolly Thompson parece australiano. O ar está cheio de vozes australianas.

– Obrigada por vir – diz. – Muitas pessoas não quiseram voltar tão rápido. Oferecemos às famílias das vítimas e aos sobreviventes um anfitrião, como Nyoman, para que a estadia ficasse mais fácil.

– Estou muito contente por Nyoman ser meu anfitrião – diz Jamie.

– Para onde devemos ir? – pergunta Nyoman.

– Você ficará com as famílias das pessoas que morreram – responde Dolly, apontando para as arquibancadas no final do estacionamento. – E a Srta. Hyde ficará deste lado, junto com os sobreviventes.

Jamie olha para Nyoman sem dar uma palavra.

– Não vou deixá-la sozinha.

– É impossível – diz Dolly. Com seu tom de voz autoritário, parece uma professora de jardim de infância tentando organizar a confusão das crianças.

– Claro que não. É uma apresentação de crianças. Durante a cerimônia, ficarei com os viúvos.

Dolly faz um aceno de desaprovação com a cabeça.

– Todos querem deixar a situação mais difícil do que deveria. – Em seguida, desapareceu no meio da multidão com seu corpanzil.

– Obrigada – diz Jamie a Nyoman.

– Senhoras e senhores – anuncia uma voz no alto-falante. – Sejam bem-vindos. Queremos agradecê-los por terem vindo a Bali para participar dessa ocasião tão importante. – Jamie fecha os olhos enquanto a mesma voz fala rápido em indonésio.

O espetáculo infantil, realizado num palco no centro do estacionamento, é caótico e longo. Um grupo de adolescentes balineses, vestido com lindos trajes típicos, apresenta uma dança tradicional. Um coro de crianças australianas canta seu hino nacional. Jamie tenta prestar atenção ao show, mas se sente desconfortável o tempo inteiro.

No meio da apresentação solo – um menino toca um instrumento semelhante a uma flauta e emociona Jamie com suas notas tristes –, ela se vira e observa uma garota na fila detrás, que devolve seu olhar com olhos azuis penetrantes.

No mesmo instante, Jamie sente o cheiro de fogo. Ouve gritos. Diz a si mesma: "É uma lembrança." Parece o início de um dos seus pesadelos, porém está acordada. Está em pleno dia. Não há fogo. Não há bombas. Jamie pisca e a garota atrás dela inclina a cabeça, como se procurasse ver algo no rosto de Jamie.

Jamie olha para baixo. A garota está vestida com calças de ioga; vê o pé da prótese de uma das pernas.

– Você... – diz a garota e depois tapa a boca com a mão.

Mais uma vez, Jamie ouve os gritos. Está de volta à boate, o ar impregnado de fumaça. Uma viga de madeira esmaga a perna da garota. Ela tenta levantar a viga, mas é muito pesada. A madeira está quente, como se já estivesse em chamas. Porém, o incêndio acontece do outro lado da boate, onde as labaredas estalam e crepitam. Jamie sente o cheiro de carne queimada.

– Fique com a gente! – grita, e a garota abre os olhos. Olhos azuis. Não havia cor e, de repente, há o impactante azul dos olhos da menina.

Agora Jamie vê a prótese da perna e, em seguida, se fixa naqueles olhos incríveis. A garota acena em reconhecimento, e Jamie volta a se virar. Levanta-se e se afasta de Nyoman tão rápido que ele nem olha em sua direção. Anda com dificuldade entre as filas de pessoas, esbarrando em ombros e joelhos, murmurando palavras. *Desculpe. Preciso ir.* No final da fila, vira-se e corre.

Corre até a multidão ficar bem distante. Corre até quase perder o fôlego e sentir seu corpo tremer de exaustão.

Depois para e vomita no meio-fio.

Limpa a boca e continua a correr.

– Case comigo – diz Miguel, debruçando-se sobre os pratos de frutos do mar ao curry.

Este foi o último jantar com ele em Bali, há um ano, num restaurante em Kuta. A noite era quente e com vento, o som das vozes de tantos australianos jovens levantava o ar como o coro de uma torcida.

– Você está louco – respondeu. – Quase não nos conhecemos.

Ele era alto e magro, e o toque de suas mãos em sua pele era maravilhoso. Eles estavam juntos há seis meses, mais tempo do que passou com a maioria dos homens em sua vida. Viajaram por algumas semanas à Patagônia no intervalo das viagens de Jamie ("Audacioso Brasil", depois "Argentina Selvagem"); ele lhe ensinara a escalar no gelo em Fitz Roy e Jamie mostrou uma habilidade inata na geleira, com tanta coragem que ficou boba de alegria.

– Eu não sou louco – disse Miguel. Empurrou uma caixa para Jamie. O gim tônica embrulhou em seu estômago quando pegou o presente.

Segurou a caixa por um instante sem olhar. O efeito do gim havia deixado seu cérebro mais lento, e procurou as palavras que diria: não, obrigada. Não me sinto preparada. Não posso.

Abriu a caixa e viu o cintilar de um diamante, e então a fechou como se ele a cegasse. Em seguida, olhou para Miguel com uma expressão preocupada.

O rosto dele brilhava à luz da luminária *tiki*. Ele tinha uma espécie de orgulho arrebatado, esse rapaz bonito de Santiago.

– Case comigo – repetiu.

Jamie empurrou a caixa em sua direção.

– Estamos só começando esse relacionamento – disse com uma voz hesitante.

– Sim – insistiu. – Mas olha que relacionamento maravilhoso começamos.

– Nunca nem tive um relacionamento longo. – Ela não disse: "Nem sei se estou apaixonada." – Não posso casar com você, Miguel. Não estou preparada. E não posso fingir que estarei preparada numa semana ou num mês. O casamento não é o que quero neste momento.

Miguel retraiu-se ao ouvir as palavras. Pareceu surpreso, como se nunca tivesse imaginado que ela recusaria seu pedido. E por que imaginaria? Pelos últimos três dias, estavam vivendo uma história de amor num cenário extremamente romântico. Beijaram-se no banco detrás do táxi, escalaram montanhas de mãos dadas, ensaboaram os corpos um do outro no chuveiro do hotel e fizeram sexo com a água caindo sobre eles.

Miguel levantou-se com um passo vacilante e Jamie se perguntou se havia bebido demais. Mas ele se virou e andou em direção à porta sem dizer uma palavra, com um passo firme, sem olhar para trás.

Jamie pôs algum dinheiro na mesa e correu atrás dele.

Parou em frente ao restaurante, procurando freneticamente por ele em ambos os lados da rua, até que o viu de relance em meio à multidão, com a camisa azul escura brilhando à luz dos postes. Correu atrás dele chamando seu nome.

Ele parou, mas virou o rosto.

– Miguel.

– Eu não quero ser uma aventura na sua vida. Quero ser seu marido.

– Não se afaste de mim.

– Preciso de um drinque.

– Vou com você.

– Quero ficar sozinho, Jamie. Por favor.

Ele não a olhava nos olhos. Jamie soltou seu braço.

– Vamos nos encontrar mais tarde no hotel?

– Agora só quero um drinque.

Virou-se e seguiu para um bar do lado da rua. Uma música reggae saía pelas janelas abertas do prédio.

– Miguel.

Ele continuou a andar. Parada na calçada, Jamie o viu entrar no Paddy's Pub sem olhar para trás.

Jamie lutou contra a vontade de correr atrás dele. Poderia encontrá-lo no bar e chamá-lo para dançar. Não pense em casamento, sussurraria em seu ouvido. Pense nisso. Mais tarde, pegaria sua mão e o guiaria para o hotel, onde fariam amor até tarde da noite.

Ou poderia ir embora, voltar para o hotel e dormir um pouco.

No entanto, continuou parada na calçada.

Poderia ter dito que o amava, apesar de não querer se casar com ele.

Mas será que o amava?

Amava ver suas pernas musculosas escalando montanhas; amava o sexo acrobático que faziam. Porém, queria conhecer todos os lugares do mundo, queria sentir a adrenalina provocada pelas aventuras. O casamento não seria um obstáculo?

Um rapaz jovem deu um encontrão em Jamie e quase a derrubou. Atordoada, olhou em volta.

– Desculpe – disse o rapaz, com uma voz arrastada. – Quer beber um drinque?

– Meu namorado está lá dentro – disse Jamie, e começou a andar em direção ao bar.

Nesse momento, o céu ficou branco. Um branco ofuscante. Um segundo depois ouviu um som, uma série de pequenos estalidos semelhantes a bombinhas e, depois, uma explosão ensurdecedora. Sentiu-se levantando no ar, no espaço branco acima dela, e logo estava voando.

Jamie escorrega pela parede de um prédio até se sentar na calçada, as costas apoiadas na madeira fria. Quanto mais longe corria da apresentação das crianças, mais as lembranças a perseguiam. Não podia continuar. Encontrou um beco quase abandonado, em contraste com o resto das ruas em Kuta sempre cheias de pessoas.

– Larson? – diz no celular.

– Jamie, onde você está?

– Não sei. Perdida em Kuta. Por que não atendeu as minhas ligações?

– Conheci uma pessoa. Passamos alguns dias em Point Reyes. Não tinha sinal de celular.

– Meu Deus, Larson.

– Já é de madrugada aqui.

– Ela está na cama com você?

– Jamie. O que está acontecendo? Você parece péssima.

– Eu não posso continuar. Pensei que conseguiria enfrentar essa situação. Mas estou perdendo o controle.

– Talvez você *precise* perder um pouco o controle.

– Vá se foder.

– Vou voltar a dormir.

– Não. Espere.

Larson fica calado.

– Me ajude – ela fala em voz baixa.

– Vou para outro cômodo – Larson suspira. Ela ouve o barulho de seus passos no corredor da casa em Berkeley. Pode imaginar a cena: vestiu seu roupão velho de tecido felpudo, que sobrava em seu corpo magro demais. Sentaria na poltrona de couro ao lado da lareira, e então Rosalee, sua gata velha, pularia em seu colo.

Jamie aparecera na casa de Larson no meio da noite depois de uma briga terrível com um namorado; dormira no quarto de hóspedes por uma semana enquanto trocava de apartamento. Larson a entende. Já compartilharam tantas trilhas em tantos lugares obscuros do mundo, que é como se conhecessem a paisagem da vida um do outro.

Certa vez, Jamie disse a Larson que ele era seu pai substituto, uma versão melhor do homem que saíra abruptamente de sua vida. "Não faça isso comigo. É uma responsabilidade grande demais", advertira. Mas nunca a decepcionara. E agora está morrendo. Seu maldito pai está vivo e muito bem em Connecticut, enquanto esse homem maravilhoso morre aos poucos em Berkeley.

– O que está acontecendo, Perninha? – diz, por fim. Ele a chama de Perninha desde a primeira maratona de trilha que fizeram juntos, na qual ela manteve o ritmo ao seu lado durante horas, para sua grande surpresa.

– Vou voltar para casa amanhã.

– Mas a cerimônia é só no fim de semana.

– Não posso ficar.

– Não desista.

– Eu vi uma garota que estava no atentado.

– E daí?

– Não quero voltar atrás. Quero seguir em frente.

– Isso é seguir em frente.

– A pessoa com quem estou hospedada acredita que a esposa vai reencarnar como sua filha.

– É possível.

Jamie começa a chorar. Reserva suas lágrimas para Larson. Certa vez, sua mãe gritou: "Seria mais fácil se você não fosse tão durona." Mas Larson sabe que, no fim das contas, ela não é tão durona assim.

– Estou aqui – diz calmamente.

– Escute. Me inclua na viagem à Nova Zelândia. É fácil chegar lá saindo de Bali. Eu adoro esse tour.

– Fique onde está.

– Estou sentada na calçada como um mendigo. Provavelmente em cima da urina de alguém.

– Então é exatamente aí que deve estar.

– Você parece o Nyoman.

– Quem é Nyoman?

– Meu anfitrião.

– A esposa dele morreu?

– No atentado.

– Talvez funcione. A filosofia dele.

– Não para mim.

– Dê mais uma chance, Perninha – diz Larson, com um tom de voz baixo e sério.

– Nem perguntei como você está – diz Jamie, enxugando o nariz na manga.

– Estou bem – responde, um pouco rápido demais. Jamie percebe que está mentindo. Não há uma mulher em sua cama.

Embora soubesse que o câncer de pâncreas significava uma sentença de morte desde que Larson lhe contou o diagnóstico, não se permitia pensar no fim. Ela é a única pessoa que poderia cuidar dele. Não sabe se é forte o bastante para essa tarefa.

– Não quero te perder – diz Jamie, por fim.

– Ah, vou te assombrar pelo resto da vida. Este é o meu plano. Vou me enfiar na sua mochila e te seguirei pelo mundo.

Dois garotos balineses passam correndo à sua frente atrás de um cachorrinho, como se ela fosse invisível.

Jamie se levanta e olha para o céu – o pôr do sol irradia manchas vermelhas pelo céu azul sem nuvens.

– Volte para a cama.

– Fique em Bali, Perninha – diz Larson, e desliga.

Jamie coloca o celular no bolso e começa a andar.

Demora muito tempo até encontrar o estacionamento. Nyoman está sentado calmamente num banco nos fundos do estacionamento vazio. As arquibancadas e o palco foram retirados. Observa Jamie enquanto ela anda em sua direção.

– Sinto muito – disse, ao se aproximar dele.

– Tenho uma escultura do Ganesha em meu jardim.

– O elefante?

– Sim. O elefante. Ele nos protege dos demônios. Vou esperar por você. Serei seu Ganesha.

Jamie sonha com Bambang. O garoto está numa bicicleta com o cachorro ao lado, e Nyoman corre atrás dele gritando, "Pare! Ladrão!" Bambang ri, o cachorro late, e Nyoman apunhala o menino.

Jamie senta-se na cama com o coração explodindo.

– Bambang – diz em voz alta. De repente, percebe que precisa de sua ajuda.

Veste a roupa às pressas. Deveria tomar um banho, mas não quer perder tempo.

Abre a porta do quarto e vê Nyoman arrumando a mesa no jardim para seu café da manhã.

– Eu já volto.

Ele a olha, surpreso, enquanto ela passa correndo.

Abre o portão da rua e lá está Bambang à sua espera, como se tivesse ouvido seu chamado. O cachorro também a esperava, com as orelhas em pé e a cauda abanando. Se Bambang tivesse uma cauda, ela também estaria abanando.

Jamie corre pela rua. O garoto parece preocupado.

– Bambang em encrenca?

– Você está sempre metido em encrenca. Mas eu não me importo. Preciso da sua ajuda.

Um grande sorriso ilumina seu rosto.

– Vinte dólar – diz.

Tira uma nota de vinte dólares do bolso detrás das calças. Os olhos do menino arregalam-se.

– Encontre um homem para mim. Você consegue. Provavelmente conhece todo mundo nesse país.

– Só nessa cidade.

– Vamos começar aqui. Ubud. No ano passado, ele era professor numa escola em Ubud.

– Seu namorado? – cantarola Bambang, em tom de provocação.

– Não é meu namorado.

– É o seu ficante? – pergunta com um grande sorriso.

– Como diabos você conhece essa expressão? – pergunta, rindo. – Não, ele não é meu ficante.

– Professora de ioga me ensina. Ficante.

– Isabel?

– Não. Várias professoras de ioga aqui. Essa é Lucy.

– Não me interesso por professoras de ioga. Encontre essa pessoa.

– Prometo – diz Bambang, orgulhoso. – Como se chama?

– Gabe. Não sei o sobrenome. Você tem que fazer valer esses vinte dólares. É americano. Professor. Olhos verdes. Cabelo escuro e barba. Tatuagem de um pássaro no antebraço.

– O que é antebraço?

– Você conhece "ficante" e não sabe o que é antebraço? – Jamie lhe mostra seu antebraço. – Aqui.

– Ele ainda ensina em Ubud?

– Não sei. Vamos começar por aqui.

– Isso custa mais do que vinte dólar – diz o menino, cruzando os braços magros no peito.

– Você tem uma lista de serviços? Diz em algum lugar: *encontrar um homem desaparecido*... quanto, quarenta dólares?

– Quarenta dólar.

– Se o encontrar, você ganha mais vinte dólares. – O cachorro se esfrega em sua perna, como se enfatizasse o pedido por mais dinheiro. – Qual é o nome do cachorro?

– TukTuk. – Bambang sai correndo pela rua, agitando a nota de vinte dólares, com TukTuk atrás em paroxismos de alegria.

– Esse menino não é boa coisa – diz Nyoman quando ela se senta à mesa para o café da manhã.

– Talvez seja bom para alguma coisa.

– Ubud não quer problemas.

– Ele é órfão? – Põe o guardanapo no colo e coloca um saquinho de chá na xícara. Nyoman derrama água quente em cima. *Parecemos um casal de velhos*, Jamie pensa.

– Ele chegou aqui há um ano. Ninguém sabe de onde veio, nem se tem família. Bambang é um nome javanês.

– Talvez tenha fugido de casa.

Jamie come o iogurte e frutas com Nyoman ainda ao seu lado. Normalmente espera ele entrar no bangalô para começar, mas está morta de fome.

– Não estamos nos Estados Unidos. Não temos crianças que fogem de casa, que vivem na rua, que trapaceiam com turistas. Temos uma comunidade. O menino não tem comunidade.

Jamie sente uma estranha afinidade com o garoto rejeitado.

Nyoman volta para seu bangalô com a bandeja vazia e o bule de chá.

Jamie imagina uma mulher dentro do bangalô de Nyoman, recebendo-o com um sorriso. Nyoman coloca a mão no ventre grávido da esposa. Ela levanta a mão e ajeita os óculos tortos em seu nariz.

– Daqui a pouco vão estar tortos de novo – ele lhe diz.

– Por enquanto, você está perfeito – ela responde, passando os dedos pelo cabelo dele.

Jamie para em frente ao estúdio de ioga de Isabel, no centro de Ubud, e vê a aula pela janela. A sala está cheia de pessoas extremamente flexíveis, que se movem com graciosidade em posturas complicadas. Espera que a aula esteja perto do fim – sente-se com calor e impaciente. Andou bastante pela cidade, tentando descobrir uma forma de encontrar Gabe ou milagrosamente esbarrar com ele na rua. Ela era uma Nancy Drew fracassada. Não tem um plano, nem expectativa de achá-lo. Por que embarcou nessa missão?

É como se agora tivesse transformado essas cinzas da memória em um fogo incandescente. Não consegue apagá-lo. Precisa encontrar Gabe.

Por fim, os alunos deitam-se de costas para relaxar. Jamie fica feliz por não ter feito a aula. Seus músculos estão tensos demais por causa das escaladas nas montanhas; sua mente está acelerada demais para uma hora e meia de respiração focada.

A aula de ioga termina com uma série de oms. Os alunos vão embora, e muitos deles abraçam-se ao partir. Isabel é a última a sair do estúdio.

– Jamie! – diz, beijando-a nas duas bochechas.

– Parece ter sido uma boa aula.

– Participe da próxima vez.

– Estou curiosa, você já era professora de ioga antes de vir para Bali?

– Não, eu era contadora em Londres.

– Não é possível.

– Sério. Eu realmente precisava de Bali.

Jamie não podia imaginá-la atrás de uma mesa de escritório, com um computador à sua frente, as pernas cruzadas com um ar formal e escarpins caretas nos pés.

– Escute, não consegui achar nada sobre a pessoa que eu procuro, o Gabe. Fiquei pensando se você falou com a sua amiga da escola internacional.

– Sim. Eu ia ligar para você. Ela não conhece ninguém chamado Gabe – responde Isabel, balançando a cabeça.

– Droga.

Isabel põe a mão no braço de Jamie.

– Não desanime.

As duas se despedem com um beijo e Jamie segue pela rua como se tivesse em mente algum lugar para ir.

Anda no meio de dois prédios e, em poucos minutos, está caminhando no meio de um arrozal. A cidade desaparece e a rica paisagem verde a rodeia. Respira com mais facilidade. O sol está forte, porém o chapéu de abas largas que comprou de manhã protege seu rosto.

Vê um caminho de cascalho que corre ao longo de um sulco da plantação de arroz. Um mar verde estende-se aos seus pés. Segue a trilha e encontra um rio e um grupo de árvores, a única sombra visível. Senta-se numa pedra e tira os sapatos, deixando a água fria passar por seus pés, e então pega o celular. Incrível – no meio do nada, no meio de Bali, o celular tem um sinal perfeito. Liga para a mãe.

– Jamie! – Rose grita, como se ela tivesse desaparecido há semanas.

– Recuperei minha carteira – diz Jamie.

– É mesmo?

– Provavelmente me passaram a perna, mas a maior parte do dinheiro estava intacta. Agora o ladrão é o meu melhor amigo.

– Jamie, não se envolva com delinquentes por aí.

– Ele é só um menino. Não estou me metendo em problemas.

– Como você está, minha querida?

– Não muito bem. – A voz de Jamie falha. Ela não queria chorar.

– Ah! – A voz de Rose também vacila.

Jamie levanta-se e entra no rio. A água fria molha suas pernas e os shorts.

– Tentei encontrar o Gabe.

– Pensei nessa hipótese – murmura Rose.

– De repente, isso pareceu importante para mim.

Dá mais um passo dentro do rio. A água cobre seu abdome, seus seios. Quase chega ao queixo. Perde um pouco o equilíbrio, e não é só por culpa do leito rochoso do rio. É pelo calor e o frio, pelo silêncio e o barulho.

– Talvez fique decepcionada se encontrá-lo. Às vezes, transformamos homens em heróis quando, na realidade, são meros mortais.

Jamie sabe que a mãe referia-se ao pai. Será que fez a mesma coisa com Gabe?

– Espere um minuto.

Jamie sai com dificuldade do rio. A água pinga de sua roupa encharcada.

– Onde você está? – pergunta Rose.

– Não tenho a menor ideia. – Sai da sombra das árvores e vai para a beira do arrozal. O calor do sol a envolve. – Obrigada, mãe.

– Pelo quê?

*Preciso encontrá-lo para esquecê-lo*, Jamie pensa. Mas não diz uma palavra.

Bambang a está esperando em frente ao Paradise. Dá um pulo no meio-fio e corre ao seu encontro.

Jamie sente um momento de pânico. E se ele tivesse encontrado Gabe? E se o visse de novo? Por que não tinha pensado no que aconteceria depois?

– Eu tenho nome! Eu tenho nome! – grita Bambang.

O cachorro pula em cima de Jamie e quase a derruba. Ele lambe suas pernas, suas mãos, seus pés.

– Calma, TukTuk – diz Jamie, acariciando seu pelo aveludado.

– Sr. Gabe Winters!

– Gabe Winters – diz, pronunciando com cuidado o nome. As palavras se encaixam em seus lábios como se já estivessem ali, à sua espera. – Onde ele está?

– Vinte dólar – diz Bambang.

– Você não o achou – argumenta Jamie.

– Descobri nome! Vinte dólar!

– Onde ele está?

– Vinte dólar.

– Você é insuportável. – Tira uma nota de vinte dólares da carteira. Bambang pega o dinheiro com gritos de alegria.

– Vi moça de tatuagem. Fez pássaro no Sr. Gabe Winters há três anos. Lembra de todas tatuagens.

– Ela tem o endereço dele?

Bambang faz um aceno negativo com a cabeça.

– Como vou encontrá-lo?

– Mais vinte dólar.

– Você nunca faz nada por bondade de coração?

– Não entendo.

– Claro que não entende.

– Não está feliz? Tem nome agora.

– Sim, tenho o nome. Encontre o endereço. – Tira outra nota de vinte dólares e a coloca em sua mão.

Jamie vai a um cybercafé no centro da cidade. Quase todos no local parecem pertencer à primeira geração hippie – ela voltou no tempo para o Festival de Woodstock. O garçom tem um rabo de cavalo, veste uma camiseta do Grateful Dead e um sorriso chapado nos lábios. Jamie pede chá de menta gelado e se esconde atrás de um computador numa mesa de canto.

Digita *Gabe Winters* no Google, mas não acha nada relacionado ao homem que conheceu em Bali. Depois digita *escolas internacionais em Bali* e copia a lista em seu bloquinho. Encontra números de telefone e começa a ligar. "Não, não tem ninguém aqui com esse nome", lhe dizem inúmeras vezes. Sua obstinação se intensifica à medida que as dificuldades para encontrá-lo aumentam.

Gabe tinha uma irmã em Boston, ela se lembra, mas quando digita *Winters Boston* no Google, recebe informações sobre o inverno. Tenta *Gabe Winters Boston* e encontra um artigo:

*Casal de Boston cria uma fundação em memória do filho*

Gabe Winters e Heather Duckhorn criaram a Ethan Winters Foundation para apoiar pesquisas sobre meningite infantil. Ethan Winters morreu de meningite aos 4 anos.

Jamie lembra-se de uma manhã em que se sentou com Gabe no pátio. O tom rosa-claro do pôr do sol coloriu a névoa sobre os canteiros de lírios.

"Quando acordei", ele dissera, os olhos fixos na água, "percebi que tinha sonhado com o Ethan. Foi a primeira vez que o vi num sonho."

Jamie digita *Ethan Winters Foundation* no computador. Encontra o site da fundação e abre a home page. O site é confuso, há muitas informações e todas gritam por atenção. Passa os olhos por diversas palavras: *meningite, doações, eventos, histórias de sobreviventes*. Nenhuma a leva até Gabe.

– Vai terminar logo?

Levanta o rosto, perplexa. Vê um adolescente magro ao seu lado, balançando as pernas com impaciência. Ele está chapado, ou talvez fosse o som alto de seu fone de ouvido.

– Não – responde rispidamente. – Talvez. Não sei.

– Relaxa, minha irmã – diz o garoto, e segue para o próximo computador livre.

Jamie fixa os olhos na tela e tenta diminuir o ritmo de seus pensamentos. *Encontre ele. Está aqui, em algum lugar.*

Clica no link para o conselho diretor. O nome de Gabe é o último da lista. Seu currículo resumido diz: "Gabe Winters mora em Bali e é professor da Ubud Community School de Bali."

Jamie desliga o computador e sai correndo do café.

Bambang está sentado no meio-fio à frente do Paradise. Ele acena alegremente ao ver Jamie andando em sua direção.

– Precisa de mim? – ele pergunta.

– Você sabe onde é a Ubud Community School?

– Sim – responde Bambang, orgulhoso.

– Pode me levar até lá?

– Sim, sim – fala todo animado. – Só dois dólar.

– Você é um serviço de táxi agora?

– Bambang guia de turismo.

Jamie tira dois dólares da carteira e põe na palma da mão aberta do menino.

– Agora? – pergunta.

– Agora.

Segue Bambang e TukTuk por uma estrada distante do centro da cidade.

Jamie lembra-se de como uma turista que guiou numa montanha em Chamonix descrevera seu medo de descer um caminho estreito e exposto dos dois lados: sede, suor frio, braços formigando. Jamie sente o mesmo agora. E está apenas andando numa rua em Bali.

– Sr. Gabe lá? Ele professor na escola? – pergunta Bambang.

– Acho que sim.

– Você se apaixonou por Sr. Gabe?

– Um guia turístico aprende a não fazer perguntas.

– Você guia de turismo?

– Perguntas demais. Deixe a turista contar o que quiser. Ficaria surpreso com o quanto ela vai falar.

– Você quieta demais. Você conta nada.

– Preciso de um tempo.

Os três andam pela estrada nos arredores da cidade. Já é final do dia, não há motivo para Gabe ainda estar na escola a essa hora. Mas Jamie sente-se compelida a ver o lugar, a conhecer onde trabalha.

– Ali a escola. – Bambang aponta para um pequeno prédio no final da rua. Ao contrário das muitas construções de pedra na região, este é feito de bambu – parece um pouco com uma casa na árvore. Jamie para onde está, do outro lado da rua, e Bambang rapidamente a acompanha.

– A gente entra? – pergunta o menino.

– Não. Vou esperar aqui. Seu trabalho terminou.

– Eu espero com você.

– Não. Estou bem. Pode ir, Bambang. Gaste seu dinheiro em algum lugar.

O garoto fica desapontado; até mesmo TukTuk abaixa a cabeça.

Duas mulheres abrem a porta da frente e saem da escola. Quando chegam perto da rua, Jamie ouve uma delas dizer:

– Prefiro ficar em casa corrigindo trabalhos a passar por essa experiência de novo.

A outra mulher ri e as duas trocam um beijo de despedida.

Jamie pega dois dólares no bolso e dá a Bambang.

– Suma.

Bambang e TukTuk correm pela rua de volta ao centro da cidade.

Jamie encosta-se numa árvore. Um homem sai pela porta da frente da escola. Um balinês. Não é Gabe. Ela respira fundo.

Lembra-se de um dia, há um ano, no bangalô na praia. Ela estava deitada na cama, dois dias após o atentado, tentando esquecer as imagens horríveis das boates em chamas. Pense em Miguel, não nas bombas. Lembre-se de como ele cantava músicas espanholas para você no topo da montanha. Lembre-se do seu rugido selvagem quando pulou de um penhasco para o Pacífico. Lembre-se de sua respiração suave quando dormia com o rosto encostado em sua nuca. Todas as lembranças fundiram-se numa última imagem, a de seu corpo ferido em seus braços. Sentira uma sensação de pânico. Levantara-se da cama e saíra, cambaleando e nervosa, para o jardim.

Gabe estava sentado no pátio, lendo um livro. Erguera os olhos e vira seu rosto molhado de lágrimas. Levantara-se e caminhara em sua direção.

– Miguel morreu – ela dissera em voz baixa.

Jamie aproximara-se dele, e então, antes que o abraçasse, afastou-se abruptamente.

Mesmo agora, um ano depois, ainda sente o impulso desse momento. Na direção de Gabe. Longe de Miguel. Sente-se dando um passo para trás, para longe da escola, como se pudesse mudar o que fizera antes e o que está prestes a fazer agora.

Então a porta da Ubud Community School abre de novo e um pequeno grupo sai. Um homem idoso com uma bengala. Não é Gabe. Uma mulher de mãos dadas com uma criança. E, por fim, um homem para sozinho na porta. Olha ao redor e seus olhos fixam-se em Jamie.

Gabe.

Nesse momento, tem a sensação de que seu forte exterior – pele, músculo e ossos – dissolvem-se, e tudo que resta é seu coração acelerado. Lembra-se de cada dia difícil depois do atentado. Tudo isso era absolutamente verdadeiro. Assim como suas pernas cambaleantes e o som da batida de seu coração preenchendo todo o espaço dentro dela.

Ele é alto, com o cabelo preto um pouco grisalho. Tirou a barba. Ele passa a mão pelo cabelo e ela se lembra do gesto, assim como se lembra do que acontece em seguida – uma mecha rebelde cai em sua testa, incontrolável. Está vestido com uma camiseta preta e jeans, e carrega uma bolsa de lona no ombro. Jamie o observa e espera: ele não sorri, mas começa a andar em sua direção.

Respire, pensa. E, sem refletir, faz uma contagem regressiva, como se contasse os passos que os separam. Respira fundo a cada número enquanto ele se aproxima.

Gabe pisca os olhos e seu rosto fica tenso.

– Jamie.

Ela não consegue falar. Sente a boca seca e estranha.

Gabe toca na cicatriz de seu rosto. Ele se lembra de como ele trocava os curativos, os dedos tão delicados na ferida. Agora, mesmo com a pele dormente, um choque elétrico a percorre. Seu corpo treme e ele afasta a mão.

Jamie observa seus olhos verdes. Espera que fale algo. Mas ele não diz uma palavra.

– Vim aqui para pedir desculpa – ela diz, por fim. As palavras ecoam em sua mente, como se as estivesse repetindo meses e meses sem parar. De certo modo, estava.

– Jamie – ele fala. Então, balança a cabeça.

Leva novamente a mão ao rosto dela. Dessa vez, os dedos tocam seus lábios.

– Por favor – ele diz –, volte para casa.

# PARTE DOIS

# 2002

– Você pensa em voltar para casa? – perguntou Molly, fazendo uma pausa antes de repetir. – Em algum momento?

– Aqui é a minha casa – Gabe respondeu gentilmente.

Buzinou e esperou que uma motoqueira de rabo de cavalo avançasse antes de ultrapassá-la. As outras motos mudaram bruscamente de direção e passaram a poucos centímetros da janela do carro.

– Não sei como você consegue dirigir aqui – murmurou Molly.

Sem a olhar, Gabe imaginou o rosto da irmã, tenso como se estivesse com dor, tentando conter as lágrimas. Conhecia Molly melhor do que conhecia qualquer pessoa, até mesmo sua ex-esposa.

– Parece que você jogou fora uma vida inteira – disse, em voz baixa.

– Não joguei nada fora.

– Eu me sinto um pouco rejeitada. A família de ontem. É uma pena que não tenham uma lixeira reciclável para esse tipo de coisa.

– Ah, que bobagem – disse Gabe, dando um peteleco no braço da irmã.

– Ai! O que é? Não posso dizer que sinto a sua falta?

Ele a olhou. Molly estava observando o trânsito, e viu seu pé esticado como se estivesse apertando um freio imaginário. Sorriu. Eles costumavam implicar com a mãe por ela pressionar o freio enquanto dirigia.

– Eu também sinto sua falta. Você sabe disso.

Molly mexeu nos botões do painel.

– Está um calor infernal. Como você aguenta?

Gabe ligou o ar-condicionado. A ventilação entrou, então diminuiu, dando lugar a um ar fresco. Mas a temperatura mudou muito pouco.

– Não me agitando. Foi o que aprendi.

– Estou sentada aqui. Isso não é ficar agitada, é? Mas estou molhada de suor.

Gabe sorriu.

– Você fica em movimento mesmo quando está sentada.

– Droga – disse, e depois começou a chorar, com a cabeça baixa e as mãos no rosto.

Ele acariciou sua mão.

– Às vezes só preciso de você perto de mim – ela falou, a voz abafada atrás das mãos. – E você está a milhões de quilômetros de distância.

– Vou ligar com mais frequência.

– Talvez esteja chorando por causa da mamãe. Tenho 43 anos e me sinto a porra de uma órfã.

Quando Gabe tinha 11 anos e Molly 14, a mãe deles morreu de infarto. O pai, um artista, se refugiou em seu ateliê na garagem, criando esculturas agoniantes a partir de objetos que encontrava. Depois que ficou viúvo, raramente falava com os filhos ou com qualquer pessoa. A pena que Molly sentia por fim transformou-se em raiva e, uma noite, após servir macarrão com queijo para Gabe no jantar, entrou no ateliê do pai. Gabe logo atrás. O pai estava sentado olhando a escultura de uma mulher, retorcida numa forma inumana. "*Nós* estamos aqui", dissera Molly quando ele finalmente a olhou. "Você ainda tem *a gente*."

Gabe descobriu anos depois que o pai contara a Molly onde guardava todos os documentos financeiros, caso algo lhe acontecesse. Mas nada aconteceu. Transferiu toda a sua dor para a arte e ignorou os filhos.

Molly cuidou de Gabe e decidiu morar em casa enquanto cursava Harvard, para que os dois jantassem juntos, fizessem os trabalhos de casa juntos, enquanto o som agudo e áspero das máquinas de solda do pai ecoava pela casa.

O pai morreu um ano antes do nascimento de Ethan, e embora Gabe e Molly tivessem se reconciliado com ele, sempre carregaram a morte da mãe como se fosse uma pedra.

– Você não está sozinha – disse Gabe, a mão fazendo círculos suaves nas costas de Molly.

– Quando Ethan morreu... – disse Molly, e Gabe se retraiu, tenso. Pôs a mão de novo no volante – senti que eu tinha importância na sua vida.

– Você tem.

– Você precisava de mim. Mas o que vai acontecer quando eu precisar de você?

– Molly, eu não posso voltar. Não quero voltar. Ainda estou tentando construir uma vida nova. E ela está aqui.

– Vai ficar sozinho o resto da sua vida?

– Não sei nada sobre o resto da minha vida. Isso é o que eu quero neste momento.

– Acho que você se tortura dando aula para crianças. Não pode te fazer bem.

– Faz, *sim*, bem para mim – insistiu Gabe. Lembrava-se do dia em que Lena pediu para ajudá-la na escola em Ubud, quando um professor ficou doente. Os meninos tinham 7 anos, a idade que Ethan teria. Atravessara a porta da sala como se entrasse num pesadelo. Será que Ethan seria tão barulhento e agitado como aquela criança? Não. Ele esperaria um pouco antes de puxar a camisa de Gabe do jeito que fez um menino chamado Christopher.

– Do que você precisa? – perguntara Gabe, sentando-se de cócoras para ficar na altura do rosto do menino, cujos olhos pareciam dois lagos profundos. Ele não dissera uma palavra.

– Você quer que eu te ajude a escolher um livro?

Christopher fez um aceno afirmativo, sacudindo os cachos de seu cabelo. O cabelo de Ethan era mais claro e liso. Seus olhos eram verdes; os do menino eram azuis. Gabe sentira um cheiro familiar – será que o garoto usava o mesmo xampu?

– Você gosta de livros sobre animais?

O menino balançou a cabeça de novo.

Gabe andara até a estante, como se esperasse encontrar todos os livros de Ethan. Não, esses eram desconhecidos. O menino pegara um deles da prateleira, com um leão vermelho e a boca entreaberta num rugido na capa.

Christopher segurou a mão de Gabe e o arrastou para o lugar reservado à leitura, puxando Gabe até que se sentasse no chão. Depois também se sentou, encostando nele seu ombro magro.

Gabe começara a ler, e logo as outras crianças juntaram-se a eles, tentando sentar o mais perto possível.

Um carro buzinou, e Gabe deu uma guinada para desviar de um caminhão enguiçado no meio da estrada. Olhou para Molly, que estava com os olhos fechados e uma expressão tensa.

– Dar aulas para crianças me ajuda a lembrar dele – disse a Molly. Não lhe contou os dias em que não conseguia falar, porque um menino dizia alguma coisa com o jeito de Ethan. Ou os dias em que os pais vinham reclamar porque os filhos não estavam lendo bem ou não faziam amigos, e Gabe estremecia com uma raiva repentina. O que daria para ter problemas como aqueles.

– Eu me lembro da voz dele – disse Molly. – Quando estou deitada na cama à noite, ouço sua voz. Se eu pudesse ouvi-lo dizer Mollipop de novo, só isso me faria feliz.

Gabe imaginou Ethan na praia em Cape, chamando a tia aos gritos para brincar com ele na água. *Mollipop! Vem pular as ondas comigo!* Estava bronzeado depois de um verão no sol, e o cabelo tinha ficado louro. Dava saltos na arrebentação, era um menino com muita energia. Quando Molly correu em sua direção, ele pulou e se enrolou em seu corpo como se fosse um macaquinho.

Um ônibus buzinou atrás deles, assustando Molly.

– Chamam isso de paraíso? – resmungou.

Molly estava solteira há dois anos, desde que o homem que amava se mudou para a Alemanha e não a chamou para acompanhá-lo. Ela queria ter um filho, queria ter um amor na vida, queria fazer parte da família de alguém se não pudesse ter a sua. Gabe preocupava-se com ela, mas sabia que não podia salvá-la. Desde a morte de Ethan, todo o seu esforço concentrava-se em sobreviver.

– Já estamos chegando? – perguntou, olhando para a longa e movimentada autoestrada de Bali. Em um segundo, ela voltou a ser uma criança de 9 anos, sentada com Gabe no banco detrás do carro enquanto os pais os levavam a Cape.

– Sim, já estamos quase chegando – disse para acalmá-la.

No aeroporto, depois de abraçar Molly e prometer que a visitaria em Boston no ano seguinte, Gabe sentou-se no carro sentindo sua ausência. Molly agitava o ar ao redor dele e, mesmo que se esforçasse muito para manter sua vida calma e controlada, já sentia falta da intensidade da irmã. Havia algo especial em todo aquele amor que emanava, revelando as carências e desejos que ele em geral escondia tão bem num lugar seguro.

"Ele se sentia sozinho?" Molly lhe fez essa pergunta no meio de uma cerimônia de dança a que assistiram no último fim de semana. Estavam rodeados de seus colegas da escola, amigos com quem tinham passado algumas horas divertidas. Ela o conhecia muito bem. Todas essas pessoas não preenchiam sua solidão.

Ele pegou o celular e olhou seus contatos. Theo Huntley. Um amigo com quem podia contar para encher o espaço vazio. Discou o número.

– Gabe Winters! – ressoou uma voz profunda. – Você ainda está em Bali? Há dois anos que não tenho notícias suas.

– Moro em Ubud. Sou professor aqui.

– Não brinca.

– Tem algum programa para o jantar?

– Esta noite?

– É. Estou no aeroporto. Me encontre em Kuta daqui a uma hora.

– É melhor eu aparecer. Talvez demore muito até eu ter notícias suas de novo.

– É possível.

– Santo's?

– Obrigado, Theo.

Colocou o celular no banco ao lado e saiu do aeroporto. Theo foi o seu primeiro contato em Bali, um amigo de um amigo do *The Boston Globe*. Ele também fora jornalista; também abandonara a profissão. Theo alugou uma casa perto da praia em Seminyak para escrever um grande romance australiano. Pelo que Gabe viu nas duas semanas em que se hospedou com Theo, assim que chegou a Bali, ele passava mais tempo surfando do que escrevendo. Bali era a meca dos jovens australianos – voo curto, hotéis baratos, grandes ondas. Eles divertiam-se muito. Gabe instalou-se no escritório pequeno e bagunçado de Theo num sofá-cama, e Theo lhe prometeu: "Não se preocupe em quebrar o meu ritmo, cara. Há um mês que não escrevo uma palavra." A escrivaninha estava cheia de revistas de surfe.

Gabe seguiu em direção a Kuta, com um estado de espírito mais leve. Não queria voltar para Ubud agora. Talvez por uma noite pudesse se divertir um pouco. Ubud era o oposto de Kuta. A uma hora de distância numa região montanhosa, Ubud atraía pessoas que queriam fazer um retiro espiritual, pensadores, pessoas que queriam fugir da vida frívola.

Se bebesse demais, poderia dormir no sofá-cama de Theo, como nos velhos tempos, e dirigir de volta a Ubud na manhã seguinte.

"Até parece que você não tinha uma vida antes de mudar para cá", dissera Molly no aeroporto. "Você era feliz em Boston antes do Ethan morrer."

"Não me lembro", Gabe respondera.

Mas se lembrava. Certa vez, Ethan acordara no meio da noite com um pesadelo. Subira na cama e espremera-se entre Gabe e Heather. Heather cantara uma canção de ninar suave para ele, e em poucos minutos o menino adormecera tranquilamente. Continuou a cantar e Gabe acariciou seu cabelo, com o braço estendido sobre o ombro de Ethan. "Não pare", sussurrara, como se soubesse que tudo isso – sono, bons sonhos, um lindo menino, um casamento maravilhoso – logo desapareceria depois da última nota suave.

Agora, ligou o rádio e ouviu uma música de Bob Marley, então abriu as janelas e deixou entrar o calor, o ruído das motocicletas, o som das buzinas. Não queria mais o silêncio. Depois da visita da irmã, tudo que queria era barulho.

Gabe observou Theo enquanto caminhava pelo restaurante lotado em direção à sua mesa. Mesmo entre os ocidentais,

Theo sobressaía. Era alto, louro e chamava mais atenção do que muitas mulheres no local. Gabe pensou por um momento se Theo já fora um jornalista sério – ele não escrevera sobre cultura popular? Talvez tivesse se limitado a ir a eventos sociais e a relatar a vida dos ricos e dos depravados famosos.

*Que horror*, pensou Gabe. Dois anos vivendo na seríssima Ubud e virei um esnobe.

– Você é um montanhês! – rugiu Theo, estendendo um braço caloroso ao redor das costas de Gabe.

*A barba*, pensou Gabe. Gostava da surpresa de ver alguém diferente quando se olhava no espelho.

– Que bom ver você, Theo.

Eles sentaram-se. Theo fez sinal para a garçonete e pediu uma garrafa grande de cerveja Bintang.

– Então, você é professor? – perguntou Theo, voltando sua atenção para Gabe.

– Pois é. Encontrei a minha verdadeira vocação.

– Como diabos isso aconteceu?

– Conheci uma moça que fundou uma escola e um dos professores teve dengue. Eu disse que o substituiria por uma semana. Isso foi há um ano e meio.

– Vocês devem estar dando uma. Não há outra razão para isso.

*Tinha* transado com Lena algumas vezes, mas agora eram só amigos. Não iria explicar nada disso a Theo.

– É só uma crise de meia-idade.

– Que besteira – disse Theo, e a cerveja apareceu à sua frente. Ele olhou para o rosto da bonita garçonete balinesa e sorriu. – Um brinde, minha amiga – disse para a garçonete sorridente.

– Um brinde – disse Gabe, levantando o copo de uísque.

A garçonete desapareceu.

– Está escrevendo? – pergunta Gabe.

Theo encolheu os ombros.

– Não pergunte.

Gabe riu, mas parou ao ver a expressão sombria no rosto de Theo.

– Então me fale sobre as ondas.

Theo falou um pouco sobre surfe e Gabe fingiu que sabia o que era *swell* e *bottom turn*. De repente, não conseguiu lembrar por que tinha pensado em ir a Kuta, por que queria se embriagar com Theo e dormir em seu sofá-cama barato. Pensou em sua pequena casa nas colinas longe do centro de Ubud. Poderia estar sentado agora na espreguiçadeira, olhando as milhares de estrelas no céu.

Ouvia o burburinho da conversa das pessoas no restaurante, as músicas de Tracy Chapman, e o som dos ventiladores de teto de madeira. Viu um homem corpulento ir de mesa em mesa, cumprimentando pessoas ou beijando-as. Devia ser o dono, pensou. Santo's era um restaurante mais ostentoso do que a maioria em Kuta, atendendo só os ocidentais. Era sofisticado e moderno, um pouco frio demais para o gosto de Gabe.

– Você vai continuar morando em Ubud? – perguntou Theo. Gabe perdera parte da conversa – não estavam falando sobre ondas?

– Por enquanto, sim. Passei os últimos quinze anos planejando a minha vida. Agora, estou tentando passar alguns anos sem um plano.

– Falei com Devon há algumas semanas – disse Theo. Devon era um amigo em comum do *Globe*.

Gabe bebeu o resto do uísque em seu copo. Procurou a garçonete, pronto para uma segunda dose.

– Ele me disse que você era um dos melhores.

– É fácil dizer quando saí há tanto tempo – murmurou Gabe. *Há tanto tempo*. As palavras ecoaram em sua mente.

– Por que você saiu? Nunca te fiz essa pergunta.

Gabe levantou o copo para a garçonete, que respondeu com um aceno. Depois, se virou para Theo.

– Sabe o que eu não entendo? – disse, e na mesma hora ouviu um tom desagradável em sua voz. Theo o encarava com firmeza. Respirou fundo. – Todos vêm aqui para se reinventar. Somos desistentes. Cansamos de nossas vidas em casa, ou fracassamos, ou nos perdemos ao longo do caminho. Bali nos chama. Chegamos aqui e descartamos nossas antigas essências, como jogamos fora os velhos casacos de inverno. Mas o que fazemos a seguir? Falamos sobre o passado. Interminavelmente. Todas as porras de expatriados que eu conheço passam mais tempo falando sobre suas antigas vidas do que sobre a nova vida que talvez tenham construído. Por quê?

Theo não respondeu, mas parecia achar divertida a conversa.

– Não me dê atenção – disse Gabe, com a cabeça baixa. – Acabei de deixar a minha irmã no aeroporto depois de uma visita de uma semana. Estou um pouco doido.

– É uma coisa boa – disse Theo.

– O quê?

– A sua raiva. Ubud põe a maioria das pessoas num coma espiritual.

– Isso não tem nada a ver com Ubud.

– Não se preocupe, meu amigo. Estou pouco me fodendo para a sua vida nos Estados Unidos.

Gabe sorriu.

– Bom homem.

– Você precisa voltar hoje à noite?

Gabe fez um sinal que não.

– Então vamos a uma boate depois do jantar – continua Theo. – Vou encontrar um amigo no Sari Club.

A garçonete trouxe o uísque de Gabe.

– Aqui está, senhor – disse, enquanto olhava para Theo.

– Mais uma cerveja para mim – pediu Theo, levantando a garrafa.

A garçonete colocou os cardápios na mesa e tocou no ombro de Theo ao se afastar. Gabe sentiu um pouco de ciúme, sem um motivo aparente. Estava velho demais para esse tipo de paquera. Por isso, trocara há dois anos a festiva Seminyak pela tranquila Ubud.

– Você mora na cidade? – perguntou Theo.

– Encontrei um lugar a uns vinte minutos fora de Ubud. É um *joglo*, uma daquelas casas javanesas. É feita com uma antiga madeira de teca e tem vista para o vale. Muito agradável.

– Você mora sozinho?

Gabe assentiu.

– No final do dia, depois da agitação das crianças de 7 anos, preciso de calma.

– Não consigo imaginar nada disso. As crianças de 7 anos. A vida na montanha. Só quero ter minha prancha, minha cerveja e uma garota na cama.

– Quem paga as contas?

– Posso me sustentar aqui vendendo umas bijuterias todas as semanas.

– Bijuterias?

– Conheci uma mulher que faz colares de contas e os chama de colares da arte balinesa. Fizemos um site e estou vendendo essa porra na Austrália, Hong Kong e nos Estados Unidos. – Theo inclinou-se na cadeira e passou os dedos pelo cabelo. – Eu continuava fingindo que ia escrever aquele maldito romance. Mas sempre que sentava à minha escrivaninha, meu cérebro doía. Pego minha prancha de surfe e estou voando. Uma escolha fácil, meu amigo.

– Eu entendo.

– Essas crianças de 7 anos te fazem feliz?

– De certa forma.

– Como assim?

– Talvez seja como o surfe. Durante sete horas por dia, eu me deixo levar pelo barulho e pela energia das crianças. É maior do que eu. Só entro num *swell* e pego a onda com tudo que eu tenho.

– Cara, espero que você tenha aquela cerveja no final do dia – disse Theo, propondo um brinde.

No momento em que os copos se tocaram, a sala estremeceu com um barulho ensurdecedor. Houve uma pausa entre o som e o movimento – primeiro o estrondo, então o tumulto. Instantes depois, enquanto todos pareciam prender a respiração, os vidros das janelas e das paredes estilhaçaram-se e se espalharam pelo chão. Depois de um segundo de silêncio lúgubre, gritos encheram todo o espaço do lugar. Horríveis, lancinantes gritos.

Gabe estava em pé, embora não se lembrasse de ter levantado. Viu as pessoas correndo para fora do restaurante. Procurou por Theo: Para onde foi? Quando saiu? O cozinheiro veio da cozinha, a boca aberta com uma expressão de terror, as mãos nos ouvidos.

Terremoto? Não. De algum modo, Gabe sabia: uma bomba.

Então, a segunda bomba explodiu – maior, mais forte e violenta. O chão sob os pés de Gabe tremeu, as paredes vergaram e, depois, como se a terra estivesse prestes a se abrir, o mezanino do restaurante desabou no chão. As luzes se apagaram.

Gabe correu no escuro em direção à porta. Caiu em cima de alguém, se inclinou e ajudou a garçonete a se levantar.

– Você está bem? – perguntou. Sua voz se perdeu no barulho de tantos gritos. – Você pode andar? – gritou.

Em meio à poeira, ele viu seu rosto coberto de sangue.

– Vamos! – gritou.

Ela o olhou, como se não pudesse entendê-lo. Gabe abraçou-a pela cintura, a conduzindo por cima das cadeiras e mesas caídas no chão, e bateu em alguém que vinha na direção oposta.

A garçonete perdeu o equilíbrio e se afastou com força dele.

– Me deixe sozinha! – gritou e partiu correndo para a cozinha.

Ele deveria ir atrás dela? Seria melhor sair pela porta dos fundos? Haveria mais bombas à sua espera na rua?

*Vá*, ele pensou. *Continue andando*. O ar estava espesso e pútrido, sentiu um cheiro químico e um cheiro de queimado. Pele, ele percebeu. Pele queimada.

Derrubou uma mesa no caminho para a porta. Alguém atrás dele – o cara corpulento que era o dono do restaurante? – gritou:

– Fiquem calmos. Sem pânico. Andem em direção à porta se puderem. Vamos procurar ajuda para os que estiverem presos.

Os gemidos do cozinheiro abafaram o tom calmo e controlado do proprietário.

Gabe tropeçou em alguma coisa – uma parte do mezanino, agora despedaçado e reduzido a tábuas de madeira – e quando olhou para cima, viu que estava na rua. O que acontecera com a frente do restaurante?

Sentiu uma rajada forte de calor. Do outro lado da rua, as chamas haviam engolido o Sari Club. O incêndio provocara a explosão? Não. Uma bomba provocara o incêndio. Tentou entender o que havia acontecido, mas sua mente não reagia com rapidez, como se também estivesse imersa em poeira e escuridão. Bombas em Bali? Em casas noturnas?

A cena à sua frente não fazia sentido. Em meio à fumaça e escuridão, ouviu gritos horríveis, palavras em balinês, indonésio, inglês e sons sem idioma. Viu uma parede de fogo no Sari Club, e quando olhou para a direita, viu mais fogo – aquele era o Paddy's Pub?

A segunda bomba?

Alguém passou correndo e trombou com ele. Sentiu calor em seu braço: o homem estava sem camisa e o ombro parecia ferro em brasa. As pessoas corriam em todas as direções, mas a maioria se afastava o mais longe possível da carnificina. Carros no meio da rua estavam com as rodas para cima, carcaças queimadas, exalando fumaça.

Gabe não conseguia respirar. Parou e agachou-se com as mãos nos joelhos. Ainda assim, a cabeça rodopiava. Inclinou o corpo e vomitou.

Depois seguiu em direção ao Paddy's.

Pisou em corpos espalhados pela rua. Com a mão na boca e no nariz, tentou não respirar o cheiro amargo e fétido. Sentiu de novo uma onda de náusea. Suas têmporas latejavam. Outra bomba poderia explodir. Outro incêndio poderia começar. Talvez uma parede desmoronasse.

E, no entanto, ele seguia rumo ao massacre, não na direção contrária. Andou no meio da multidão que saía das boates.

Um homem com as roupas em chamas, a boca aberta num grito silencioso, passou por ele.

Uma mulher gritou:

– Piscina! Entrem na piscina!

Alguém deitado no chão gritava palavras em outra língua – alemão? holandês? – Gabe ouviu um grunhido e, quando se aproximou, o menino, um adolescente, já estava morto. Seu corpo queimado, o rosto jovem estranhamente intacto.

Sem pensar, Gabe virou-se e correu para o buraco escancarado do Paddy's Pub.

O fogo iluminava o lugar. Ao contrário do Sari Club, engolido pelas chamas, só determinadas áreas do Paddy's haviam sido atingidas – o bar, uma parede de madeira. Podia ver cadáveres, corpos carbonizados. São crianças, pensou. Crianças de 21 anos. Quem poderia querer matar crianças?

Parou por um instante. O caos o paralisou – os gritos, o cheiro putrefato, seu próprio medo gélido. Continue a andar, disse a si mesmo. Faça alguma coisa.

Uma labareda iluminou parte da sala e ele viu alguém arrastando um homem para longe dos escombros. Correu na direção deles.

– Posso ajudar?

– Leve ele – gritou uma mulher. Um sotaque americano. – Vou voltar lá para dentro.

Gabe segurou o corpo do homem embaixo dos braços. A moça saiu correndo para os fundos do prédio, gritando:

– Miguel!

– Aguente firme – Gabe gritou para o homem. Era um menino, não um homem. Seus olhos se abriram por um instante. O corpo estava coberto de sangue, e uma perna balançava num ângulo estranho.

Gabe levantou o rapaz para segurá-lo com mais firmeza e carregou-o para a rua.

– Preciso de ajuda! – gritou.

– Sim, sim! – alguém respondeu.

Gabe pôs o garoto no chão e inclinou-se sobre ele.

– Alguém vem te ajudar.

Olhou para frente e viu um balinês correndo em sua direção.

– Ajude ele! Vou voltar para a boate.

Entrou no Paddy's e tentou enxergar através da fumaça espessa. Mais uma vez, sentiu um choque com os gritos e o cheiro. Ouviu a voz da americana em meio ao barulho:

– Não se atreva a morrer!

Correu para seu lado no fundo da sala, pisando nos corpos pelo caminho.

Ela tentava reanimar um homem jovem, pressionando seu tórax com os braços tensos e esticados. O rapaz estava coberto de sangue, com os olhos fechados.

– Deixe ele, tem tantos outros feridos.

Tocou em seu braço, mas ela o repeliu.

– Ele estava respirando. Respire, Miguel. Respire, porra!

Gabe ouviu uma voz abafada próxima a ele.

– Me tirem daqui!

Começou a puxar os pedaços de madeira, plástico e tábuas.

– Onde você está? – gritou.

– Aqui! Minha perna...

Gabe levantou uma tábua tão pesada como uma pedra e viu a cabeça do rapaz.

– Estou quase chegando – berrou, mas o garoto desmaiou. – Fique acordado! Fique comigo!

Olhou para a americana; ela estava agachada em cima do homem jovem, a cabeça abaixada.

– Preciso de ajuda! – ele gritou.

Ela olhou-o e depois voltou-se para o homem morto.

Gabe não poderia esperar por sua ajuda. Freneticamente, arrancou mais entulhos enquanto o garoto abria os olhos novamente.

– Eu pego esse lado – disse a moça, que de repente apareceu para ajudá-lo. Juntos, levantaram a última tábua de cima da perna do rapaz.

– Eu levo ele – disse Gabe. – Tem alguém preso logo atrás. Tente achá-lo que eu já volto.

Ela olhou-o. Ele viu seu rosto molhado de lágrimas, mas viu também sua determinação férrea. A moça moveu-se para o monte de escombros seguinte. Gabe ouviu palavras confusas em outra língua sob a pilha de entulho, e a moça começou a revirá-la.

Gabe pegou o garoto nos braços e correu para a rua. Encontrou o balinês e o primeiro menino no mesmo lugar e colocou o que acabara de resgatar ao seu lado.

– Onde estão as ambulâncias? – gritou Gabe.

– Precisamos de ajuda – murmurou o balinês. – Mais ajuda. – As lágrimas escorriam pelo rosto dele.

– Vou voltar lá para dentro. Vigie os rapazes até as ambulâncias aparecerem.

Virou-se e correu para o prédio. Ouviu um barulho surdo; um pedaço da parede havia desmoronado. Escutou mais gritos. O fogo aumentou, tão perto dele que Gabe teve a sensação de as chamas estarem lambendo sua pele.

Encontrou a americana e a ajudou a tirar um homem de baixo das tábuas de madeira. Os dois o levantaram, porém ele caiu imediatamente no chão.

– Deixe ele comigo! – Gabe colocou-o em seu ombro. – Se afaste do fogo! – gritou para a moça. – Tem mais pessoas presas daquele lado. – Apontou para um canto mais distante. – Essa parede inteira vai cair.

– Não posso deixá-lo!

– Então vamos perder você também! – respondeu Gabe. –Vá para aquele lado. Agora!

Em seguida, Gabe dirigiu-se para a rua. O peso do homem dificultava seus passos – não conseguia mantê-lo com firmeza nas costas. Tropeçou num cadáver e quase caiu. Quando se equilibrou, ouviu outra parte da parede desmoronar. Uma nova onda de gritos surgiu em meio à confusão.

Ao chegar à rua, Gabe escutou a sirene distante de uma ambulância.

– Estão chegando! – disse para o balinês. – Traga-os para cá. Essas pessoas precisam ir rápido para o hospital!

Colocou o homem corpulento ao lado dos outros e correu para o prédio em chamas.

Por alguns instantes, não conseguiu encontrá-la. Observou o lado do prédio incendiado e limpou a fumaça dos olhos. Ela não poderia ter ficado lá. Examinou o lado mais distante e tentou decidir para onde ir, que pessoas salvar. E então ouviu sua voz mais alta do que as outras.

– Socorro! Me tirem daqui!

Estava deitada em cima de um rapaz, com o braço imobilizado por uma viga que caíra sobre ela. O antebraço estava torcido na altura do cotovelo.

– Aguenta firme! – gritou Gabe.

Ela se fixou nele, o rosto lívido de terror. O sangue encharcara sua blusa e escorria pelo braço. O fogo estava próximo, as chamas quentes e pesadas.

Gabe encontrou a extremidade da viga e tentou levantá-la; era pesada demais.

– Preciso de ajuda! – gritou.

Olhou ao redor. Não havia ninguém por perto – ninguém exceto os mortos e moribundos.

Ouviu um barulho alto e sentiu a poeira de outra parede tombada. E então uma labareda chamuscou seu braço.

– Agora! – Dobrou os joelhos e entrou embaixo da viga, levantando-a com toda a força. Ela moveu apenas alguns centímetros, enquanto o fogo avançava, praticamente ao seu lado. Puxou a madeira pela parte inferior e conseguiu afastá-la do braço, depois a jogou no chão.

A moça tentou se levantar, mas caiu em seguida. O sangue escorria pelo seu rosto.

– Está tudo bem! – Ele a levantou e segurou-a nos braços. Ela gritava de dor, tentando proteger o braço ferido.

– Me deixe. Busque outras pessoas!

– Não! Vou tirar você daqui.

A moça tentou afastá-lo, mas era pequena e sentia dor. Gabe caminhou com ela por cima dos cadáveres até a rua.

Quando a pôs no chão, seu corpo balançou como se fosse desmaiar. Porém Gabe a segurou.

– As ambulâncias estão chegando. Fiz uma fila para os feridos. Fique com eles. Serão os primeiros a sair daqui.

– Não – disse, com uma careta de dor. – Posso ajudar.

– Por favor – implorou.

Por fim, ela concordou e seguiu em direção aos feridos. Gabe voltou correndo para o prédio.

Metade da boate já estava engolida pelas chamas. Os gritos eram mais altos, o cheiro mais putrefato. Cobriu a boca e o nariz com a mão e correu para o outro lado do prédio, evitando o fogo. Podia ouvir mais ambulâncias se aproximando. *Por favor. Preciso de ajuda*, pensou.

Uma cortina pegou fogo e uma labareda explodiu com uma intensidade assustadora – mais gritos, uma onda de calor causticante, um sofrido "Não"!

Escutou a voz de uma mulher perto dele, mas havia muito entulho e pouca luz.

– Onde você está? – gritou.

– Ela está ali! – A moça americana estava de novo ao seu lado, com um lenço amarrado em volta do braço como se fosse uma tipoia, um trapo ensanguentado ao redor da cabeça.

Andaram em direção à voz.

– Socorro! Não consigo respirar!

Gabe começou a revirar os escombros amontoados, e a americana usou um braço para levantar pedaços de madeira. Ele a olhou; o sangue escorria pelo seu rosto e ela o limpava para que não caísse nos olhos.

– Você precisa de ajuda!

– Estou bem – murmurou, como se falasse para si mesma.

Os dois tiraram o entulho, porém a mulher já estava morta. A americana deu um grito sufocado – um som terrível, sem palavras.

Gabe pôs a mão nas costas dela.

– Você não pode mais continuar – falou gentilmente.

Mas a moça ouviu outro grito e se dirigiu ao fogo.

Um homem fugia das labaredas no fundo da boate, os braços em chamas. A americana o jogou no chão e virou seu corpo. Quando as chamas se apagaram, Gabe colocou o homem no ombro e se encaminhou para a saída da boate. *Ela sabe o que está fazendo*, pensou. O calor dos braços queimava suas costas, e ele prendeu a respiração por um momento, pensando: *não pare, não grite, não desista.*

Do lado de fora, por fim chegara uma ambulância, e o balinês gritava instruções sobre os feridos na calçada. Exausto, Gabe deitou o homem queimado ao lado dos outros.

Ele virou-se para entrar de novo na boate, e uma onda de cansaço o invadiu. Quantos outros corpos, quantos outros gritos?

De volta à boate, havia fogo por todos os cantos. O pânico o paralisou. Onde ela estava?

Uma nova chama explodiu ao seu lado e iluminou uma parte do local. Alguém estava parado lá, podia ver o rosto da americana à luz do fogo e, um instante depois, ela desabou.

Gabe correu em sua direção. A moça estava quase inconsciente. Ele a levantou com cuidado para não apertar seu braço. O sangue escorria pela faixa na cabeça.

Ela o olhou, com as pálpebras trêmulas.

– Eu não posso... – disse, e seus olhos se fecharam.

– Chega – consolou-a e saiu correndo com ela em seus braços.

Quando chegaram na rua, ele perguntou:

– Você consegue andar?

– Acho que sim.

Gabe a colocou em pé e envolveu um braço em suas costas, com a mão bem firme na cintura. Começaram a andar devagar, e ela apoiou-se nele.

Procurou uma nova ambulância. Não queria colocá-la na longa fila de feridos, onde todos precisavam de ajuda urgente. A ladainha de gritos parecia ter saído junto com eles – mais pessoas berravam por ajuda, berravam de dor, berravam como se o pesadelo tivesse acabado de começar.

Uma voz forte gritou:

– Levem as pessoas queimadas para a piscina! Todos que puderem, por favor, ajudem! Venham comigo!

Um australiano. Um homem altíssimo, talvez com uns 30 anos, sem camisa e o corpo coberto de fuligem. Carregava uma criança gemendo em seus braços.

O homem saiu correndo e duas pessoas o acompanharam, cada uma ajudando um ferido a andar. O vestido de uma das meninas ainda estava em chamas, as fagulhas, tal como glitter, brilhando ao seu redor.

*Ande logo*, pensou Gabe. *Consiga ajuda*. Ele não precisava da piscina; a jovem americana não estava queimada. Precisava de cuidados médicos, e com urgência.

– Vou te levar até o meu carro. Vamos para o hospital. Fique comigo.

Não se lembrou de imediato onde parara o carro. E, quando lembrou, não sabia como encontrar a rua. Nada parecia familiar. O lugar tinha se transformado numa zona de guerra – como diabos alguma coisa poderia ser reconhecível?

Seguiram em direção ao Santo's, pisando em cima de corpos. Murmurava para os feridos "Vou conseguir ajuda. Eu volto. Aguentem firme."

Ouviu a distância mais sons de sirenes. Muito em breve, ele pensou, eles terão assistência médica. Preciso cuidar dessa moça.

Viraram numa rua lateral e ele voltou ao mundo que reconhecia. Uma rua de Kuta à noite. Não havia luzes, cartazes de neon, trânsito, mas também não havia jovens aos gritos, corpos queimados, prédios desmoronando. Ouviu as perguntas dos indonésios e balineses: "O que aconteceu? Onde é o incêndio?" Não respondeu a ninguém.

Andaram com dificuldade pela rua e cruzaram uma esquina, até que ele encontrou o carro. Estava coberto de cinzas, como se um vulcão tivesse entrado em erupção perto dali. Abriu a porta do carona.

– Preciso cuidar dessa ferida – disse Gabe. A jovem americana virou-se para ele, os olhos semicerrados de dor.

Ajudou-a a entrar no carro e tirou a faixa que cobria sua testa. O corte profundo ao lado do olho estava coberto de sangue. Sentiu náusea ao ver a carne delicada e vulnerável exposta no ferimento. Encontrou uma camiseta no banco detrás e rasgou-a em três tiras. Com um pedaço, limpou o sangue de seu rosto; depois enrolou outra tira sobre o corte. Ela estremeceu e mordeu o lábio inferior.

– Você vai ficar bem – garantiu Gabe, com uma voz calma e controlada.

Enrolou a terceira tira da camiseta em volta de sua cabeça e amarrou-a em cima da ferida. A pele pálida estava fria e úmida ao seu toque.

– O que aconteceu?

– Uma bomba na boate. Nas duas boates. – Vou te levar para o hospital.

– Vou dormir agora – falou como uma criança e fechou os olhos.

Ele apoiou o braço machucado no peito da moça e ajeitou suas pernas para que pudesse fechar a porta. Então, correu para o outro lado e sentou-se atrás do volante.

Deu partida no carro. "Respire", disse a si mesmo. Onde diabos é o hospital?

Ele foi lá uma vez, quando um cachorro o mordeu. Sanglah. Em algum lugar perto de Denpasar, pelo menos a vinte minutos de distância. Tinha de encontrar algo mais próximo.

Deu meia-volta, porque sabia que à sua frente todas as ruas estariam bloqueadas.

Quando chegou no primeiro cruzamento – as luzes das ruas e os sinais de trânsito estavam apagados – viu que tanto as saídas à esquerda quanto à direita o levariam a uma barreira de trânsito. Então continuou dirigindo, na direção oposta a que queria ir.

Alguns minutos depois, viu um grupo de jovens balineses reunido em frente a um bar. Encostou o carro e abriu a janela.

– Alguém de vocês fala inglês? – perguntou. Seu indonésio era péssimo, apesar de morar há quase três anos em Bali.

– Falo um pouco – disse um deles, aproximando-se do carro.

– Preciso de uma clínica, um hospital – disse Gabe.

– Sanglah.

– Muito longe.

O rapaz olhou para o banco de passageiros. Seu rosto ficou lívido.

– O que aconteceu? – perguntou.

– Existe uma clínica aqui perto? As ruas principais estão bloqueadas.

O rapaz virou-se e berrou uma pergunta para os amigos. Todos responderam ao mesmo tempo, muitos dedos apontando na mesma direção.

– Não muito longe. Vire em Jalan Raya Kuta. Depois Jalan Ngurah Rai. SOS Medika Klinik. Aberta noite toda.

Gabe já se afastara do meio-fio quando agradeceu ao rapaz. Repetiu os nomes das ruas como se fosse um mantra. Raya Kuta. Ngurah Rai.

À medida que dirigia, as calçadas começaram a ficar cheias de pessoas, portas se abrindo, famílias espalhando-se nas ruas para descobrir o que havia acontecido. Estavam vestidas com pijamas e roupões, as crianças amontoadas nas portas.

Ao seu lado, ouviu o gemido baixo da moça, como se a dor viesse de muito longe.

– Estamos a caminho do hospital.

Quando ela não respondeu, ele falou em voz alta o nome das ruas:

– Raya Kuta. Ngurah Rai.

Virou o carro em Ngurah Rai e seguiu até metade do quarteirão. Uma fila de carros bloqueava a rua. As portas da clínica estavam abertas, e feridos formavam uma fila na calçada. Pareciam praticamente empilhados uns em cima dos outros, chorando de dor. O sangue escorria pela rua.

Como chegaram mais rápido do que ele? Fez uma curva e seguiu na direção oposta.

Em outra rua, parou em frente a dois homens ocidentais que atravessavam a rua.

– Vocês conhecem alguma clínica aqui perto? – perguntou, com a voz tensa de preocupação.

– SOS Medika – respondeu um deles, com um sotaque australiano.

– Muito cheia. Preciso de ajuda urgente.

– Você estava no atentado? – perguntou um deles. Os dois homens aproximaram-se do carro.

– Estou com uma vítima no carro. Ela precisa de ajuda.

– O que aconteceu? – perguntou o outro.

– Me diga onde posso encontrar outra clínica! – berrou Gabe.

– Sanglah.

– Longe demais. E as ruas estão bloqueadas.

– Tente Artha Medika Klinik. – Deu as direções, os nomes das novas ruas enchendo o cérebro de Gabe. Mais uma vez, partiu em toda velocidade.

Os feridos também faziam fila na clínica seguinte, e os sons lancinantes pairavam no ar. As pessoas chamavam aos gritos médicos, enfermeiras, qualquer pessoa que pudesse ajudá-las. Gabe seguiu em frente.

Quando viu uma placa com o nome Sanur, virou naquela direção.

O lugar ficava a vinte minutos de distância, muito longe, mas ele conhecia um médico jovem que morava lá. Poderia ir até sua casa e pedir ajuda. Estava perdendo tempo demais andando em círculos.

– Quem é você?

A moça virou-se para ele, com uma expressão confusa. A tira de tecido em volta do corte estava encharcada de sangue.

– Meu nome é Gabe.

– Você estava na boate?

– Não, estava num restaurante próximo.

– Obrigada – disse, e fechou os olhos de novo.

Com um choque, Gabe se lembrou de um telefonema que recebeu da esposa há quatro anos. "Estou levando Ethan para o hospital. Liguei para o Dr. Wilson. Ele disse que se a febre não diminuísse, eu devia levá-lo ao hospital."

Naquele momento, a respiração de Gabe ficou mais lenta, como se precisasse parar o tempo.

– Gabe? Você está aí? – perguntou Heather.

– Estou saindo daqui agora – disse calmamente. Ele estava em frente ao prédio da prefeitura, à espera de uma entrevista com o prefeito. – Que hospital?

– Mount Auburn – disse Heather, com a voz abafada. – Ele estava tremendo e agora está muito fraco. Está tão doente. Meu Deus, Gabe. Estou com tanto medo.

Gabe afastou-se da prefeitura com o celular no ouvido, embora Heather já tivesse desligado. Um pensamento estranho surgiu em sua mente: o próximo passo poderia mudar sua vida. Não vá. Dê meia-volta.

Mas correu mesmo assim: para o carro, para o filho, para o resto de uma vida miserável.

Agora, Gabe olhou para a moça sentada no banco de passageiros. Pegou o celular, checando seus contatos com cuidado para não se desviar da estrada.

Dr. Wayan Genep. Ligou para o número.

O telefone tocou durante muito tempo e, por fim, uma mulher atendeu.

– Quem fala? – perguntou em indonésio.

– Gabe Winters. Desculpe acordar você. Houve um bombardeio em Kuta. Preciso falar com Wayan. – Gabe já havia encontrado Rai, a esposa de Wayan, algumas vezes e sabia que ela falava inglês.

A esposa era assistente de Wayan na clínica. Será que era enfermeira? Não se lembrava.

– Bombas?

– Em duas boates.

– Wayan!

Rai soltou o telefone. Gabe ouviu as vozes deles ao fundo, falando rápido em balinês. E, em seguida, Wayan atendeu.

– Gabe?

– Estou com uma moça no carro. Ela está ferida. Precisa de ajuda.

– Onde você está?

– Em direção a você. É melhor eu te encontrar na sua casa ou você pode ir para a clínica?

– Qual é o estado de gravidade dela?

– Tem um corte profundo perto do olho. Provavelmente, um braço quebrado. Perde às vezes a consciência.

– Me encontre na clínica. Já estou indo para lá.

– Obrigado, Wayan.

– Há muitos feridos?

– Centenas – disse Gabe, e então desligou.

– Onde estamos? – pergunta a moça, assustando Gabe.

Eles estavam a poucos minutos da saída para Sanur, em meio às ruas vazias.

– Vamos para uma clínica. O médico é meu amigo.

– Fico caindo no sono.

– Você perdeu muito sangue.

– Meu namorado. Miguel. Ele não estaria lá se... – Sua voz desapareceu, como se falar fosse um esforço enorme.

Será que ele agiu mal? Será que deveria tê-la afastado do namorado quando ela precisava ficar ao seu lado? Mas a moça necessitava de ajuda médica. Uma outra pessoa buscaria os corpos.

– Sinto muito.

– Não consegui achá-lo logo. E tantas pessoas precisavam de ajuda – disse com a voz fraca.

– Você é médica? – perguntou Gabe.

– Não. Guia de viagens de aventura. Fiz um treinamento de emergência médica.

– Como se chama?

– Jamie. Jamie Hyde.

– Havia feridos demais. Não tínhamos como salvar todos.

Gabe pensou em Ethan de novo. Não pudera fazer nada para salvá-lo. Não conseguira parar a dor de cabeça de Ethan. Nem mesmo fazê-lo sorrir. Lembrou-se de que quando ficara ao lado dele na cama do hospital, o corpo do filho enroscado no seu. "Sinto muito, senhor", disse uma enfermeira ao entrar às pressas no quarto, como se ele tivesse acionado um alarme.

"Não é permitido fazer isso." Não podia segurar o filho? Sussurrar em seu ouvido?

– Você disse que foi uma bomba? – perguntou Jamie. – Não me lembro se sonhei com isso.

– Sim.

Jamie ficou calada por um momento.

– Você mora aqui?

– Não. Cheguei a Bali há alguns dias.

– Está sentindo muita dor?

– Vou descansar um pouco agora, se não for um problema para você.

Gabe sorriu.

– Eu te acordo quando chegarmos na clínica – disse, embora soubesse que ela já estava dormindo.

Wayan aproximou-se do carro assim que Gabe chegou – devia estar na janela à sua espera. As ruas de Sanur estavam desertas às 2h15 da madrugada. *As pessoas não sabiam o que havia acontecido*, Gabe pensou, olhando para as lojas, as casas e os apartamentos escuros. Mas quando acordassem, o mundo estaria diferente.

Wayan e Gabe ajudaram Jamie a sair do carro e andaram devagar até a clínica. Rai os recebeu na sala de espera, enxugando as mãos nas calças.

– Já arrumei a sala – disse. Estava bem acordada e pronta para trabalhar. Nem mesmo cumprimentou Gabe.

– Vamos levá-la para a sala – disse Wayan.

Jamie gemeu quando a colocaram em cima da mesa. Abriu os olhos por um instante.

– O nome dela é Jamie – disse Gabe. – Americana, eu acho.

– É sua amiga?

– Não a conheço.

– Vamos cuidar bem de você, Jamie – disse Wayan.

Gentilmente, Rai tocou o braço de Gabe.

– Sente na sala de espera. Descanse um pouco.

– Não posso ajudar? – Gabe perguntou. Não se sentia preparado para deixar a moça. Precisava fazer alguma coisa. "Você tem que sair do quarto" o médico dissera quando Ethan começara a tremer incontrolavelmente. Porém Gabe só queria segurar o filho nos braços. "Você tem que sair *agora*." Gabe saíra de costas do quarto, sem tirar os olhos de Ethan.

– Vamos começar a trabalhar agora – disse Wayan. – Eu te digo se puder ajudar em alguma coisa.

– Você já fez muito por ela – falou Rai.

Gabe pressionou a mão no pé descalço de Jamie. *Quando ela perdeu o sapato?* Abraçou seus dedos com a mão. Não queria deixá-la.

– Seja forte – falou com calma. Lembrava-se dela fazendo reanimação cardiorrespiratória em meio aos escombros da boate. Ela *era* forte. Porém, seria forte o suficiente?

Voltou para a sala de espera, fechando a porta ao sair.

Gabe deve ter cochilado. Quando a porta abriu com um rangido, sentou-se surpreso.

– Gabe – disse Wayan com suavidade.

– Ela está viva? – perguntou com a voz presa na garganta.

– Sim. Está dormindo agora. Dei um remédio para dor.

– Seu estado é grave?

– Dei pontos no corte do rosto e engessei o braço. Não sei dizer ainda se teve traumatismos internos. Teremos um diagnóstico melhor de manhã quando eu fizer alguns testes.

– Ela vai ficar bem?

– Vai. Me conte sobre essa bomba.

– Acho que foram duas. Ou talvez mais. Todas em boates de Kuta. Centenas de pessoas morreram, centenas ficaram feridas. O lugar virou um inferno.

– Você se machucou?

– Não, eu estava num restaurante próximo. Eu a encontrei no Paddy's. Havia tantos cadáveres.

– Você precisa tomar um banho e dormir. Vá para a nossa casa. Rai e eu vamos ficar aqui com a moça. Mais pessoas podem chegar.

– Não, vou ficar aqui.

– A moça vai dormir por algum tempo. Tome um banho. Descanse um pouco. E assim poderá ajudá-la quando acordar.

– Deixei para trás tantas pessoas. Não consegui ajudar todas. Pisei nelas enquanto gritavam por socorro.

– Você fez o que pôde.

– Não, poderia ter tirado mais feridos. O prédio ia desmoronar.

Wayan pôs a mão no ombro de Gabe, que se inclinou, dando um soluço que pareceu rasgar seu corpo. Wayan manteve a mão apoiada em seu ombro enquanto ele chorava.

Gabe estava mergulhado num sono profundo e sem sonhos quando o celular tocou. Procurou o aparelho na mesa de cabeceira, mas não havia mesa de cabeceira. Sentou-se na cama assustado.

O celular estava em cima do jeans, dobrado no chão ao lado da cama. Um quarto desconhecido – estava na casa de Wayan. Em seguida, vieram as lembranças: as bombas, os cadáveres, a moça em seus braços. Olhou a luz refletida na janela. Já devia ser tarde. Por que Wayan não o acordara?

– Alô?

– Ah, meu Deus, eu estava tão preocupada.

– Molly.

– Estou em Cingapura. Meu voo sai em uma hora. Acabei de saber do atentado. Você estava em Ubud?

– Não, estava lá. Bem perto. Não aconteceu nada comigo, mas vi tudo.

Molly começou a chorar e Gabe ficou calado, esperando. Olhou ao redor do quarto. O jeans fora lavado e estava dobrado impecavelmente no chão. Viu uma camisa limpa, de Wayan, supôs, logo ao lado.

– Por que? – perguntou Molly. – Por que fizeram isso?

– Quem fez? Não sei de nada.

– Terroristas. Não sei, al-Qaeda, eu imagino. Ninguém ainda assumiu responsabilidade.

– Por que terroristas jogariam bombas em boates?

Molly soluçou.

– Você viu? Você viu as boates?

– Entrei numa delas. Tentei ajudar.

Gabe não disse: salvei pessoas. Sentiu uma onda de emoção que enterrara na noite anterior enquanto entrava e saía da boate. Outra bomba poderia ter explodido. O incêndio poderia se espalhar por toda a parte. Agira por puro instinto, sem pensar no que poderia acontecer em seguida. Lembrou-se da fila de feridos – seus resgates – na calçada em frente à boate. Havia muitos mais esperando para serem salvos. Ele os abandonara. Desistira. Pegou uma última moça nos braços e fugiu como se não houvesse nada mais que pudesse fazer.

– Não foi perigoso?

– Foi horrível – disse Gabe, surpreso por ter recuperado a voz. – As boates ficaram totalmente destruídas.

Mais uma vez, viu o rosto dos jovens que lhe pediam socorro, enquanto pisava neles no caminho para a rua. Começou a chorar, apertando o celular no ouvido, fechando os olhos para não ver as imagens em sua mente.

– Você não se machucou? Você me diria se estivesse ferido, não é?

– Não me feri.

– Meu Deus, Gabe. Volte para casa. Me encontre em Cingapura e voltamos juntos. Não fique em Bali. É perigoso. Tenho certeza de que é perigoso.

– Não vou embora, Molly. Preciso ficar. Preciso ajudar.

Gabe pensou naquele dia em Cambridge, quando esperava o médico no hospital, no hall do quarto de Ethan. O hall estava pintado em tons pastéis, mas, mesmo assim, tudo parecia brilhante demais. Heather sentara-se numa cadeira de criança em frente a uma mesa, montando um quebra-cabeça infantil. Fazia o desenho de uma casa, de uma árvore, de um balanço, o cenário familiar, depois separava as peças e recomeçava tudo.

"Sente, você está me deixando louca."

Ele andava em círculos ao redor da sala. Todas as vezes que passava pela janela, olhava para a rua e pensava: é um dia normal. Há carros na rua. Uma mulher empurra um carrinho de criança. Seu filho não pode morrer num dia como esse. Se o dia for normal, Ethan vai viver. Se Heather montar o quebra-cabeça, a família continuará unida. Se o médico sair do quarto, dirá "Ethan está esperando vocês. Ele quer contar um segredo".

O menino adorava segredos.

– Você não pode ajudá-los – Molly insistiu, abstraindo-o de suas lembranças. Sua voz era muito alta, e Gabe segurou o celular longe do ouvido. – Não é seu problema. É problema deles.

– Essa é minha casa agora. É meu problema também.

Gabe se vestiu e saiu às pressas do quarto. Não tinha ninguém na casa pequena e arrumada de Wayan, mas encontrou um bilhete na mesa da cozinha. *Ligue quando acordar. As notícias do atentado são terríveis.*

Ao lado do bilhete havia uma tigela de frutas e um pequeno bolo. Havia também um prato e um copo de suco na mesa.

Pensou na última vez que comera. Um almoço com Molly num café em Ubud antes de irem para o aeroporto. A garçonete balinesa o reconhecera – tinha um filho na escola. Ela lhe deu um beijo e sussurrou em seu ouvido: "É sua namorada?"

"Minha irmã", respondeu e apresentou as duas. A garçonete falou em tom de brincadeira: "Por que esse homem não tem namorada?"

Quando a garçonete partiu, Molly lhe disse: "Está na hora, Gabe. Você sabe muito bem que pode tentar de novo. Já se passaram mais de três anos desde o seu divórcio."

Ele chegou a responder? Estivera tão concentrado desde que se mudara para Bali. Em dedicar-se à vida. Em encontrar um trabalho com um significado. Em fazer parte de alguma coisa. E, no entanto, ainda tinha a sensação de ver sua vida a distância. Amor? Ainda não escrevera essa parte para si mesmo.

Sabia que Molly não tinha saído com ninguém desde que o namorado, Max, fora para a Alemanha. Max não queria ter filhos. Será que ele a deixara por esse motivo? Gabe nunca lhe perguntou. Uma noite, Molly lhe disse que gostaria de encontrar alguém e ter um filho com essa pessoa. Ele ainda torcia para que realizasse esses dois desejos.

– Você pode ter outro filho – disse Molly no café.

– Um substituto?

– Claro que não. Mas não desista da ideia. Você adorou ser pai.

– Sim. Por isso, dou aula para crianças.

– Mas volta para casa sozinho.

– Não sei o que vai acontecer, Molly. Tenho um ritmo mais lento agora. Talvez seja o calor. Mas ficou mais fácil acordar de manhã. Tenho um objetivo na vida.

Molly pegara em sua mão.

– Sou uma irmã mais velha chatérrima.

No resto do almoço, limitaram-se a comer seus sanduíches e a conversar sobre o Red Sox.

Nesse momento, Gabe percebeu que sentia fome. Mas não tinha tempo para comer, queria saber notícias da moça. Jamie. Ele lhe dissera no carro "Você vai ficar bem". Ela perdera o namorado e quase morrera. Como *ele* poderia saber se ficaria bem?

Pegou o telefone, porém desistiu de telefonar para Wayan. Não queria que lhe dissessem para ficar longe da clínica. Não queria ouvir as palavras de Wayan: "Não há nada que você possa fazer."

Bebeu o suco e levou o bolo para comer no carro, enquanto dirigia até a clínica.

As ruas de Sanur estavam quase desertas. Gabe adorava Sanur, uma cidade à beira-mar ao sul de Denpasar, muito diferente dos resorts de Kuta e Seminyak. Sanur não era badalada – em Seminyak chamavam-na de Ronco. Era tranquila e sossegada, sem boutiques sofisticadas e restaurantes chiques. Os jovens não passavam férias em Sanur, mas as famílias, sim: gostavam das praias de areia branca, do mar calmo protegido por um banco de areia e dos preços baratos de hotéis e restaurantes. Os balineses que moravam em Sanur não se importavam com o fato de que as grandes redes de hotelaria os ignoravam e os socialites europeus, que antes inundavam a cidade, agora se interessavam por outras regiões.

Um amigo de Gabe tinha uma casa de veraneio em Sanur, e ele frequentemente passava alguns dias na cidade para nadar no mar tépido ou para fazer longos passeios pela praia. Billy mudara-se para Ubud, a fim de se dedicar por um ano a um projeto de paisagismo, mas manteve o bangalô na praia. As duas cidades ficavam a menos de uma hora de distância uma da outra, então alugou um estúdio em Ubud e sempre que podia ia a Sanur, em geral com o carro cheio de amigos e de cerveja.

Enquanto Gabe cruzava a cidade rumo à clínica de Wayan, viu um pequeno grupo de pessoas reunido na calçada, inclinando-se uns em direção aos outros, envolvidos em uma discussão. Nessa ilha minúscula, um pouco maior que Delaware, as notícias espalhavam-se com muita rapidez. Deviam estar discutindo o atentado terrorista. Só esse assunto tinha importância agora.

Gabe ficou surpreso ao chegar à clínica. Ao contrário da noite anterior, o lugar estava cheíssimo, com muitos feridos na sala de espera. A maioria era de jovens balineses na faixa dos 20 anos, com roupas ensanguentadas, queimaduras e cortes profundos, todos com uma expressão de perplexidade e dor. *Quando haviam chegado? Quem os trouxera?*

Gabe foi até Rai, sentada à escrivaninha da frente. Parecia calma e relaxada, como se não estivesse envolvida num desastre nacional.

– Sua amiga está bem – disse. – Está no último quarto à esquerda. Vá vê-la, acho que está acordada. Mas tem que ir embora. Precisamos do quarto.

Gabe não esperou para fazer perguntas. Saiu correndo pelo corredor e empurrou a porta parcialmente aberta do último quarto.

Jamie estava deitada numa cama de hospital, de costas para ele. Seu corpo tremia embaixo do cobertor fino. Será que estava chorando?

Esperou um momento e depois pigarreou.

Ela virou-se para ele, enxugando o rosto com o lençol. Sorriu, então sentou-se na cama com uma expressão de dor.

– Não sabia se te veria de novo para agradecer – disse.

– Você parece melhor.

– Devo estar com uma aparência infernal.

– Está – disse Gabe com um sorriso. – Mas ontem à noite estava pior.

– Pior que o inferno. Isso é um feito e tanto. – Fez uma careta e tocou no rosto. – Não me faça sorrir.

– Dói muito?

– Estou flutuando. Não tenho a menor ideia.

– O que o Wayan te disse? Sobre os ferimentos?

– O médico?

– É. Ele é meu amigo.

– Quem é você? Já deve ter me dito. Desculpe, não me lembro.

Gabe sentou numa cadeira ao lado da cama.

– Eu moro aqui em Bali. Estava num restaurante perto das boates ontem à noite.

– E salvou a minha vida.

A moça o observava com os olhos arregalados. Alguém tinha lavado seu cabelo e não se via mais sinal de sangue em seu corpo. Tinha um curativo num dos lados do rosto e o braço engessado apoiava-se numa tipoia azul-clara.

– Você salvou a vida de muitas pessoas – disse Gabe. – Tive que me esforçar igual a um louco para te acompanhar. Depois uma viga da boate caiu em cima de você.

– Lembro de tudo isso. Mesmo os remédios para a dor não me fazem esquecer os gritos.

– Você tem ferimentos internos?

Ela pensou por alguns instantes.

– Minha cabeça está um caos total. Isso conta?

Gabe sorriu.

– É, eu também tenho um desses ferimentos internos.

– O médico disse que vou sobreviver. Pelo jeito, tenho que acreditar nele.

– Você pode andar?

Ela olhou para as pernas.

– Acho que sim. Devo ter ido ao banheiro em algum momento. Não lembro.

– Eles precisam do quarto.

– Estão me expulsando? – perguntou, com o rosto lívido.

– Tem muitas pessoas feridas.

– O que aconteceu? – perguntou. – Na boate?

– Ainda não ouvi o noticiário. Mas minha irmã me ligou agora há pouco; as suspeitas são de que foi um ataque terrorista.

Jamie ajustou a tipoia e começou a mexer no gesso.

– O rapaz que morreu? – perguntou Gabe, com suavidade. – Ele era seu namorado?

Jamie fez um aceno afirmativo. Parecia perdida em meio aos seus pensamentos. Ou talvez fosse um espasmo de dor.

– Miguel – disse, por fim. – Ele me pediu em casamento ontem à noite. E eu disse não.

– Sinto muito.

– Tenho que recuperar o corpo – falou com a respiração entrecortada. – Preciso avisar à família.

– Eu vou te ajudar com isso. Vou fazer algumas ligações para descobrir o que aconteceu com as vítimas.

– Obrigada.

– Tem mais alguém aqui em Bali? Amigos, família?

Jamie ficou confusa.

– Existe alguém para quem você deva ligar? Alguém que possa estar preocupado com você?

Jamie ficou calada durante um bom tempo. Uma pergunta o inquietava. Será que ela vai embora? Claro que sim.

– O ataque foi noticiado nos Estados Unidos?

– É provável. Dormi e quando acordei vim direto para a clínica. Não liguei a televisão. Mas a minha irmã soube em Cingapura.

– Preciso ligar para a minha mãe. E para o meu chefe. Perdi meu celular. Perdi a bolsa e os sapatos. – Jamie parou por um instante, seu corpo tremendo.

– Use o meu celular – Gabe ofereceu, tirando o telefone do bolso.

– Não posso ligar para a família do Miguel. Preciso saber se podem enviar o corpo para casa e...

– Você pode fazer isso mais tarde, depois que eu conseguir algumas informações. Ligue para a sua mãe, vou esperar do lado de fora.

– Fique. Não vou demorar.

Gabe foi até a janela. Uma mulher balinesa estava sentada no meio do gramado em frente à clínica. Seu corpo balançava para frente e para trás, e mesmo com a janela fechada ele podia ouvir seus gemidos.

– Mãe? – disse Jamie atrás dele.

Gabe não queria virar-se para dar privacidade a Jamie, mas a cena no gramado era triste demais para olhar; sentiu a ansiedade lhe apertar o peito. Então, se sentou de novo na cadeira ao lado da cama.

– Eu sei. Eu estava lá. Estou bem. Por favor, escute. Estou realmente bem. Só quebrei o braço.

Virou-se para Gabe e revirou os olhos como uma adolescente impaciente. Ele sorriu.

– Estou numa clínica. O médico é ótimo.

Depois de uma pausa, disse:

– Sim, claro. Faço um novo exame assim que voltar para casa.

Ouviu a mãe falar, mas depois a interrompeu.

– Mãe. O Miguel morreu. Estava soterrado embaixo de um monte de escombros quando eu o encontrei.

Abaixou a cabeça e começou a chorar, com o telefone grudado no ouvido.

Gabe estremeceu, como se um vento frio tivesse atravessado seus pulmões. Ele pensara que Jamie estava em estado de choque, mas não, só reprimira a dor. O sofrimento de perder alguém. Sabia muito bem o que era isso.

Levantou-se de novo e foi até a porta. No corredor, Rai ajudava um jovem balinês a andar cambaleando até um dos quartos.

– Vou voltar para casa. Claro, tenho certeza. Vou ver se tem um voo para amanhã.

Gabe encostou-se na porta, sentindo-se de repente exausto.

– Hoje. Amanhã. Não sei, mãe. Não sei de nada – disse Jamie com um tom de voz mais alto. – Nunca estive num atentado terrorista. Nunca tinha visto alguém conhecido morrer. Não sei o que vai acontecer agora. – Parou de falar e respirou fundo. As lágrimas escorriam pelo rosto.

– Tenho certeza de que é seguro – falou, a voz novamente mais calma. – Vou voltar para casa assim que puder.

Gabe continuou parado, sem saber o que fazer.

– Eu amo você também. – Em seguida, desligou o telefone.

Olhou para Gabe com o rosto pálido.

– Posso te levar ao aeroporto – disse em voz baixa.

– Vou amanhã. Antes preciso descobrir onde está o corpo do Miguel. Não sei o que fazer. Não quero fazer nada imediatamente. – Arrumou de novo a tipoia e mexeu os dedos do braço quebrado. – Isso não faz sentido, não é?

– Faz todo sentido.

Gabe ficou em casa durante dias depois que o filho morreu, sem conseguir sair. Heather recebia as visitas intermináveis na sala de estar, todas querendo compartilhar histórias de Ethan. Em todos os lugares da casa havia fotos dele. Ethan bebê na banheira, Ethan pequenininho dentro de um canguru nas costas de Gabe. Ethan já garoto na praia. Em seu escritório no segundo andar, Gabe ouvia o murmúrio constante de vozes femininas: "Ele era tão fofo." "Ele era tão meigo."

Para Gabe, o mundo transformara-se num lugar muito difícil de viver. Sentava-se à sua escrivaninha e fazia um livro inteiro de sudoku. Recusava comida; rejeitava consolo. Não queria voltar ao mundo, porque seria um mundo diferente.

– Onde você está hospedada? – perguntou a Jamie.

– Em um hotel em Seminyak. Não quero voltar para lá.

Ficaram em silêncio por alguns minutos. Jamie fechou os olhos. Parecia jovem – não conseguia adivinhar sua idade. Trinta, talvez?

– Eu já volto – disse a ela.

– Jamie tem que sair da clínica. Preciso do quarto – disse Wayan, com impaciência.

Gabe nunca vira Wayan falar asperamente com ninguém, muito menos com um amigo. Porém parecia que não tinha dormido a noite inteira, e a multidão de feridos na sala de espera já ultrapassava a porta. Da janela do consultório, Gabe viu um jovem com a camiseta ensanguentada deitado no gramado em frente à clínica.

– Não sei o que fazer com ela – disse Gabe em voz baixa.

– Estão levando todos os feridos estrangeiros para a Austrália. Leve-a para o aeroporto.

– Ela está traumatizada. Só quer passar um dia descansando.

– Não posso ajudá-lo, Gabe. Ela é só uma pessoa. Existem centenas de feridos. Quando terminar aqui, vou para Sanglah. Precisam de médicos lá. Estão fazendo cirurgias nos corredores.

Saiu da sala sem fechar a porta.

Gabe pegou o jornal que estava na escrivaninha de Wayan. Não sabia ler indonésio, mas as fotografias eram aterrorizantes. Uma imagem mostrava a boate destruída, engolida pelo fogo. Em outra, viu uma rua com carros incendiados e cadáveres cobertos por lençóis.

Jogou o jornal para o outro lado da escrivaninha e voltou para o quarto de Jamie.

– Um amigo meu tem um bangalô na praia. Vou perguntar se podemos usá-lo. Posso cuidar de você até se sentir bem para voltar para casa.

– Por quê?

– Não entendi.

– Por que está fazendo isso por mim?

Gabe encostou-se na parede.

– Não sei. – Olhou para as mãos e depois para ela. – Não posso cuidar de todas as pessoas. Mas posso cuidar de você.

– É seu, meu amigo – disse Billy no telefone. – A chave está no vaso azul do pátio.

– É só por um dia ou dois.

Gabe estava parado em frente à clínica, observando uma mulher balinesa enrolar uma gaze no braço de um jovem. Aqui, só havia balineses feridos. Os estrangeiros recebiam um tratamento prioritário, Wayan dissera, e Gabe começou a entender a raiva do amigo. Eles recusaram-se a atender os indonésios no hospital de Sanglah. Os ocidentais estavam sendo levados para hospitais na Austrália e em Cingapura, onde receberiam um tratamento melhor. Não havia um centro de tratamento para queimados em Sanglah. Não havia salas de cirurgia suficientes; não havia médicos suficientes. O estoque de anestesia terminara.

Jamie esperou Gabe no carro enquanto ele falava no telefone.

– Por que a moça não volta para casa? – perguntou Billy.

Gabe lhe contara que estava cuidando de uma pessoa americana ferida. Surpreendeu-se por Billy presumir que a pessoa era uma mulher.

– Ela está muito traumatizada. Quer descansar um dia ou dois até se sentir mais forte.

– Todas as outras pessoas estão fugindo daqui. Mesmo os expatriados que estavam a quilômetros de distância das explosões. Estão aterrorizados.

– Posso imaginar. – Gabe pensou na irmã. *Volte para casa. Volte para casa.*

– Aposto que vão descobrir que os americanos são os culpados. Tem um navio americano de guerra aqui perto. – Billy era inglês e, embora gostasse de Gabe, detestava a maioria dos americanos.

– Por que os americanos jogariam bombas em boates? – perguntou Gabe. *Não quero ter essa conversa*, pensou.

– Todos vão pôr a culpa na al-Qaeda e, assim, os Estados Unidos terão apoio para a guerra no Iraque.

– Isso não faz sentido.

– Soube que, doze horas antes do atentado, a embaixada dos Estados Unidos aconselhou os cidadãos a evitarem lugares públicos na Indonésia.

– Isso é loucura.

– Bem, você é americano.

– Olhe, Billy, tenho que ir. O Wayan precisa de ajuda.

Era mentira. Wayan não deixaria que fizesse nada. "Leve a moça e me dê o quarto", dissera. Como se Gabe fosse culpado pelo o que acontecia nos hospitais de Bali.

– Você viu o bombardeio? – Billy perguntou

– Sim, vi.

– Meu Deus. E ainda está inteiro?

– Longe disso.

* * *

– É um trajeto pequeno. Você está confortável?

– Desde que me mantenha com esses comprimidos mágicos.

Wayan dera a Gabe um vidro de analgésicos e o material necessário para o curativo de Jamie. Rai lhe explicou como trocá-lo antes de saírem da clínica. Gabe vira o corte inchado que se estendia do olho ao maxilar, mas agora com pontos. A pele ao redor do ferimento já estava mudando de cor – roxo, verde, amarelo.

Dirigiu rumo ao centro de Sanur. Jamie encostara a cabeça no banco e fechara os olhos. *Talvez não quisesse ver o mundo*, pensou. Devia ser isso mesmo, pois ele também queria estar em outro lugar. Não no mundo. Protegido do mundo.

Bali não era supostamente um paraíso? Esqueça os problemas do mundo e viva em harmonia com a natureza. Era isso que os folhetos de propaganda prometiam aos turistas. Então, o que acontece quando os problemas do mundo desabam no paraíso?

Gabe virou numa curva e seguiu para a praia. Apesar do calor úmido, não havia carros nas vagas. No final da estrada, confirmando suas suspeitas, viu que a praia estava vazia. Era domingo, o dia em que as famílias balinesas costumavam se reunir para fazer piqueniques à beira-mar. Os turistas, em geral, invadiam as praias todos os dias da semana. Mas hoje, só havia um homem num píer distante praticando *tae kwon do*, uma figura solitária a distância.

*O que se faz depois de um atentado terrorista?* Gabe imaginou as pessoas reunidas em volta da televisão, assistindo aos noticiários. Já vivia em Bali quando os aviões explodiram nas torres do World Trade Center – lembrava-se de ficar na sala de estar do *joglo*, vendo a CNN por horas a fio. No entanto, sentira um distanciamento estranho, um torpor diante do horror mostrado pelas imagens. E mesmo dias de TV não aproximaram o desastre de seu coração.

Agora estava próximo demais.

Virou num caminho particular e parou em frente ao portão do bangalô de Billy. Digitou um código no interfone e o portão abriu. Jamie continuava com os olhos fechados.

– Chegamos – disse Gabe.

Foi até o final do caminho e estacionou o carro.

Gabe sempre gostou da privacidade do bangalô de Billy. Ficava em meio a um pequeno bosque de bambus, escondido da estrada por todos os lados. Um hotel oferecera muito dinheiro a Billy para comprar sua propriedade, mas ele recusara. Era um paisagista bem-sucedido e não queria se desfazer de seu paraíso balinês à beira-mar.

Gabe abriu a porta do carro, e então olhou para Jamie. Ela não se mexera.

– Você está bem?

– Nunca senti tanto medo antes – respondeu em voz baixa.

– Você está segura aqui.

– Como você sabe?

Seus olhos examinaram os de Gabe. Ele viu o curativo em seu rosto, o braço engessado. No dia anterior ela estava parada ao lado de uma parede em chamas, impenetrável ao próprio medo, ao próprio perigo.

– Não sei.

Com um breve aceno afirmativo, Jamie abriu a porta e saiu devagar do carro.

Caminharam pelo caminho de cascalho em direção ao bangalô. Em segundos, foram engolidos por uma floresta. *Poderiam virar João e Maria*, pensou Gabe, perambulando por uma floresta escura. Mas João e Maria não foram capturados por uma bruxa?

Não existe paraíso. Não existe segurança.

Ouviu um som vindo de cima e, de repente, todos os pássaros começaram a cantar. *O comitê de boas-vindas*, Gabe pensou.

Viram o bangalô no final do caminho. A floresta terminava abruptamente e um gramado recém-cortado rodeava a casa. Billy contratara um garoto para cuidar da casa enquanto estivesse fora. Ela era branca, com um teto de telhas vermelhas e uma varanda ao redor. Tinha seis portas francesas, e Gabe queria abri-las todas ao mesmo tempo para que a casa recebesse suas visitas de braços abertos.

Jamie parou para olhar o jardim. Billy esmerara-se em seu trabalho de paisagismo – plantara palmeiras, samambaias tropicais, bambus e figueiras-de-bengala, criando um espaço ao mesmo tempo sofisticado e selvagem. A graça e a beleza desse lugar sempre atraíram Gabe. No centro do gramado havia um pequeno lago, emoldurado por longas e delicadas folhas de palmeiras. Mais além do lago, o jardim era cheio de flores – hibiscos, gardênias, plumérias. O cheiro de jasmim impregnava o ar.

– É como se nada no mundo devesse ser assim – disse Jamie em voz baixa.

– O que quer dizer?

– Fico achando que só vou ver o inferno. Corpos queimados. Fogo. Agora esse tipo de beleza não faz sentido.

Gabe estendeu a mão e tocou no curativo em seu rosto. Viu uma mancha escura embaixo da gaze – mais sangue?

– Preciso trocar seu curativo – ele disse. Não queria assustá-la.

– Mais tarde. Quero andar pelo jardim.

– Vou abrir a casa – falou Gabe, e ela assentiu.

A chave estava num grande vaso azul com um pé de tília, localizado no pátio à frente do bangalô.

Gabe pegou a chave, limpou-a no jeans, e seguiu em direção à porta da frente. Sua cabeça encostou num carrilhão e os sinos tocaram alto demais para seu ouvido. Depois de parar o som com a mão, abriu a porta e entrou na casa.

Demorou alguns instantes até que seus olhos se acostumassem à escuridão. Quando viu o contorno dos móveis, abriu as portas francesas e a casa brilhou com a luz do dia. Billy mobiliara a sala de estar com dois sofás brancos e uma mesa de teca entre eles. No meio da mesa colocara um Buda de madeira. A sala tinha uma decoração despojada e aconchegante.

Gabe se sentiu aliviado. Poderiam descansar aqui. Ele cuidaria dela. Seria um refúgio por algum tempo.

Mas é claro que isso não aconteceria. Jamie pegaria um avião no dia seguinte e ele voltaria para Ubud.

Entrou no único quarto da casa, que nunca vira. Sempre que se hospedava lá, dormia num *futon* no pátio. Billy levava namorados para o quarto, mas nunca amigos. Gabe não sabia bem o que iria encontrar.

Mas o quarto era simples e sereno. A grande cama de casal ficava no centro do cômodo, coberta por uma colcha de seda azul-esverdeada. As paredes e o teto eram forrados com um tecido verde. Gabe sorriu ao imaginar os namorados de Billy cruzando a soleira de seu mundo privado.

Bem, agora precisaria servir para curar feridos. Jamie dormiria no quarto e ele no *futon* na sala de estar.

Gabe puxou a colcha e viu que os lençóis verde-claros estavam limpos, depois entrou no banheiro. Uma banheira branca ficava ao lado de uma parede de espelho com vista para o jardim lateral. Outro Buda, este pintado de verde, apoiava-se numa prateleira e protegia o banheiro.

*Jamie ficará confortável aqui*, pensou Gabe.

Voltou ao jardim para procurá-la.

Mas tinha desaparecido.

Correu até o portão. Quando chegou lá, parou subitamente. O portão estava fechado. Será que Jamie o tinha aberto e fechado? Teria seguido em outra direção? Havia uma única outra saída na propriedade – uma porta no final do gramado, que dava acesso à praia. Será que tinha saído por ela? Por que tinha fugido?

Gabe passou a mão pelo sensor. O portão abriu devagar e ele olhou para todos os lados do caminho. Nenhum sinal dela. Teria ido para a praia? Para a rua? Mas nas duas direções a distância era grande.

Atravessou novamente o portão quando começou a fechar sozinho. Ela só podia ter saído pela porta que dava acesso à praia.

Correu, olhando para os dois lados do pequeno bosque de bambus. Será que entrara ali? Mas por que se esconderia dele? Não lhe pedira para ficar com ela na clínica?

Como imaginara, a porta estava aberta. Era enorme, vermelha e de madeira de carvalho, e um ferrolho de aço a prendia na parede de cimento. Lembrou-se de ter dito a Billy que a porta vermelha chamava atenção para a casa escondida, mas Billy rira. "Nem preciso trancar a porta" ele brincara. "É pesada demais para abrir."

Gabe olhou para o caminho, que se estendia por quilômetros ao longo da praia em ambas as direções. Depois olhou para o mar. Um pensamento horrível o assustou: será que ela tentaria se afogar?

Mas bem perto da arrebentação viu Jamie sentada, observando o mar.

Gabe prendeu a respiração e olhou para Jamie por um minuto, e então se aproximou dela.

– Jamie?

Ela não respondeu. Continuou com o olhar fixo no mar.

Gabe sentou-se ao seu lado na areia.

– Você está bem?

– Eu não queria casar com ele. Ele entrou na boate para se afastar de mim.

Gabe esperou para ver se ela diria algo mais. Por fim, ele falou:

– Não foi sua culpa.

– Ele não estaria lá se eu tivesse dito sim.

Olhou para Gabe, como se o estivesse desafiando. Sua revolta transparecia nos olhos zangados.

– Ele devia estar vivo.

– Você salvou tantas pessoas. Agiu como uma heroína.

– Mas não salvei o Miguel.

Gabe tentou pegar em sua mão, porém ela a afastou bruscamente.

– Sou uma covarde de merda – disse, com o olhar voltado para a arrebentação das ondas.

– Você é a pessoa mais corajosa que eu conheço.

Jamie se levantou, caminhou pela areia e atravessou a porta vermelha.

Mais tarde, Gabe esquentou no fogão uma sopa instantânea que encontrara na despensa. Precisava comer.

Sentado na varanda com seu prato, olhou o jardim. Dois passarinhos voavam ao redor do lago. O vento trouxe o cheiro da grama recém-cortada; ouviu o barulho da água da fonte caindo no lago.

Ele poderia trancar o portão e a porta vermelha e manter o mundo do lado de fora. Poderia manter Jamie do lado de dentro.

Mas ela iria embora amanhã.

*O que tem de errado comigo*, pensou. Ela acabou de perder o namorado e tudo o que eu quero é mantê-la aqui comigo.

Seu celular tocou. Gabe o tirou do bolso e atendeu.

– Aqui é Larson Willoughby – disse uma voz grave. – A mãe de Jamie me deu esse número. Sou chefe e amigo dela.

– Sou Gabe. A Jamie está dormindo. Posso pedir para ela te ligar quando acordar?

– Ela está bem?

– Quebrou um braço. Levou alguns pontos por causa de um corte no rosto. E está muito abalada. Mas vai ficar bem. – Não sabia se deveria falar alguma coisa sobre o namorado.

– Quem é você? – perguntou Larson.

– Eu moro em Bali. Estava perto quando as bombas explodiram.

– Ela vai voltar para casa hoje?

– Amanhã. Ela quer passar o dia descansando.

– Está segura?

– Sim, claro.

– Diga a ela, ah, Deus. Nem sei o que dizer. Ela é minha melhor amiga nesse mundo. Diga que vou despedi-la se não voltar imediatamente – disse com uma voz entrecortada de emoção.

– Eu vou dizer.

Gabe queria tranquilidade, e então a casa era calma demais. Queria ficar sozinho, e então queria ouvir o som da respiração dela.

Levou uma pequena cadeira de madeira do pátio para o quarto de Billy e a colocou ao lado da janela, perto da cama onde Jamie dormia. Depois escolheu um livro na estante da sala, um romance passado em Hollywood. Voltou ao quarto e sentou na cadeira com o livro nas mãos.

Virou-o e estudou a capa. Uma piscina oval. Uma mulher de biquíni deitada numa espreguiçadeira, com um chapéu cor-de-rosa de abas largas na cabeça. Um homem sentado à beira da piscina com um cachorro ao lado. Ninguém sorria. A cor da capa havia desbotado, como se tivesse sido exposta ao sol por muito tempo.

Lembrou-se da festa de 4 anos de Ethan na casa de seus sogros. Gabe sentou-se com Heather à beira da piscina, olhando Ethan e seu melhor amigo brincarem na parte mais funda da piscina, naquele dia quente e úmido de agosto. Heather planejara uma festa para toda a turma de Ethan – a escola tinha uma regra estrita quanto à inclusão de todos os alunos. Porém Ethan só queria convidar um amigo, e teimosamente se recusou a fazer uma festa se mais crianças fossem convidadas.

Gabe e Heather discutiram a decisão de Ethan.

– Eu não quero ter problemas com o colégio por não convidar a turma toda.

– Você gostaria é que ele fosse um menino diferente.

– O quê?

– Ele não precisa de milhões de amigos, se sente feliz do jeito que é.

– Isso não tem nada a ver com que eu disse, Gabe.

Porém Gabe suspeitava que, para Heather, havia a esperança de que o filho se tornaria um menino prodígio, popular e cheio de charme. Heather tivera esse tipo de vida; em suas festas, a piscina ficava cheia de vinte crianças aos gritos.

Ficaram sentados sob o sol quente, e pouco se falaram. Os pais de Heather traziam sucos e refrigerantes o tempo todo para os meninos. Sua mãe passava tanto protetor solar em suas costas que a água da piscina brilhava de óleo.

– Gostei muito do meu aniversário – disse Ethan à noite, para surpresa dos dois. – Posso fazer uma festa assim todo ano?

Jamie mexeu-se na cama e Gabe virou-se em sua direção.

– Você está lendo? – perguntou, e sua voz quebrou o silêncio do quarto.

– Não – respondeu em voz baixa. – Estou na mesma página há meia hora.

Jamie se sentou na cama e pôs um travesseiro embaixo do braço engessado.

– Está pensando na noite passada?

– Não, estou pensando no meu filho.

– Você tem um filho?

– Ele morreu há quatro anos.

– Eu sinto muito – disse Jamie com uma expressão de dor. Quando seus olhos se cruzaram, ele viu uma ternura que o surpreendeu. Teve de desviar o olhar.

Examinou o jardim perfeito de Billy pela janela. Dois pintassilgos voavam ao redor de um comedor para pássaros. Eles bicavam a comida, saíam voando e depois voltavam para comer mais.

– No dia que Ethan ficou doente, eu estava trabalhando numa reportagem em South Boston. Eu era jornalista. Minha esposa me ligou e disse que a febre tinha aumentado muito. Falei para ela procurar um médico. Disse algo horrível sobre estar no meio de uma reportagem importante, que não podia interromper meu trabalho todas as vezes que ele adoecia.

Ficou calado alguns instantes, lembrando-se da maneira como ela gritara. "Você não precisa ser um babaca." E pela centésima vez desde o divórcio, se perguntou: como pessoas que se amam podem vir a se tratar tão mal?

Gabe refizera esse dia tantas vezes na cabeça. Diria a Heather que a encontraria no médico. Coitado do menino, lhe diria. Coitada de você.

Quando chegasse na clínica, Ethan já estaria melhor, como se a simples mudança de comportamento de Gabe pudesse reescrever a história.

– O que ele teve? – perguntou Jamie.

– Começou com uma febre. Na tarde do dia seguinte ele já estava internado no hospital. Vinte e quatro horas depois, estava morto.

– Meu Deus.

– Meningite meningocócica. Mas só soubemos depois que era isso.

Na noite anterior, eles haviam jantado no Legal Sea Foods.

– Minha cabeça está doendo. – Ethan se queixou assim que fizeram o pedido.

– Vem cá, meu amor – dissera Heather.

Ethan subiu no seu colo e Heather beijou a testa do filho.

– Ele está quente.

– Está calor aqui – Gabe respondera.

– A temperatura dele está alta demais.

Ethan fechou os olhos e aninhou-se no colo da mãe.

– Vou levá-lo para casa. Você se importa de pegar a comida e nos encontrar lá? – perguntou Heather, levantando-se com Ethan nos braços.

Quando Gabe chegou em casa com as três caixas de comida, Ethan já estava dormindo em sua cama com Heather ao lado.

– Trouxe o jantar – disse Gabe, parado na porta.

– Estamos dormindo – Heather murmurou.

Ele jantara sozinho essa noite; dormira sozinho.

– Ele tinha 4 anos. Ficou numa cama de hospital grande demais para ele. Sua pele estava assustadoramente pálida. Eu disse para minha esposa "Lembra como ele ficou bronzeado depois daquela semana em Cape? O que aconteceu com o bronzeado de verão?".

Gabe ficou em silêncio por um momento. Anos depois e as lembranças ainda eram frescas demais.

– Minha irmã, Molly, ficou a noite inteira com a gente no hospital. Ela estava em Bali. Eu a levei ao aeroporto... Ontem? Isso foi só ontem mesmo? Antes do atentado.

Olhou para Jamie subitamente desorientado. Ela fez um aceno afirmativo para que continuasse.

– Molly contava histórias ao Ethan sobre um cachorro chamado Ethanopolis. O cachorro tinha superpoderes, e sempre que seu dono estava prestes a sucumbir a um grande perigo, Ethanopolis aparecia e o salvava.

Jamie sorriu. *Como é bonita*, Gabe pensou. Mesmo com a metade do rosto coberto pelo curativo, havia algo atraente nela. Mas logo afastou esse pensamento.

– Todos nós precisamos de um Ethanopolis nas nossas vidas – disse Jamie.

– Molly estava contando a história de um furacão na pequena cidade onde Ethanopolis e o dono moravam, quando Ethan começou a ter uma convulsão. As enfermeiras e os médicos entraram correndo no quarto e nos tiraram de lá. Isso é uma loucura, mas enquanto estava na sala de espera, imaginei mil maneiras de Ethanopolis salvar o meu filho. Ethan estava preso no centro do furacão e, enquanto era carregado por Massachusetts, Ethanopolis corria atrás, latindo furioso, até que por fim entrou no redemoinho, pegou o meu menino com as patas dianteiras e levou-o para um lugar seguro.

Gabe parou de falar. Ouviu o som de uma lagartixa – *uh-oh*, *uh-oh*, parecia dizer. Procurou no teto e nas paredes, mas não a encontrou. *Uh-oh*.

– Aposto que era um garoto maravilhoso – disse Jamie.

– Ele era. Todos os dias me contava um segredo quando acordava de manhã. Primeiro, eu tinha que prometer que não contaria para ninguém. Jurava solenemente. Depois, sussurrava no meu ouvido. "Odeio pasta de amendoim", ele dizia. Ou "A Srta. Vera tem cheiro de cocô".

– E você nunca contava a ninguém.

Gabe sorriu.

– Sou bom com segredos.

– Vou me lembrar disso.

Os dois ficaram em silêncio.

– Eu podia te perguntar quantas pessoas morreram ontem à noite, mas não quero saber – disse Jamie, deslizando os dedos pelo gesso.

– Posso trazer alguma coisa para você comer? Tem sopa.

– Não, obrigada.

– Seu chefe ligou. Larson. Disse que vai te despedir se não voltar para casa imediatamente.

– Típico de Larson – falou Jamie com um pequeno sorriso.

O celular tocou em seu bolso e ele o atendeu.

– Alô?

– Sou a mãe de Jamie. – Gabe logo sentiu o tom de preocupação em sua voz.

– Um segundo, vou passar o telefone para ela. – Levantou-se e colocou o celular na mão de Jamie.

– Mãe – ela disse. Parecia exausta.

Gabe ouviu os soluços da mãe ecoarem pelo quarto. Jamie fechou os olhos.

– Estou bem. De verdade. Alguns cortes. Um braço quebrado. Nada...

Seu rosto ficou sombrio.

– Não me diga. Não quero saber.

Depois de alguns instantes, insistiu:

– Pare, mãe. Por favor.

Jamie levantou-se um pouco mais na cama e ajeitou o travesseiro sob o braço.

– Vou descobrir onde está o corpo do Miguel. Depois ligo para a família.

Gabe andou até a porta envidraçada. Já deveria ter tomado providências. Não estava pensando com clareza.

– Amanhã – falou Jamie atrás dele. – Vou pegar um avião amanhã. Não vou hoje à noite.

Gabe caminhou até o final do pátio, observando o jardim.

Ouviu Jamie dizer:

– Eu amo você também.

Em seguida, ficou calada. Quando a olhou de novo, estava dormindo de lado, com a colcha empurrada para o pé da cama.

Gabe ligou para Wayan do jardim. Pediu que passasse no bangalô ao fim do dia e examinasse o corte de Jamie. Estava preocupado com o risco de uma infecção.

– Meu dia não tem fim – respondeu Wayan.

– O que você descobriu sobre o atentado?

– Mais de duzentas pessoas morreram. A maioria australiana. Os hospitais estão superlotados. Centenas de pessoas seriamente feridas. Estamos enviando todo mundo para o exterior. É um pesadelo em Sanglah.

– Alguém assumiu a responsabilidade?

– Não sei. Tudo que sei é que precisamos de médicos, de material hospitalar e de um centro de tratamento para queimados. Não temos nem mesmo soro fisiológico o bastante para manter os pacientes hidratados. Não temos morfina para evitar que gritem de dor.

– Você não precisa vir até aqui. Basta uma receita de antibiótico. Eu cuido dela.

– Mande-a voltar para casa – insistiu Wayan.

– Ela vai embora amanhã.

– Tem voos agora. Equipes médicas estão embarcando nos aviões para acompanhar os feridos. As vítimas estão sendo levadas para bons hospitais.

– Vou dizer isso para ela.

– Rai vai à praia hoje à noite para um ritual de purificação – disse Wayan, com um tom de voz mais suave. – Você deveria ir. Talvez te faça bem.

– Obrigado, Wayan. Boa sorte com os pacientes.

Já era quase noite quando Gabe ouviu Jamie berrar – um grito agudo e depois um choro abafado. Saiu correndo do pátio, onde olhava as cores do jardim mudarem com o pôr do sol.

– Você está bem?

Jamie estava sentada na cama, segurando o braço.

– Um pesadelo. E dor.

Pegou um analgésico no banheiro e encheu um copo com água. Entregou ambos para ela.

– No pesadelo, Miguel estava vivo. Coberto de sangue. Tentava falar, mas o sangue jorrava da boca dele.

Gabe sentou-se na beira da cama.

– Estava vivo quando eu o encontrei – continuou com a voz trêmula. – Uma parte da parede tinha caído em cima dele, mas seus olhos estavam abertos e ele me viu.

– Ele conseguia falar?

– Tentou falar alguma coisa, mas não saiu nenhum som. Eu disse que iria tirá-lo daquele lugar. Disse que ele sobreviveria.

Jamie tremia e Gabe colocou a colcha sobre seus ombros. Pôs a mão em seu braço.

– Nem sei se o amava. Só passamos algumas semanas juntos nos intervalos das minhas viagens à América do Sul. Nunca conheci a família dele.

– Fiz alguns telefonemas – disse Gabe suavemente. – O corpo dele foi identificado no necrotério.

– Como?

– Por causa da carteira. Já conseguiram avisar à família.

Gabe passara uma hora no telefone e falara com cinco pessoas diferentes no necrotério improvisado. A maioria dos cadáveres estava tão queimada, que o processo de identificação era muito lento, uma mulher lhe disse. Mas o corpo de Miguel Avalos de Santiago, Chile, já havia sido identificado.

– Preciso ligar para a família dele. O que eu vou dizer? Convidei o seu filho para passar umas férias fantásticas em Bali e agora ele está morto?

Gabe arrumou a colcha em torno do corpo de Jamie.

– Você vai encontrar as palavras certas.

Jamie fez uma careta.

– Onde é a dor?

– No corpo inteiro.

– Posso olhar o corte?

Jamie virou o rosto em sua direção.

Ele retirou com cuidado o curativo. A ferida estava inchada, e viu um líquido em meio às suturas.

– Wayan receitou um antibiótico. Não queria ir à farmácia enquanto você estivesse dormindo. Poderia acordar e precisar de alguma coisa.

– Não está infeccionado. Se estivesse, eu sentiria calor no local.

Ele colocou delicadamente a mão no corte.

– Está quente. Wayan disse que estão levando os feridos de avião para hospitais em outros países. Você pode pegar um avião ainda hoje.

– Amanhã – insistiu. – Vou ficar aqui até amanhã.

– Vou andar até a cidade. Só vou dar uma passada rápida na farmácia.

Jamie não respondeu.

– Você *vai* se sentir melhor. Isso vai acabar.

– Não consigo imaginar – Jamie sussurrou.

– Quando meu filho morreu, pensei que não poderia passar mais um dia nesse mundo.

– Como conseguiu?

– No início cada dia era um inferno, porém aos poucos ficaram mais fáceis de suportar. Quase um ano depois, percebi que conseguia passar um dia inteiro sem pensar nele. Primeiro foi horrível, tive a sensação de que o estava traindo. Então, percebi que talvez esse fosse meu caminho. Uma vida sem ele nos meus pensamentos o tempo todo.

– E agora?

– Penso muito nele. Mas não o tempo inteiro.

Jamie parecia refletir sobre suas palavras.

Gabe pôs a mão em seu ombro. Os dedos tocaram a pele nua acima da gola da blusa. Pensou no namorado dela, que a tocara algumas noites atrás. Tirou a mão de seu ombro e se sentou na cadeira ao lado da janela.

– Não sei nada sobre você – disse Gabe.

– Não tem nada de importante.

No dia seguinte à morte de Ethan, ele fora a uma casa funerária para escolher um caixão. O encarregado dos serviços funerários perguntara qual era sua profissão. Pensou: *o que importa? Minha carreira, minha esposa, minha casa colonial lindamente restaurada. Quem se importa com isso?* No dia anterior tinha uma vida. Hoje ela não existia mais.

Escolhera um caixão simples, minúsculo.

Nunca mais escrevera um artigo de jornal. A esposa o abandonou. A casa foi vendida por uma fração do que valia.

– Ethan tinha um amigo imaginário.

Jamie sorriu e ele se sentiu aliviado ao vê-la sorrir.

– O amigo se chamava Fritz e era alto como uma árvore, mas podia se dobrar em pedaços minúsculos. Eu o imaginava como uma espécie de criança origami. Ethan arrumava um lugar na mesa para Fritz em todas as refeições. Fritz detestava milho e tomate, mas adorava espaguete. Depois do jantar, os dois iam brincar no pátio atrás da casa. Ele pedia para não sairmos de casa, embora nos deixasse olhá-lo pela janela da cozinha. Se fôssemos até o pátio, Fritz fugiria. Tinha muito medo de adultos.

– Eu gosto desse garoto – disse Jamie.

– Acho que ele não está sozinho agora. Não acredito no céu, não acredito em vida após a morte, mas acredito no Fritz.

– Eu acredito no Fritz – murmurou Jamie, quase dormindo. E enroscou-se de lado.

– A farmácia é perto daqui. Não vou demorar.

– Boa noite – sussurrou Jamie.

Ao chegar à cidade, Gabe surpreendeu-se de novo. As ruas estavam vazias e os bares, calmos. Não se ouvia a música alta do Sammy's Irish Pub e só dois ocidentais ocupavam uma mesa do lado de fora, cada um bebendo uma cerveja. Ouviu o canto do estúdio de ioga da cidade; um zumbido baixo ecoava pelas janelas abertas. *Preces*, pensou. Os adeptos da Nova Era em Bali poderiam recorrer a seus rituais de ioga, cânticos e preces. Os balineses tinham sua religião. Fariam rituais que os ajudariam a atravessar essa crise; teriam o canto, a dança e a crença profunda na vida após a morte para suavizar seu sofrimento. Qualquer paliativo era válido.

Ele não tinha nada quando Ethan morreu. A irmã o aconselhara a conversar com sua rabina em Cambridge. Sentou por uma hora tensa com uma moça surpreendentemente jovem, ouvindo-a falar de Deus e de seus desígnios misteriosos. Fez uma doação para a sinagoga e nunca mais voltou.

Heather tinha suas amigas maravilhosas, que a visitavam e a levavam para passear. Elas a alimentavam e passeavam com ela bem devagar ao redor do Fresh Pond; amparavam-na e choravam junto com ela. Havia tantas mulheres gentis e afetuosas, que não havia espaço para Gabe. Sempre agradecia, "Obrigado." "Obrigado por cuidarem tão bem dela."

Seis meses depois, Heather o abandonou, influenciada pelo poder da irmandade. "Você não pode me dar nada", dissera em sua última noite em casa. "Nem mesmo sua dor para dividir comigo."

Não tinha argumentos para discutir. Heather foi morar com uma das amigas e ele soube por outra amiga que as duas tinham virado amantes. No início, ficou surpreso, e depois consolado por ela estar feliz. *Merecia amar e ser amada*, pensou Gabe. Merecia alguém que não fosse ele.

Andara pela cidade durante um ano. Havia vendido a casa e se mudara para um pequeno apartamento em Back Bay. Saíra do trabalho. Tinha dinheiro suficiente para se sustentar por algum tempo. "Estou bem", dizia a quem perguntava, até que todos pararam de perguntar. Levantava-se de manhã, calçava as botas de caminhada e andava pelas ruas de Boston, parando apenas para comprar comida quando sentia fome. Andava em dias de chuva e neve. No final do ano, perdera nove quilos e todos os amigos. Comprou uma passagem só de ida para Bali, porque alguém lhe havia dito que era barato e quente. Estava cansado de andar.

*Que curioso*, pensou, ter caído por acaso em um país de rituais, de preces, de um cotidiano dedicado à comunidade e à família. Mesmo agora, três anos depois, com um trabalho e uma casa na montanha, podia imaginar o seguinte: Andar para longe. Andar durante horas, dias, anos. Andar sozinho.

No entanto, na noite passada não andara para longe das bombas. Não se afastara dos gritos. E agora tinha de comprar remédio para Jamie.

A farmácia ainda estava aberta. Gabe cumprimentou a moça atrás do balcão com as poucas palavras de indonésio que sabia. Ela ficou contente e começou a responder rápido demais, uma longa série de palavras que não entendeu.

– Desculpe, mas você fala inglês?

– Sim – disse com um pequeno sorriso.

– Dr. Wayan Genep pediu um remédio para Jamie Hyde. Vim buscá-lo.

– Sim, sim – disse e virou-se para pegar o remédio.

Ao olhar ao redor da farmácia, Gabe lembrou que não tinha escova nem pasta de dentes. E Jamie também não. Pegou uma cesta e andou pelos corredores, escolhendo tudo que poderiam precisar. Encontrou uma blusa de mangas curtas e com botões, que Jamie poderia vestir por cima do braço engessado. Na frente da blusa estava escrito BALI BABY e atrás tinha o desenho de um macaquinho. Ainda pegou um sarongue verde-azulado, umas sandálias de dedo para Jamie e uma camiseta para ele. Quando voltou para o balcão, a moça o estava esperando.

– Foi horrível. O atentado. Todos aqueles jovens...

– Sim – respondeu enquanto esvaziava a cesta e punha as coisas no balcão.

– Você ainda não foi embora. Soube que todos os ocidentais estão deixando o nosso país.

– Eu moro em Bali.

– Vai continuar aqui?

– Vou.

– Fico contente. Vai haver um ritual de purificação hoje à noite. Começa daqui a pouco e terminará na praia. Todas as pessoas da cidade irão participar. É importante fazermos isso. Pela comunidade.

– Obrigado – disse Gabe, dando-lhe o dinheiro.

– Vou fechar agora a farmácia para ir ao ritual. Venha comigo.

Ele sorriu.

– Não posso. Tenho que levar o remédio para a minha amiga – respondeu, virando-se para ir embora.

– Você também precisa se curar.

Gabe olhou-a com um ar curioso.

– Está nos seus olhos.

Jamie estava no banheiro quando chegou.

– Você está bem? – perguntou ele.

– Estou tomando um banho de toalha!

– Trouxe roupas limpas para você. Especialidade da farmácia.

Jamie abriu a porta, escondendo-se atrás dela.

– É mesmo?

Viu de relance seu ombro nu. A pele era bronzeada e parecia macia. Desviou os olhos e lhe deu a blusa do macaquinho.

– Adorei.

Depois de lhe entregar as roupas, foi para a cozinha e sentou-se para esperá-la. Viu uma garrafa de uísque no armário de Billy, e se serviu de uma dose com gelo.

– Isso não foi nada fácil – disse Jamie, e ele se virou.

Enrolara o sarongue novo bem apertado na cintura, e os olhos de Gabe admiraram longamente as curvas de seu corpo.

– Você podia ter pedido ajuda. Ou é contra a sua religião?

– Talvez tenha que me converter. Banho com uma mão só é foda. Posso beber um uísque também?

Deu seu copo para ela e se serviu de outra dose.

– Há quanto tempo você mora em Bali?

– Três anos.

– Desde a morte do seu filho.

– Um ano depois da morte do meu filho.

– E a sua esposa?

– Ela mora em Boston. Somos divorciados.

– Por causa do seu filho?

– O sofrimento tem o dom de destruir as pessoas.

Jamie deu um gole no uísque. Depois perguntou:

– Isso é sofrimento?

– Isso? Isso é inferno. O sofrimento vem depois.

– Ah, não – falou, e Gabe sorriu.

– Desculpe pela blusa. Não tinha nada melhor na farmácia.

– Gosto do meu macaco. – Rodopiou para mostrar o desenho. – Obrigada.

Levantou o copo e fizeram um brinde.

– Ao inferno – disse Jamie.

– Ao inferno.

Enquanto bebiam o uísque, o olhar de Jamie encontrou os de Gabe, ela o manteve fixo por alguns instantes e depois desviou-o para o copo.

– Comprei escovas de dentes também – disse Gabe. – E pasta.

– Minhas roupas estão no hotel em Seminyak.

– Podemos buscar tudo amanhã.

– Reservei meu voo para amanhã. Está marcado para as 16h.

A palavra *amanhã* instalou-se como uma pedra em suas costelas.

– Pegamos sua mala no hotel no caminho para o aeroporto.

– As coisas do Miguel estão lá. Não quero voltar ao hotel.

– Eu busco para você. Passo lá de manhã cedo.

– Obrigada. Guardei meu passaporte e algum dinheiro numa gaveta.

– Eu encontro – Gabe prometeu.

– Você pode anotar o telefone dos pais do Miguel quando estiver no quarto? Acho que está escrito na etiqueta de sua mala. Morava com os pais quando não estava trabalhando nas montanhas.

– Claro.

Jamie pressionou o copo gelado de uísque na testa.

– Fico pensando nas coisas que gostaria de dizer ao Miguel. Queria terminar uma conversa que ainda nem tínhamos começado.

Sentou-se num banco da cozinha e, cuidadosamente, pôs o braço engessado sobre o mármore do balcão. Esfregou o ombro embaixo da tipoia.

– Você se sentiria melhor se falasse sobre ele?

Jamie fez um aceno afirmativo. Depois deu um pequeno sorriso.

– Você é sempre assim?

– O que quer dizer?

– Você sempre entra em prédios em chamas?

– Não. Não pensei muito antes. Ouvi os gritos e não podia correr para outro lado.

– Você é uma ótima pessoa.

– Então por que não me sinto tão bem?

Gabe desviou o olhar. O luar refletia-se no lago do jardim.

– Porque ainda havia pessoas nas boates. Pessoas que estavam morrendo.

– Continuo a ouvir os gritos – disse Gabe. – Ouço alguém pedindo ajuda e, quando viro a cabeça, não escuto mais nada.

– Sinto o cheiro do fogo. O tempo inteiro.

Ele a encarou.

– Que dupla, hein?

– Você tem um trabalho? Uma namorada?

Gabe olhou para o fundo do copo e disse em seguida:

– Vai ter um ritual de purificação hoje à noite na praia. Os balineses acreditam que podem libertar os espíritos das vítimas do atentado.

Seus olhos escuros continuaram fixos nele.

– Você não me respondeu.

– Tenho um trabalho. Não tenho namorada. Mas, na verdade, não sei o que tenho. Parece que tudo foi pelos ares na explosão de ontem.

Jamie andou até o pátio e olhou ao redor. Bebeu o uísque, enquanto Gabe a olhava. *Por enquanto*, ele pensou, *eu tenho esse momento*.

– Podemos ir ao ritual de purificação?

– Claro – respondeu Gabe.

Os dois atravessaram o gramado e abriram a pesada porta vermelha nos fundos da casa. Saíram para o caminho pavimentado da praia e fecharam a porta. O céu estava cheio de estrelas.

Por alguns instantes, não escutaram nada. Porém, em seguida, o som do gamelão os envolveu. Primeiro eram os sinos, depois os gongos e as flautas. Os sons se cruzavam no ar. Ouviram a voz de um homem e então muitas vozes cantaram juntas.

Andaram pela praia à beira da arrebentação rumo a um grupo reunido. Assim que se aproximaram, viram que a aglomeração era grande – havia talvez umas duzentas pessoas. Todas estavam vestidas com roupas tradicionais balinesas: sarongues com cintos brilhantes, tanto para homens quanto para mulheres, blusas de renda – kebayas – para as mulheres, turbantes para os homens. Quase todos eram balineses, mas havia alguns ocidentais no final da multidão. Muitas pessoas seguravam velas, as chamas brilhando no ar.

– O que eles estão fazendo? – perguntou Jamie.

– Os balineses acreditam em reencarnação – disse Gabe, ao se aproximarem do grupo. – Quando alguém morre, sua alma se liberta do corpo para encontrar outra vida. Se houver violência, a alma tem dificuldade de achar seu caminho. Os balineses acreditam que o ritual irá ajudar a libertar essas almas. E estão purificando a ilha dos espíritos maléficos. Em determinado momento, o padre vai borrifar água benta nas pessoas e na ilha.

– É lindo.

– Quando cheguei aqui, pensei que o bali-hinduísmo fosse me proporcionar alguma paz. Estudei um pouco e fui a cerimônias. Mas tudo gira em torno da comunidade. E eu não me integrei a ela.

– Por que não?

– Sempre fui um pouco solitário. Talvez por isso goste de Bali. Aqui posso viver à margem da sociedade.

– Mas quando era casado, você não fazia parte de uma vida em comum?

– Por algum tempo. Com Ethan vivo nós éramos uma família.

Pararam de andar quando chegaram perto da aglomeração. A luz das velas refletia-se na água e parecia brilhar no céu noturno.

– E você? É uma alma solitária?

– De certo modo, sim. Sou uma guia de viagens de aventura. Minha vida é com grupos, muitas pessoas e festivais comunitários. Mas no final do dia volto para casa sozinha.

– Não teve namorados antes do Miguel?

– Poucos. Mas não tenho tido muita sorte com relacionamentos longos.

– Por quê?

Jamie olhou para ele e deu um sorriso tímido.

– Não é porque você salvou a minha vida que eu tenho que responder todas as suas perguntas.

– Tem toda razão.

Ficaram em silêncio por um momento, ouvindo o cântico do padre. Muitas pessoas choravam e uma mulher emitiu um som agudo, que pareceu ecoar a música do sacerdote.

– Quando eu viajo – disse Jamie, sua voz suave no ouvido de Gabe –, penso: "Gosto desse país. Quero viver aqui por algum tempo." Porém, depois o país seguinte me atrai. Estou sempre mudando.

Gabe olhou-a.

– Você está sempre procurando algo novo.

– Algo diferente, algo melhor. Não sei. Faço o mesmo com os homens.

– Seu chefe é seu namorado?

– De jeito nenhum.

– E por isso continua na sua vida.

– Tipo isso. Não tive modelos muito bons para seguir.

– Seus pais são divorciados?

– Meu pai nos deixou há muito tempo. Não sei se estou me protegendo de homens como meu o pai ou se estou ficando igual a ele. De qualquer modo, é bastante assustador.

Gabe percebeu alguma coisa em Jamie que não conseguiu definir. Sem dúvida, era uma pessoa forte – no entanto, havia um quê de vulnerável nela. Sentiu uma mistura estranha de admiração por sua força e um desejo profundo de protegê-la.

A música parou e um homem começou a cantar. A voz estendeu-se até o mar; Gabe olhou o reflexo da lua na água enquanto ouvia. A música era cheia de anseios. Não entendia as palavras, mas ficou surpreso ao se ver lutando contra as lágrimas.

Tivera experiências semelhantes desde que chegou a Bali. As cerimônias sempre o emocionavam profundamente, despertando sensações de que nem sempre tinha consciência. E, entretanto, sempre se retraía, resistindo àquele chamado.

Um grupo de crianças – a maioria parecia filhos de ocidentais – correu para a beira da rebentação e jogou barcos de papel na água. Cada barco carregava uma vela acesa e deslizava nas ondas suaves do mar.

– Gostaria de acreditar que isso pudesse dar certo – disse Jamie, os olhos fixos na luz trêmula das velas balançando no mar. – Mas o fogo. Todas aquelas pessoas soterradas embaixo dos escombros... – Virou-se para Gabe com os olhos se enchendo de lágrimas.

Ele a abraçou e passou a mão em suas costas. Sentiu o corpo dela relaxando contra o seu.

Naquela noite, Gabe colocou o *futon* na sala. Tinha pensado em dormir no pátio, debaixo das estrelas. Mas queria ouvir Jamie, caso ela chorasse à noite.

No minuto em que se deitou, sua mente ficou povoada por imagens das bombas. Ouvia os ecos dos gritos, como se as pessoas presas na boate em chamas estivessem do lado de fora do bangalô. Sentia o cheiro horrível de cabelo queimado. Puxou a colcha até o nariz e inspirou o cheiro de mofo do armário, enrolando-se na coberta numa tentativa de se acalmar.

Por fim, se sentou no *futon* com o corpo encharcado de suor. A noite era interminável, horas e horas escuras e cheias de lembranças. Levantou-se e jogou a colcha em cima do *futon*. Vestiu seu jeans e saiu da sala.

O ar da noite estava quente e úmido. Ele adorava o calor. Deixou que o ar banhasse sua pele e desacelerasse as batidas do seu coração.

A mente de Gabe retrocedeu àquela noite em que o médico saiu do quarto de hospital de Ethan, andando no corredor comprido em direção a eles. De uma maneira idiota, pensara em Ethanopolis, o cachorro imaginário de Molly.

Ethanopolis falhara em sua missão. Mas então pensou: *não era trabalho do cachorro. Era meu trabalho salvar meu filho. Era minha única missão nesse mundo maldito*. Olhara para Heather e Molly ao seu lado, num estado de torpor e perplexidade. *Eu falhei com elas também*. O médico murmurou palavras de consolo; Heather gritou, e Molly a segurou. Porém Gabe ficou parado, com os braços pendurados ao longo do corpo, pensando: *era minha única missão*.

A noite estava silenciosa. A lua refletia-se no pequeno lago, e ele viu algo se movendo rápido entre os canteiros de lírios e depois mergulhando na água.

O terror havia terminado, disse a si mesmo.

Mas enquanto esperava Jamie chorar durante o sono, sabia que na ilha inteira havia outras pessoas ainda urrando de dor.

Acordou com os gritos.

Correu para o quarto e, em seu estado semiacordado, pensou: *Fogo. Tire-a do quarto antes que o fogo se espalhe.*

Parou ao vê-la sentada, com a boca aberta, como se estivesse sem ar. Não dizia uma palavra.

– Você está bem? – perguntou Gabe. Agora tinha dúvidas se sonhara com toda essa cena.

Jamie fez um aceno afirmativo, mas parecia aterrorizada.

– Deixe eu me vestir – disse Gabe, quando viu que estava apenas com as cuecas samba-canção. – Volto em um minuto.

Esperou até que ela assentisse novamente. Quase não se moveu, parecia atordoada.

– Já volto – repetiu.

Vestiu o jeans, olhando para fora – o sol começava a nascer e a iluminar o céu. Sentiu-se desorientado e com medo de alguma coisa que não conseguia identificar.

Dessa vez, bateu na porta aberta antes de entrar no quarto. Jamie deitara-se de novo, com a colcha puxada bem alto. Não soube dizer se estava dormindo.

Ficou parado, sem saber o que fazer.

– Desculpe – disse Jamie, com a voz abafada.

– Você precisa de alguma coisa?

– Não, vou voltar a dormir.

– Preciso pegar sua mala no hotel. Se você estiver bem para ficar sozinha.

– Obrigada.

– Qual é o nome do hotel?

– Swan.

– Sei onde é.

– Por que jogaram bombas em Bali? – perguntou com uma voz quase inaudível.

Gabe encostou-se na porta.

– Não sei. Bali faz parte da Indonésia, mas o resto do país é muçulmano. Os balineses praticam basicamente o hinduísmo. Então esta ilha é um problema para a Indonésia. É também mais popular no circuito turístico. Se a culpa foi de terroristas indonésios, pode ter sido por um desses dois fatores.

Jamie ficou calada por alguns instantes e Gabe pensou se havia adormecido.

– Não entendo por que bombardearam uma boate.

– Bombardearam duas boates.

– Não me diga quantas pessoas morreram.

– Não vou dizer.

– Não se trata de números. É o Miguel. São todas aquelas pessoas dançando, bebendo.

– Alguém quis criar medo nos ocidentais – disse Gabe. Encostou a cabeça na parede. De certa forma, era reconfortante conversar no quarto escuro.

– Me lembro de ler artigos no *New York Times* depois do 11 de Setembro – disse Jamie. – Todos aqueles perfis de pessoas que morreram nas torres. Tentava imaginar a vida delas e a vida das pessoas que as conheciam. Nunca cheguei perto de imaginar o quanto sofreram.

– Eu já morava aqui – disse Gabe. – Pareceu muito distante.

– Você conhecia alguém?

– Minha irmã tinha um amigo num dos aviões que bateu na torre.

– Minha mãe conhecia uma pessoa que saiu do prédio antes que desmoronasse.

Um pássaro grasnou e ambos olharam para a janela. Um passarinho com uma crista amarela estava pousado no parapeito.

– O que acontece no dia seguinte? E no outro?

Gabe não respondeu. Durante muito tempo depois que Ethan morreu, usou as mesmas calças e camisa todos os dias, até ficarem puídas. Será que não trocava de roupa por falta de ânimo, ou por um desejo de parar o tempo?

– Estou com medo de ir embora.

– Mas você precisa ir – disse Gabe, com um nó no estômago. – Um médico tem que examinar o seu braço quebrado. E talvez queira que um cirurgião plástico olhe a sua cicatriz.

– Não me importo.

– Mas vai se importar. Mais tarde.

Jamie não respondeu. Quando ele ouviu o som de sua respiração mudar, percebeu que dormira.

*Não vá*, pensou.

No caminho para Seminyak, Gabe telefonou para sua chefe, Lena.

– Onde você está? – perguntou, assim que atendeu o telefone.

– Sanur. Desculpe, eu devia ter ligado para você.

– Cancelamos as aulas na escola. Deixei um recado no seu celular.

– Eu não pude olhar as mensagens. Estou ajudando aqui em Sanur. Não sei quando vou voltar.

– Talvez eu vá para aí hoje. Precisam de doadores de sangue. Precisam também de voluntários para organizar um sistema de rastreamento das pessoas que ainda não foram encontradas. Ninguém sabe quantos morreram.

– Eu estava lá – disse Gabe.

– No local do atentado? – Seu tom de voz mudou. Fez uma pausa e então perguntou: – Você está ferido?

– Cheguei lá logo depois das explosões. Estava jantando no Santo's.

– Jesus – disse Lena. – Gabe.

Gabe e Lena foram amantes por pouco tempo, há uns dois anos. Quando Gabe substituiu o professor que ficara doente e se mudara para a Austrália, parou de transar com Lena. Acabaram ficando amigos, grandes amigos. No entanto, nas últimas 24 horas não pensara em telefonar para ela. No bangalô com Jamie tinha a sensação de estar fora do tempo e do mundo. Só agora, dirigindo à luz do sol, Gabe lembrou que a essa hora estaria indo para o trabalho.

– Você quer que eu te encontre?

– Não. Tenho que fazer algumas coisas.

Lena era sueca, uns cinco anos mais velha do que Gabe, e queria sempre cuidar do mundo inteiro. Quando fundou a escola em Ubud, todos os expatriados quiseram que seus filhos recebessem sua orientação. Ela era inteligente, carinhosa e firme o suficiente para educar tanto os pais quanto os filhos.

– Por que está em Sanur?

– Estou ajudando. Algumas vítimas do atentado vieram para cá.

– Foi tão ruim como dizem?

– Não sei o que estão dizendo, mas é impossível imaginar uma cena tão horrível.

– O irmão de Putu não voltou para casa. – Putu era uma das balinesas que trabalhavam na escola. Era cozinheira e governanta, porém estava treinando para um dia ser professora.

– Ele estava em uma das boates?

– Trabalhava num hotel em Kuta. Tinha terminado o turno de trabalho vinte minutos antes da explosão. Poderia estar passando em frente...

Gabe ouviu Lena prender a respiração. Não conhecia o irmão de Putu, mas ela o mencionava com frequência. Certa vez, ele levou os dois filhos de moto a Ubud para ver a escola. Putu perguntara a Lena se as crianças poderiam estudar no colégio no ano seguinte. O irmão as traria de Legian e viria buscá-las. Ele queria que os filhos progredissem na vida, em vez de trabalharem como seguranças num hotel, como ele fazia.

– Vou tentar descobrir alguma coisa. Como ele se chama?

– Ketut Taram. Duas famílias de alunos vão embora de Bali. Haverá outras, claro. Talvez tenha que fechar a escola.

– Não se preocupe com isso agora.

– Eu sei. Desculpe. Não sei com que me preocupar. Me sinto tão distante. Posso te encontrar aí?

– Não sei onde vou estar hoje. Eu ligo durante o dia.

– Você está bem, Gabe?

– Estou me esforçando ao máximo.

O Swan era um resort de alto luxo à beira da praia em Seminyak, um dos seis inaugurados nos últimos cinco anos.

Kuta mantinha sua imagem de uma cidade do surfe e do consumo de cerveja, mas Seminyak era mais sofisticada, atraindo turistas de Nova York, Los Angeles e Paris.

Dois cisnes de mármore decoravam a entrada do hotel. Gabe entrou num jardim impecável, com uma série de pequenos lagos desaguando uns nos outros, cada qual ocupado por velas flutuantes. Parou o carro em frente à recepção e pediu ao manobrista que estacionasse perto da entrada, pois não demoraria mais do que alguns minutos.

– Todos estão fazendo o mesmo – disse o garoto balinês. – Só querem pegar a mala e ir embora do país.

Gabe virou-se surpreso.

– Não, eu não vou embora. Vim apanhar as coisas de uma amiga que estava no atentado.

– Desculpe – disse o rapaz, olhando para os pés.

– O hotel está esvaziando?

– Todos os lugares estão esvaziando. Em 24 horas não vai ter mais ninguém.

– Os turistas todos saíram do país?

– As companhias aéreas tiveram que aumentar o número de voos. As pessoas estão assustadas.

– O hotel vai continuar aberto?

– Nosso patrão disse que sim. Mas não é verdade. É impossível. Todos sabemos disso.

Gabe sentiu uma onda de raiva. Bali, uma ilha tão encantadora, iria sofrer muito.

– O senhor vai ficar? – o rapaz perguntou, esperançoso.

– Eu moro aqui. Não vou a lugar nenhum.

– Que bom. – O rapaz sorriu pela primeira vez. – Diga a mesma coisa a todos os seus amigos.

– Vou dizer.

Gabe entrou no grande hall. Tinha um belo projeto arquitetônico, com piso e paredes de teca e um tecido branco que caía em pregas do teto como se fossem nuvens. Um jovem com um traje balinês formal tocava gamelão no centro do hall. Estava sentado numa pedra no meio de um pequeno lago redondo, com lírios flutuando na água. Como ele chegou até a pedra?

– Em que posso ajudá-lo, senhor? – perguntou uma balinesa, vestida com uma blusa branca e um sarongue também branco. Não estava sorrindo – os balineses eram famosos pelos sorrisos. Um serviço balinês, sempre um sorriso. Não mais.

Ela era a única pessoa no hall além do músico. Gabe não conseguia encontrar nada semelhante a um balcão ou uma mesa.

– Onde é a recepção?

– Eu posso ajudá-lo.

– Vim buscar os pertences de Jamie Hyde. Ela se feriu no atentado e estou cuidando dela em Sanur.

– Sinto muito. – A balinesa abaixou os olhos.

– Você pode me levar ao quarto dela?

– É claro.

A balinesa se inclinou em cumprimento.

– Por favor, me acompanhe.

Saíram pela porta dos fundos do hall e andaram por um longo caminho gramado. Alguns homens cortavam a grama com foices. Gabe viu uma piscina deserta no final do terreno.

A balinesa fez um gesto para que ele a acompanhasse numa escada comprida.

Enquanto desciam, Gabe ouviu o barulho dos saltos dela. Não havia nenhum outro som.

Parou em frente a um bangalô branco e tirou uma chave do bolso.

– Não sabíamos como contatar a Srta. Jamie. Não sabíamos se voltaria.

Abriu a porta e a claridade iluminou o quarto.

Gabe viu que o quarto havia sido arrumado pela camareira. A cama lindamente ajeitada com almofadas, algumas roupas empilhadas impecavelmente em cima de uma cômoda. Era um quarto grande, arejado, e um ventilador de teto girava silencioso.

– Você sabe onde a mala dela pode estar?

– Sim, senhor – respondeu a moça.

A balinesa tirou os sapatos e Gabe a imitou.

Viu um paletó pendurado nas costas de uma cadeira: era de Miguel.

– Ela estava com um rapaz jovem, que morreu na explosão.

A moça se virou e olhou-o, boquiaberta.

– Vou lhe dar um endereço. Talvez possa enviar a mala para sua família no Chile – disse Gabe.

– Sim, é claro.

– Vou reunir tudo.

A moça abriu um armário, onde havia duas malas pequenas nas prateleiras superiores. Alguns vestidos estavam pendurados no armário, além de duas camisas masculinas.

Gabe examinou os vestidos, um preto colante e sexy, o outro florido e alegre. *Jamie usaria esses vestidos*, pensou. *Antes.*

A balinesa estendeu a mão para pegar a mala.

– Deixa que eu faço isso.

Deu um passo à frente e apanhou a primeira mala.

– Quer que eu o ajude a guardar as coisas?

– Não, posso fazer sozinho. Obrigado por sua ajuda.

– Tenho recados de telefone para a Srta. Jamie. O senhor quer levá-los?

– Sim, claro.

– Poderá pegá-los ao sair.

A moça virou-se e saiu do quarto.

Gabe tirou os dois vestidos do armário e segurou-os à sua frente. Quem é você, Jamie? Pressionou o vestido preto no rosto – podia sentir um perfume, um pouco doce, um pouco sensual. Uma guia de aventuras que se vestia assim no final do dia? Pôs os vestidos com cuidado na cama.

Leu a etiqueta da primeira mala: *Miguel Avalos*. Um endereço e um número de telefone em Santiago, Chile. Ótimo. Anotou o número. Encontrou as roupas de Miguel numa cômoda do quarto. Jeans, shorts, camisetas. *Roupas de um jovem*, Gabe pensou. Um jovem que partiu numa aventura com uma moça bonita para Bali. Um jovem que queria se casar com essa moça. Gabe arrumou rápido suas roupas na mala, com o coração apertado. Quem iria abrir a mala? A mãe? O pai?

Lembrou-se do dia em que colocara as roupas de Ethan em caixas para doação. Heather deitara-se na pequena cama em seu quarto, olhando as estrelas de plástico no teto e murmurando as músicas que cantava para ele. No fundo do armário, Gabe encontrara um boné de beisebol, que comprara para Ethan quando ele assistira ao seu primeiro jogo do Red Sox. Pôs o boné dentro do bolso detrás da calça, sem coragem de colocá-lo na caixa. Em seguida, abrira uma caixa de sapatos enfiada num canto do armário.

– Heather – dissera em voz alta.

Heather parou de cantarolar, mas continuara deitada na cama.

Aproximou-se dela com a caixa nas mãos. Colocou ao seu lado e Heather sentou-se para examiná-la.

– O que é isso? – perguntara. Gabe quase não falara com ela nos dias que se seguiram à morte do filho. Molly lhe dissera que estava rejeitando a esposa por ela fazer parte de sua vida com Ethan. Sem Ethan, não poderia ter Heather.

A caixa estava cheia de besouros, dezenas de besouros mortos. Ao verem a coleção, Heather e Gabe sorriram como se tivessem encontrado ouro. Ethan saberia dizer o nome de cada um. Heather segurara a mão de Gabe e ele a levou aos lábios. *Não me deixe*, ele pensara. Porém não conseguira dizer uma palavra.

A caixa agora ficava numa cômoda em seu *joglo*, ao lado do boné do Red Sox e de uma fotografia de Ethan pulando na piscina, com um sorriso enorme no rosto.

Fechou o zíper da mala de Miguel e colocou-a no pátio em frente à porta.

Pegou a outra mala no armário e colocou-a na extremidade da cama. Na etiqueta estava escrito *Jamie Hyde*. Na mala havia a foto de um cachorro dentro de uma caixa vazia, um cão de caça enorme, uma mistura de Terra-Nova com São Bernardo. O cachorro com pelos longos olhava para a câmera, com uma expressão de amor total no rosto. Gabe virou a foto, mas não havia nada escrito. Será que Jamie deixava seu cachorro adorado em casa, enquanto viajava pelo mundo? Não, a fotografia era antiga. *Devia ser um cachorro de sua infância*, ele pensou.

Pôs a foto no bolso da camisa; talvez Jamie quisesse guardá-la.

Abrindo a gaveta de cima de uma grande cômoda de teca, encontrou peças de lingerie – sutiãs, calcinhas – e teve a sensação de estar fazendo algo ilícito. Rapidamente, colocou a lingerie dentro da mala. Na gaveta seguinte viu blusas, shorts, um biquíni e guardou tudo na mala. Achou um passaporte com duas notas de cem dólares. A última gaveta da cômoda continha um jeans, um suéter e um par de meias de seda.

Encontrou outro biquíni pendurado num gancho do banheiro. Um biquíni azul-escuro coberto com minúsculas estrelas. Bem pequeno. Gostaria de achar uma foto de Jamie, alguma que lhe mostrasse como ela era antes do corte no rosto e do corpo machucado. Em algum momento, ela foi uma jovem que usava um biquíni como esse.

Colocou seus artigos de toalete dentro do nécessaire vermelho. Não usava muita maquiagem, só batom, delineador e rímel. Tinha também uma escova, uma loção de bronzear e creme para o rosto. Heather viajava com dois ou três nécessaires cheios de artigos de toalete e maquiagem. "Vamos passar só uma semana no campo", Gabe lhe dizia. "Talvez eu queira parecer uma ninfa sexy dos bosques", ela respondia. Mas Gabe sempre achou que a sensualidade estava associada à simplicidade, a uma beleza natural. Um coque meio despenteado. A pele bronzeada no final do verão.

Gabe olhou para frente e se viu no espelho. Estava horrível. O rosto abatido, a barba desgrenhada. Há dois dias que não penteava o cabelo. Desviou o olhar.

Na prateleira do banheiro havia um vidro de melatonina e uma caixa de pílulas anticoncepcionais. Teve de novo a sensação de estar bisbilhotando. Rapidamente, colocou os remédios no nécessaire e fechou o zíper.

Quando terminou de arrumar a mala, olhou ao redor do quarto. Havia um livro na mesa de cabeceira. A autobiografia de uma mulher que explorou o Ártico. *Estou conhecendo-a*, Gabe pensou. *Pouco a pouco. Essa é Jamie.*

Ou pelo menos era.

No saguão, a balinesa se aproximou dele.

– Estou com as mensagens para a Srta. Jamie.

– Eu entregarei a ela.

A moça lhe deu duas folhas de papel.

– Posso ajudá-lo em mais alguma coisa, senhor?

– Não, obrigado. Deixei a outra mala no pátio em frente à porta do bangalô. Tem um endereço na etiqueta.

– Vamos enviar a mala, senhor.

– Obrigado.

A balinesa continuou parada no mesmo lugar.

– Falta pagar pelo quarto. Desculpe. Vou cuidar disso.

– Não se preocupe. Não estamos mais cobrando diárias de nossos hóspedes.

Gabe assentiu.

A moça deu meia-volta e se afastou.

Ele leu a primeira mensagem.

*Ligue para mim, Perninha. Você não atende o diabo do seu celular. É bom que esteja bem. Vá logo embora daí. Todas as despesas estão sendo pagas pela Global Adventures. Larson.*

A mensagem seguinte era da mãe.

*Por favor, me ligue. Estou tão assustada. Por favor, me ligue. Eu te amo mais do que você pode imaginar.*

De volta ao carro, o celular de Gabe tocou. Era uma chamada da irmã. Jogou o telefone no assento ao lado. Não queria dizer mais uma vez que não voltaria para casa.

Quando entrou na estrada principal, viu duas placas de sinalização: KUTA. SANUR.

Sem refletir, seguiu em direção a Kuta.

A estrada estava cheia de carros e motocicletas. Uma voz em sua mente dizia: "Saia daqui. Volte para Jamie."

Mas o carro seguia em frente. Outra ligação. Lena, dessa vez. Não atendeu de novo.

Por fim, entrou numa estrada vicinal, um caminho mais rápido para o local do atentado. Seguiu em meio a um trânsito complicado até chegar numa placa: ENTRADA PROIBIDA.

Isso era uma besteira. Devia dar meia-volta. Devia voltar para Sanur.

No entanto, parou o carro no acostamento da estrada – um lugar de estacionamento proibido, porém os policiais estavam ocupados em tarefas muito mais importantes. Saiu do carro e foi a pé até o local das bombas.

Sentiu o cheiro antes que pudesse vê-lo. Fogo. O cheiro enjoativo das bombas e de pele queimada. O retardante de chamas. Tapou o nariz com a mão.

Indonésios e alguns ocidentais perambulavam pelas ruas, que antes eram cheias de turistas. As lojas de souvenirs, artigos de couro, biquínis, camisetas e bolsas de palha estavam todas fechadas. Um cartaz na porta de uma loja dizia: NOSSOS CORAÇÕES ESTÃO COM AS VÍTIMAS. ESTAMOS REZANDO.

Gabe virou numa esquina e parou. Viu prédios incendiados, prédios desabados. Um era Sari Club, o outro Paddy's Pub. No meio da rua havia uma enorme cratera. Carcaças de carros, metal retorcido, um cartaz de Coca-Cola derretido. A poucos metros dele estava um sapato de salto alto – verde-esmeralda – intacto.

Gabe fechou os olhos. Tentou respirar fundo, mas o cheiro do fogo e da morte penetrou em seus pulmões.

Nada disso pareceu real no pequeno bangalô à beira-mar. Mesmo Jamie, com seus ferimentos, parecia ter vindo do nada. No entanto, aquela noite não foi um pesadelo. Foi essa carnificina bem real e monstruosa.

Um homem com óculos tortos pendurados no nariz estava parado na rua, em frente às ruínas ainda em combustão do Sari Club. Segurava no peito uma grande fotografia emoldurada de uma mulher, como se a estivesse apertando a seu coração. Gabe viu que a moça estava grávida, a barriga redonda visível em seu corpo franzino. Ela sorria para a câmera, um sorriso tímido, como se estivesse contando segredos para o fotógrafo.

*Ele a perdeu*, Gabe pensou. Não conseguiu suportar a expressão do rosto do homem e desviou o olhar.

Alguns policiais retiravam os carros incendiados da rua. Um deles virara de lado, reduzido a um esqueleto.

Gabe viu flores por toda parte. Coroas, buquês e flores avulsas haviam sido colocadas na rua ao lado dos prédios carbonizados. Um jovem – um ocidental – estava pondo um buquê de flores em frente ao Sari Club. As lágrimas escorriam pelo seu rosto. Outro homem parado ao seu lado olhava os escombros com uma expressão desorientada. Duas moças perto de Gabe estavam ajoelhadas em frente a um pequeno altar de oferendas, que os balineses usavam para manter o equilíbrio no mundo. Uma delas repetia "Laura, Laura, Laura". A outra soluçava.

Começou a chover. Gabe sentiu as gotas em sua cabeça e nos braços, mas, apesar do calor, teve um calafrio. Ficou parado na rua, atordoado, sem conseguir se mexer. Tentou se lembrar do momento em que entrara no Paddy's, no meio do fogo, na direção dos gritos. Teve a sensação de que tudo havia acontecido com outra pessoa. Porém era real. Esse lugar era uma zona de guerra.

– Apareceu uma cobra na rua – disse uma balinesa idosa, parada ao lado de Gabe; ele nem tinha notado a sua presença. – Na manhã seguinte às bombas. Estava apontando para o céu. É um presságio.

– Que tipo de presságio? – perguntou Gabe.

– A cobra estava pedindo ajuda aos deuses. Fizemos alguma coisa errada. Provocamos raiva em alguém.

– Não – disse Gabe, olhando-a. Tentou manter a voz calma. – Não fizemos nada de errado. Os terroristas é que praticaram um ato criminoso.

– Por culpa dos nossos pecados. Por causa das danças e das bebidas. Desviamo-nos do nosso caminho.

Gabe pensou em Jamie, deitada na cama no bangalô.

– Não – insistiu Gabe gentilmente. – Essas eram pessoas boas. Pessoas inocentes. Não fizeram nada de errado.

Sem dizer mais uma palavra, a senhora idosa afastou-se dele.

Gabe observou um rapaz andando pelos escombros e carregando um cartaz: TERI HUGHES. DESAPARECIDA. No cartaz via-se a foto de uma jovem com um sorriso charmoso. O rapaz, com os olhos inchados, os lábios tensos, caminhava em círculos, segurando o cartaz em cima da cabeça.

Assim que pegou a estrada principal para sair de Kuta, Gabe ficou preso num engarrafamento, os carros quase parados, o calor opressivo. Não chovia mais e uma nuvem de vapor erguia-se nos acostamentos da autoestrada. O carro andava alguns metros, em seguida diminuía a velocidade, parava, depois seguia mais outros metros. Sentia o coração disparar.

*Jamie está sozinha*, pensou. Demorei demais. Quanto tempo havia ficado no local do atentado? Checou o relógio. Ainda tinham algumas horas antes de precisarem ir para o aeroporto.

O trânsito melhorou por um instante e, quando Gabe acelerou, uma motocicleta deu uma fechada em seu carro. Apertou o freio com força. O carro atrás dele parou com um rangido dos pneus.

Fechou os olhos. Em segundos, as buzinas estridentes encheram o ar.

Olhou para a estrada e pensou: *não vou conseguir. Não posso seguir adiante.*

Mais uma vez, as buzinas dos carros o atormentaram.

Sacudiu a cabeça. Sentia o gosto de bile na garganta.

Parou o carro no acostamento e apoiou a cabeça no volante. Sua respiração estava ofegante, como se não conseguisse encontrar ar, e então começou a soluçar, alto, soluços doloridos vindos do fundo do coração.

Chorou até se acalmar. Depois pensou de novo em Jamie, que o estava esperando, e continuou o caminho para Sanur.

Ao chegar no bangalô, Gabe viu alguém sentado no pátio. Estava de costas para ele, olhando para o jardim. Seria Billy, ou um dos amigos de Billy, ou um estranho com quem teria de falar? Sentiu uma ponta de raiva, como se aquela fosse sua casa e ninguém tivesse o direito de entrar.

A pessoa o ouviu se aproximar e virou o rosto em sua direção. Só nesse momento Gabe viu o curativo, o cabelo castanho avermelhado, o lenço azul-claro que servia de tipoia para o braço engessado. Jamie. Sorriu e, de repente, não conseguia parar de sorrir.

– Olhe para você – disse ele.

– Tomei um analgésico.

– Seu braço?

– Minha mente. Parece que esses remédios também funcionam para a dor psíquica.

– Talvez eu roube alguns comprimidos.

– Isto aqui é... – Começou a falar, depois parou e olhou o jardim. – Lindo – disse por fim. – Parece um sonho.

Gabe sentou na cadeira de vime ao seu lado.

– Meu amigo é paisagista. É muito bom no que faz.

Gabe viu um bloco de papel no colo de Jamie e um lápis em sua mão. Ela desenhara o jardim, com traços rápidos e um toque delicado.

– Você é uma artista.

– Que nada. Gosto de desenhar quando viajo. Encontrei esse bloco numa gaveta da cozinha.

– Conheceu bem Bali... Antes?

– Não, tinha chegado há três dias. Agora não quero ver nada. Só quero ficar sentada aqui.

– Desculpe pela demora. Quer que eu traga alguma coisa para você comer?

– Não. Sente aqui comigo.

Gabe seguiu seu olhar pelo jardim. Lakshmi, a deusa que segurava duas flores de lótus, estava sentada no centro do gramado rodeada de gardênias. Havia um balé, um pavilhão de madeira, no final do jardim; Billy encontrara seu telhado original de sapê num antiquário em Seminyak. Colocara uma mesa de teca e cadeiras também de teca, com curvas graciosas, dentro do balé. No centro da mesa, pusera um vaso de cerâmica vermelho.

– Trouxe recados para você.

Tirou duas folhas de papel do bolso e entregou-as a Jamie.

Observou-a enquanto lia as mensagens, sua expressão séria.

– O hotel vai enviar as coisas do Miguel para a família dele.

Jamie virou-se para ele, mas rapidamente desviou o olhar.

– Você devia ligar para a família dele, Jamie – disse com suavidade.

Jamie continuou a estudar o jardim.

*Deixe-a tomar suas decisões*, pensou. *Você já cumpriu seu papel ao salvá-la.*

– Ele morreu por minha culpa – disse Jamie, com a voz tensa.

– Não foi culpa sua.

– O que *você* sabe sobre isso? – perguntou com um tom agressivo. – Se eu tivesse dito sim, quero casar com você, sim, eu te amo e quero passar o resto da minha vida com você, ele estaria vivo. Teríamos terminado o jantar naquele restaurante horrível. Depois voltaríamos para o nosso hotel de luxo, onde passaríamos a noite transando, e não sendo massacrados pela porra de uma bomba.

Gabe pôs a mão em seu braço. Jamie levantou-se abruptamente, como se o toque lhe causasse um choque elétrico, e a cadeira em que estava sentada caiu no chão. Manteve-se de costas para Gabe.

– Esperei você voltar para casa e, de repente, fiquei com raiva. Nunca esperei que um homem viesse cuidar de mim. Posso muito bem cuidar de mim mesma. Nem sei quem você é.

– Passamos por muitas coisas juntos.

– Vou chamar um táxi para me levar ao aeroporto.

– Eu quero te levar.

Levantou a cadeira e sentou-se de novo. Gabe ouviu sua respiração profunda.

– Fui ao local do atentado.

Jamie virou-se para ele. Em um momento, sua raiva desapareceu.

– Por quê?

– Tudo parecia irreal. Talvez fosse por causa desse jardim, dessa casa. Eu precisava ver as boates à luz do dia.

– Eu nunca quero vê-las.

Gabe pensou na Jamie que descobrira no quarto do hotel. Uma jovem de biquíni. Com perfume adocicado.

– Trouxe isso para você. – Gabe tirou do bolso a fotografia do cachorro.

Ela olhou-a, e sua expressão ficou mais suave. Gabe sentiu-se aliviado ao ver seu sorriso.

– Finn, meu bebezinho.

– Um bebê grande.

– Uma cadela de 54 quilos – disse Jamie. – Morreu um ano antes de eu começar a viajar a trabalho. Acho que não teria aceitado esse emprego se ela estivesse viva.

– Qual era a raça?

– Uma Leonberger. Um grande urso de pelúcia. Ela me fez feliz por muito tempo.

Jamie tocou na foto e passou o dedo pelo dorso da cadela.

– Miguel achava que ela tinha um ar maldoso. Ele não gostava de cachorros. Nunca me casaria com um homem que não gosta de cachorros.

– Por que você não quis casar com ele?

Jamie olhou para o jardim. Um grande lagarto deslizou em cima da cabeça de Lakshmi e parou ali, observando-os.

– Sou uma menina adulta. Tenho 31 anos. E não sei nada sobre o amor.

– Tenho 40 anos e ainda tento descobrir o que é o amor.

– Você amava o seu filho.

– Sim, do fundo do meu coração.

– Então, sabe o que é o amor.

Gabe viu o lagarto se mover rapidamente pela cabeça da deusa e desaparecer pelas suas costas.

– Vamos para o aeroporto depois do almoço.

Jamie fez um aceno afirmativo. Passou a mão pelos cabelos e mexeu na tipoia para ficar mais confortável. Por fim, disse:

– Vou ligar para os pais do Miguel.

Gabe lhe entregou o celular e um pedaço de papel com o número do telefone.

– Vou te deixar sozinha.

– Não. Por favor, fique.

Parecia tensa enquanto discava o número. Respirava rápido e com dificuldade.

Quando alguém atendeu, começou a falar em espanhol. Gabe surpreendeu-se com sua fluência, porém logo lembrou a si mesmo: eu mal a conheço.

Ouviu palavras que não entendia, mas seu tom de voz era caloroso e sensível. Falou durante um longo tempo.

Quando terminou, seu rosto estava molhado de lágrimas. Estendeu a mão para Gabe e ele a segurou.

– Ficaram contentes em conversar comigo. Sabiam que ele ia me pedir em casamento.

– O que você disse a eles?

– Que ele realmente pediu e eu disse sim.

Gabe fechou os olhos. *Sim*. Ela lhes dera um presente com essa palavra.

Sentiu Jamie soltar sua mão e a ouviu afastar-se, caminhando rumo ao bangalô. Não a impediu.

Gabe pôs pratos e travessas na mesa de fora. Mais cedo, passara em um restaurante à beira-mar e comprara o almoço. Tirou a comida da sacola e colocou-a no centro da mesa.

Ouviu o som distante do celular, e quando correu na direção da casa, encontrou-o sobre a cadeira de vime do pátio.

– Molly. Desculpe. Não tive um segundo livre para te ligar de volta.

– Estão dizendo que pode acontecer um novo atentado. Quero que saia daí, Gabe. Vejo o noticiário o tempo inteiro. Acham que foi um grupo terrorista indonésio pior que a al-Qaeda. Eles vão atacar de novo.

– Não veja o noticiário, Molly.

– Você não atende os meus telefonemas. Não tenho como descobrir o que está acontecendo.

– Acabou. Acabou mesmo.

– O que acabou?

– O assassinato em massa. Não precisam matar mais pessoas. Já fizeram o bastante.

– Diga isso para eles.

– Um segundo – disse Gabe, ao ver Jamie na porta. Cobriu o telefone com a mão. – O almoço está no balé. Pode começar se quiser. Já estou indo.

Jamie assentiu e atravessou o gramado.

Ao fundo, Gabe ouviu o som alto da televisão de Molly.

– Você está em casa? – Não conseguia lembrar há quantos dias ela partira.

– Sim, estou em casa. Só gostaria que você estivesse aqui comigo.

– É frio demais.

– Estamos no veranico. Um tempo maravilhoso.

Durante um veranico ele levara Ethan para passear numa bicicleta com dois selins. As folhas douradas e vermelhas das árvores brilhavam no céu azul, e o tempo estava agradável como se fosse agosto. "Corro atrás de você, papai", Ethan gritara atrás dele. "Vai mais rápido!"

– Você lembra como Ethan adorava aquela bicicleta? – perguntou Gabe. Molly a comprara quando viera passar o verão com eles em Cape.

– Por que você se lembrou disso agora? – perguntou Molly em voz baixa.

– O veranico.

– Ethan queria que você se sentasse atrás, no banco menor. Queria sentar no banco grande.

Gabe sorriu. Do outro lado do gramado, viu Jamie comer um rolinho primavera. *Está com fome*, ele pensou. *Bom sinal.*

– Heather me ligou para saber se você está bem. Tem assistido às reportagens da CNN.

– Como ela está?

– Tem novidades – disse Molly, com uma voz hesitante. – Hannah e ela vão adotar um bebê chinês.

Gabe virou de costas para Jamie, como se não quisesse partilhar com ela sua sensação de perda. Primeiro Ethan, depois Heather e, agora, a chance de ter um novo filho. Essa não é a vida que escolheu para si mesmo, ele refletiu.

– Que bom para ela.

– Não ficou triste com essa notícia?

– Não. Ela merece ser feliz.

– *Você* também.

– Estou tentando.

– Delicioso. Não pude esperar – disse Jamie, devorando outro rolinho primavera.

Seu estado de espírito mudara em instantes. *Agora estava cheia de energia*, Gabe pensou. Precisaria disso dali em diante.

Gabe sentara-se à sua frente.

– Fico contente.

– Com quem você estava falando? Minha vez de bisbilhotar a sua vida.

Gabe sorriu.

– Minha irmã. Quer que eu volte para casa.

– Você vai?

– Aqui é minha casa.

– Você se sente realmente em casa?

– Ainda não. Mas não quero desistir de Bali por causa do atentado. A ilha precisará de muito amor nos próximos meses.

– Este é o seu projeto para começar do zero?

– Bem radical, não é?

Gabe se serviu de uma pequena quantidade de *pad thai*. Pensou em Heather e no novo bebê. *Vou escrever lhe dando parabéns*, ele decidiu. Imaginou como ficaria contente.

Jamie cortou um pedaço de *roti prata* e o mordeu. Observou-a comendo e sentiu um impulso de desejo.

– Tinha esquecido o gosto de uma boa comida.

– Aposto que você não é uma pessoa que belisca a comida e se preocupa com o peso.

– Você acha? – perguntou, atacando um pedaço do pão grelhado com manteiga.

– Você sempre foi uma atleta?

– Eu detestava esportes de equipe quando criança. Era um menininho, nunca gostei dos jogos de meninas. Um dia fui acampar com meu pai em Utah. Me senti no paraíso. No ano seguinte, fizemos uma trilha em Yosemite, e era só isso que eu queria fazer pelo resto da minha vida. Todos os anos eu esperava a próxima viagem, só nós dois, meu pai e eu em meio à natureza selvagem. Foram os melhores anos da minha vida.

Pôs o *roti prata* em seu prato e cobriu-o com os molhos das outras comidas, depois encheu a boca com o pão temperado. Gabe queria limpar com o dedo a mancha de molho no canto de seus lábios. Comeu mais um pouco de sua comida, esforçando-se para desviar o olhar dela.

– Quando decidiu transformar o seu amor pela natureza selvagem em uma carreira?

– Depois da faculdade. Todas as outras pessoas iam cursar direito, economia ou administração, porém eu queria uma montanha mais alta, um rio mais rápido. Um cara me disse que uma empresa em Berkeley contratava pessoas com meu perfil para explorar montanhas do mundo inteiro. Ser um guia é bem diferente do que viajar sozinho. Mas paga as contas.

– Você é viciada em adrenalina – disse Gabe com um sorriso.

Jamie desviou o olhar.

– Eu era. Agora não sei mais quem eu sou.

– Você ainda é essa pessoa.

Jamie fez que não com a cabeça.

– Acordei no meio da noite e pensei que tinha sido enterrada viva. Afastei os lençóis, mas, mesmo assim, não consegui respirar.

– A noite passada também foi difícil para mim.

Jamie olhou-o.

– Nem sei o que você faz aqui.

– Sou professor numa escola em Ubud.

– É mesmo?

– Você está surpresa?

– Eu imaginava algo mais... Não sei... Mais arriscado.

– Você não acha que enfrentar uma turma de alunos de 7 anos é um ato de risco?

– Você não quis retomar sua profissão de jornalista?

– Não poderia.

Gabe lembrara-se da reunião que tivera com sua chefe no *Globe*, semanas depois da morte de Ethan.

– É disso que você precisa – ela dissera, sentada diante dele em seu escritório, com os braços estendidos.

*Como você pode saber o que eu preciso*, ele pensara. Ela tinha uma fotografia da família na escrivaninha, três crianças sorridentes e um marido alto e magro. Pelos comentários que ouvira, raramente via os filhos.

– Preciso de um tempo.

– Se você mergulhar no trabalho, lembrará que tinha uma vida antes de Ethan. Você gosta do que faz, Gabe. Não desista agora.

Mas ele não queria nada semelhante à sua antiga vida, com Ethan, ou antes de Ethan. Sentia-se um estranho, uma pessoa com quem não tinha familiaridade e, por isso, não queria que seu novo ser sombrio se encaixasse nos antigos espaços confortáveis.

– Você pode me passar o *pai thai*? – perguntou Jamie. – Está monopolizando a comida.

Gabe lhe passou a travessa de *pai thai*.

– Por que fez isso? – perguntou Jamie, apontando para o braço dele. – Estive imaginando o motivo.

– A tatuagem?

Um pássaro verde e amarelo estendia as asas no seu antebraço.

– Você não faz o estilo.

– Fiz essa tatuagem no primeiro dia em que me mudei para Ubud. Queria que fosse um lembrete.

– Da fuga?

– Fugi durante muito tempo. Queria pousar em algum lugar.

– E já pousou?

– Ainda não.

Jamie tocou em seu braço, desenhando com o dedo o contorno das asas.

– Eu gosto dela – disse, afastando a mão.

Jamie ficou silenciosa no trajeto para o aeroporto. Mudou a estação de rádio quando começaram a transmitir notícias dos atentados. Passou o tempo todo trocando de estação, tentando achar uma música de que gostasse. Por fim, desligou o rádio.

– Você pôs os remédios na mala? – perguntou Gabe.

– Sim.

Gabe havia deixado suas roupas no bangalô de Billy – voltaria para Sanur depois de deixá-la no aeroporto e dormiria uma última noite lá, antes de retornar para Ubud. Ele também não se sentia preparado para enfrentar o mundo real.

De repente, lembrou de Theo e do jantar deles no Santo's. Não tinha telefonado para saber se o amigo estava bem. Theo também não ligara para ele. Ninguém sabia as regras de comportamento numa situação pós-bomba. Cartões de condolência? Grupos de apoio?

Ligaria mais tarde para Theo.

– Se algum dia você for a São Francisco... – disse Jamie, mas não continuou a frase.

Gabe olhou-a, esperançoso.

– Nunca mais vou te ver – ela balançou a cabeça.

– Pode ser que veja.

– Tão estranho. Eu te conheço. E não sei nada sobre você.

– Se algum dia voltar a Bali...

– Nem pensar.

– Então terei que ir a São Francisco. Vamos jantar juntos, contar um para o outro como sobrevivemos.

– O que você dirá?

– Direi que amo Bali mais do que nunca. Que, por fim, fiz daqui a minha casa. Que precisei de um atentado terrorista para sair do meu estupor e voltar à vida.

– Estou impressionada. Você chegou longe.

– Sempre se pode sonhar.

Pensou em outro sonho, um que incluía Jamie sentada ao seu lado na varanda do *joglo*, bebendo uma taça de vinho enquanto conversavam sobre os acontecimentos do dia. Tirou esse pensamento da mente.

Passaram pela sinalização do aeroporto e Jamie olhou para o colo.

– E você, o que vai dizer? – perguntou Gabe.

– Daqui a alguns anos? Quando jantarmos juntos?

– É.

Jamie continuou com a cabeça baixa.

– Me tornei um exemplo para os sobreviventes de ataques terroristas. Faço palestras em conferências internacionais e digo às pessoas que temos que nos unir para criarmos um mundo melhor.

– Uau.

– Difícil de acontecer, não é? Provavelmente trabalho como garçonete num bar qualquer em Berkeley. Virei especialista em fazer desenhos na espuma do café.

– Pelo menos você levanta da cama todas as manhãs.

Jamie olhou-o orgulhosa.

– Sempre vou levantar da cama.

– Não tenho a menor dúvida.

Gabe parou o carro em frente a uma barricada na entrada do aeroporto. Enquanto os policiais passavam um espelho embaixo do chassi, Jamie manteve os olhos fechados.

– Eles sempre fazem isso? – perguntou, apertando os dentes.

– Eles só estão tomando precauções extras.

Um guarda pediu dados de identificação. Gabe respondeu as perguntas: sim, o voo dela parte daqui a uma hora, com destino aos Estados Unidos; sim, ele a deixaria no aeroporto e iria embora. Sim, ele morava em Bali. Era um cidadão americano.

Quando o guarda os deixou passar, Jamie soltou a respiração.

– Isso é bom. Precisamos de uma segurança firme.

– Talvez tenha havido uma nova ameaça – disse Jamie com a voz trêmula.

– Não. Se isso fosse verdade, eles teriam fechado o aeroporto.

– Como você sabe?

– Você ficará bem, Jamie. Não vou te deixar sozinha. Vou acompanhar você lá dentro. Até onde me permitirem.

– Não precisa fazer isso.

Gabe seguiu em direção ao estacionamento.

– Relaxe, Jamie. Respire devagar.

Ela continuou com a cabeça abaixada.

– Vou para o estacionamento agora. Vamos entrar juntos no aeroporto.

Estacionou no primeiro lugar que encontrou, desligou o motor e virou-se para ela.

– Jamie, você consegue. O aeroporto está muito bem vigiado. Não vai acontecer nada.

Ela olhou para o terminal, depois para Gabe, com os olhos arregalados.

– Você está pronta?

Jamie balançou a cabeça.

– Vou pegar sua mala e depois venho abrir a porta.

Ela continuou calada, então Gabe saiu do carro e pegou a mala no banco de trás. Em seguida, abriu a porta do carona.

– Segure o meu braço.

Jamie hesitou por um instante. Então levantou-se e segurou o braço de Gabe. Ele sentiu a mão dela envolver seu bíceps.

– Talvez deixem que eu te acompanhe até o embarque – disse Gabe, tentando manter um tom de voz baixo e calmo. – Juntos, a gente consegue.

Começaram a andar para o terminal. Gabe sabia que Jamie observava a mesma coisa que ele: a multidão de pessoas, na maioria ocidentais, aglomerada em frente ao terminal. Sentiu-a apertar ainda mais seu braço.

Atravessaram a rua e seguiram em direção à porta. Alguns fotógrafos estavam parados em frente à multidão. Gabe ficou chocado ao ver o brilho de um flash e ouvir o clique de uma câmera.

– Pare! – gritou para o rapaz que a segurava.

– Vocês estavam no local do atentado? – perguntou uma mulher ao seu lado, com um bloco e uma caneta na mão. – Poderiam responder algumas perguntas?

– Nos deixem em paz – disse, enquanto abraçava a cintura de Jamie. – Vamos andar rápido – murmurou, arrastando-a pela multidão.

Dentro do aeroporto, mais flashes pipocaram diante deles.

– Parem! – Gabe gritou.

Jamie enterrou o rosto em seu braço. Ele a ouviu gemer de dor – talvez tenha pressionado o próprio corte. Levou-a com cuidado através da multidão, tirando um fotógrafo do caminho com o cotovelo.

Além do exército de jornalistas, havia inúmeras pessoas que iriam partir de Bali, quase todos ocidentais, e a sala zumbia com o barulho de vozes. O caos estava saturado de eletricidade, a multidão comprimida demais, a energia agitada demais. Um alto-falante dava notícias dos embarques em indonésio, com um ruído estático. Um grupo falava mais alto ainda e algo caiu no chão – provavelmente uma câmera –, fazendo com que pessoas gritassem.

Jamie apertou seu corpo contra o de Gabe e gemeu. Ele afrouxou o abraço por um segundo e a sentiu se afastar. Quando se virou para pegá-la, ela havia desaparecido. Chamou seu nome, mas a multidão fechou ao seu redor e o barulho abafou sua voz.

– Saiam da frente! – gritou, abrindo caminho entre a multidão. Olhou para as portas, porém não a viu. Subiu numa cadeira na parede da frente para ver melhor. Havia pessoas andando em todas as direções, flashes de câmeras, gritos e choros. Será que ela já tinha atravessado a porta?

E então a viu, encolhida no chão perto da parede. Parecia uma criança se escondendo. Seu braço bom envolvia os joelhos e seu rosto repousava no ângulo do gesso.

Gabe correu em sua direção.

– Jamie!

Seu corpo, encolhido como se fosse uma bola, balançava-se num movimento ritmado.

– Vamos voltar – disse Gabe, com a mão apoiada em seu ombro.

Ela o olhou. O rosto estava pálido e seu corpo tremia.

– Vamos voltar para o bangalô. Por favor, venha comigo.

Jamie levantou-se e apoiou o corpo nele. Gabe envolveu-a com seu braço e seguiram para a saída do terminal.

– Você está dormindo? – sussurrou Gabe.

– Não.

– Posso sentar aqui?

– Seria bom.

Gabe entrou no quarto. Apesar da escuridão, viu a cadeira ao lado da janela, à luz do luar. Sentou-se, sem quase ver a silhueta de Jamie sob os lençóis, sua cabeça apoiada no travesseiro. Só o curativo branco retinha a luz e parecia brilhar.

– Você conseguiu dormir?

– Um pouco.

– Eu não consigo.

– Você disse que ficaria mais fácil – disse Jamie, sua voz suave na escuridão do quarto. – Mas está mais difícil.

– Talvez a gente ainda não esteja pronto.

– Você também?

– Eu também.

Ficaram em silêncio por alguns instantes. Então Jamie sussurrou:

– Desculpe.

– Não peça desculpas. Foi horrível. Aquilo estava um caos.

– Não. O caos está na minha cabeça, não no aeroporto.

– Na minha cabeça também.

No silêncio do quarto, Gabe ouviu o barulho de uma lagartixa correndo pela parede.

– Obrigada – disse Jamie, por fim.

– Por quê?

– Você me faz sentir um pouco menos louca.

– Ou nós dois somos loucos pra cacete.

– É provável.

– Você ligou para sua mãe?

– Liguei, disse que vou tentar de novo daqui a uns dois dias.

– Ótimo.

– O que você vai fazer?

– Quando?

– Quando não tiver mais que se preocupar comigo.

– Vou voltar para Ubud.

– E tudo volta ao normal?

– Nada volta a ser o que era.

– Gosto disso.

– Do quê?

– De conversar no escuro. Mal te vejo sentado na cadeira.

– Nesse momento precisamos de calma na nossa vida.

– Quando os flashes das câmeras dispararam...

– Eu sei.

– Surgiu uma luz branca muito forte depois que as bombas explodiram. Tudo ficou branco. E depois tudo ficou escuro.

Calou-se novamente e Gabe deixou que o silêncio invadisse o quarto.

– Eu estava indo para o Paddy's quando houve a explosão. Foi surreal: não senti medo, talvez a gente veja filmes violentos demais, mas por alguns instantes estranhos aquilo não me pareceu perigoso. Até que vi as pessoas saindo correndo do prédio. Estavam feridas e cobertas de sangue. Um rapaz tinha perdido um braço. – Jamie fez uma pausa e respirou fundo. – Corri para dentro enquanto todos saíam. Tinha que encontrar o Miguel.

– A segunda bomba explodiu na rua. Provavelmente, perto de onde você estava. Se não tivesse corrido para a boate, é possível que tivesse morrido.

Jamie não respondeu. Gabe reprimiu o desejo de sentar na cama e repousar a mão em seu pé.

– Então todas aquelas pessoas que fugiram...

– A segunda bomba foi ainda mais forte.

– Eles queriam que as pessoas corressem para a rua e morressem?

– Talvez.

– Malditos – murmurou Jamie. Mas ela soava mais cansada do que com raiva.

Gabe esperou.

– Eu estava tentando achar o Miguel – ela disse, por fim. – Mas tinha gente morrendo por toda parte. Não podia deixá-las para trás. Era impossível ignorá-las.

– Você salvou muitas vidas.

– Se eu o tivesse encontrado mais cedo...

– Provavelmente não conseguiria salvá-lo.

– Ele tinha 27 anos. Era bonito. Queria escalar o Kilimanjaro no próximo ano. Queria...

– Queria você.

– Teria encontrado outra pessoa para amar.

Gabe pensou no ombro de Jamie, bronzeado e macio. Sentiu vontade de passar os dedos por sua pele. Quando pensou em Miguel, se odiou por um instante.

– Sinto muito.

– Até agora, só tinha perdido a Finn na minha vida.

– Sua cadela gigante.

– Sim. Ainda sinto saudade dela. Uma avó morreu antes de eu nascer. Meus outros parentes estão vivos. Não sei nada sobre a morte.

– E agora sabe até demais.

– Isso não faz sentido. Não tenho o direito de estar deitada aqui nesse quarto tão bonito.

– Você tem todo o direito de...

– Por quê? Quem é você para dizer isso? Por que salvou a minha vida e não a de outra pessoa? Alguém morreu porque você correu em direção à minha voz. Se não tivesse me tirado de lá, poderia ter salvado dez outras vidas. Estou viva e eles estão mortos.

– Jamie...

Gabe ficou sentado no escuro por um longo tempo. Ouviu a respiração de Jamie acalmar, e logo ela dormiu. Porém ele continuou sentado. Quando olhou pela janela, em algum momento no meio da noite, viu um animal sobre a mesa no balé. Seria um gato? Metera o focinho dentro da tigela com os restos do almoço e comia satisfeito. Gabe imaginou um jantar para os bichos, que encheriam o balé com o som de seus grunhidos e guinchos. De manhã a comida teria desaparecido. O lugar estaria uma bagunça. E quando Gabe e Jamie acordassem, eles recomeçariam tudo.

– Você ainda está aqui – disse a moça da farmácia.

– Eu moro aqui. Não pretendo ir embora.

– Sua amiga está melhor?

– Está passando por um momento difícil. Preciso de mais gaze e esparadrapo para ela.

A moça entrou numa sala dos fundos. Gabe a viu pegar uma caixa numa prateleira quase vazia.

– Nossos filhos estão com medo – falou a moça ao voltar. – Tenho uma filha pequena que chora todas as noites. Um menino da mesma turma perdeu o pai no atentado. Ela acha que um dia eu não vou voltar para casa depois do trabalho, e que todas as pessoas vão morrer na explosão de uma bomba.

– Meu filho – disse Gabe, e o som das palavras ecoou no ar. – Meu filho uma vez viu um acidente de carro, e um homem ficou caído na rua. Provavelmente morto. Minha esposa estava no carro com ele, e eu no trabalho. Durante quase um ano, meu filho me perguntou todas as noites se eu iria morrer.

– O que você dizia para ele?

Gabe se lembrou do cheiro de limão no cabelo de Ethan, quando se inclinava para lhe dar um beijo de boa-noite. A lembrança o perturbou; era tão real como se tivesse enterrado o nariz no cabelo louro e despenteado do filho momentos antes.

– Eu dizia: "Estou aqui com você. Estou vivo."

– Funcionava?

– Até o dia seguinte.

– Meu marido acha que temos culpa pela ação dos terroristas. Eu acho que não fizemos nada de errado.

– Claro que não.

– Então por que sofremos?

Gabe tirou algum dinheiro do bolso e deu a ela.

– Desculpe. Eu falo demais.

– Tudo bem. Eu era um homem muito reservado. De repente, também sinto a necessidade de falar com todo mundo.

A moça sorriu. Duas covinhas apareceram em seu rosto, fazendo-a parecer uma estudante tímida.

– Volte aqui um dia para conversarmos mais.

– Vou voltar.

Já na rua, Gabe olhou ao redor. Era quase meio-dia – Jamie ainda não tinha saído do quarto. Iria comprar comida para o almoço antes de voltar para o bangalô. Iria torcer para que o dia fosse mais fácil.

Andou pela rua principal de Sanur até achar um restaurante aberto. Havia mesas na calçada, mas todas estavam vazias. Entrou no restaurante e foi direto ao bar.

– Quero dois sanduíches para viagem – disse ao garçom.

O rapaz, com um longo cabelo rastafári louro, estava virando uma bebida. Seria tequila? Parecia que não tinha dormido a noite inteira e que curtia uma bela ressaca.

– Vamos fechar. Não tem ninguém aqui, cara.

– Eu estou aqui.

– O que está fazendo na cidade? – perguntou o rapaz, encarando Gabe pela primeira vez.

– Quero dois sanduíches. O que você tiver.

– Vou voltar para uma festa da qual eu não devia ter saído. Merda, cara. Esse lugar está morto.

O rapaz pegou uma garrafa de tequila embaixo do bar. Serviu uma dose para Gabe e outra para ele mesmo.

– Saúde, meu irmão – disse e empurrou o copo para Gabe. Depois se virou e, com um passo trôpego, foi para a cozinha.

Gabe olhou o restaurante vazio, então bebeu a tequila de um só gole.

Sentiu raiva do garçom – por estar bêbado? Por ter ido a uma festa enquanto o resto de Bali sofria? Pegou a garrafa de tequila e serviu outra dose.

Uma balinesa andava pela rua com os braços cobertos de sarongues. Com certeza desistira de vendê-los na praia. Caminhava devagar, com passos pesados e a cabeça baixa. Gabe imaginou o sol quente batendo em suas costas, o corpo curvado sob o peso dos tecidos.

– Maravilha – disse o garçom.

Gabe virou-se para o bar. Seus olhos não se ajustaram à escuridão depois de ver a claridade da rua – não conseguia enxergar o rapaz à sua frente.

– O que encontrou?

– Sanduíches de presunto. O cozinheiro disse que é por conta da casa. Hoje é seu dia de sorte.

– Não é o dia de sorte de ninguém. – Seus olhos conseguiram se focar, e agora Gabe via o rapaz com um sorriso arrogante nos lábios.

– Coisa chata essas bombas, né?

Gabe respirou fundo.

– Por que você está em Bali?

– Para surfar, cara. Por que mais?

– Você surfou hoje?

– Óbvio.

– Você não conhecia ninguém que estava no atentado, conhecia?

– Não. Meus amigos não frequentam esses lugares. Só putas. Não é nenhuma grande perda para a sociedade, se é que você me entende.

Sem refletir, Gabe deu um soco no nariz do rapaz. Ele tropeçou para trás até bater na parede.

– Que merda é essa, cara?

Gabe saiu do restaurante sem levar os sanduíches.

Encontrou Jamie sentada no pátio. Olhou-o sorridente, enquanto ele se aproximava.

– Preparei uma oferta de paz – disse, apontando para a mesa à sua frente. Colocara diversos tipos de biscoitos, um tapenade e queijo. – Assaltei a despensa do seu amigo.

– Que coisa boa – disse Gabe, sorrindo.

– Até roubei uma garrafa de vinho.

– Vai combinar bem com a minha tequila – falou, sentando-se na cadeira de vime ao seu lado.

– Você bebeu tequila de manhã?

– E bati num cara.

– O jornalista bem-educado de Boston?

– Preciso comer alguma coisa para contrabalançar meu café da manhã etílico. – Sentiu o olhar de Jamie sobre ele enquanto comia. Ela lhe deu uma taça de vinho rosé. Gabe deu um gole e suspirou.

– Uma maneira bem melhor de começar o dia.

– Você aceita o meu pedido de desculpa?

– Não tem motivo para se desculpar.

– Por que você bateu no cara?

– Porque ele estava surfando.

– Bem, vou tomar cuidado com o que falo hoje.

– Você não corre perigo, eu acho.

– Mas não tem muita certeza.

– Tenho, sim. Nunca bateria numa mulher com o braço quebrado.

Fizeram um brinde.

– Você se sente melhor?

– Não vou para o aeroporto hoje. Vou poupar toda a minha loucura para amanhã. Reservei um novo voo.

Tinham mais um dia juntos, então. Um presente.

– Caminhei pela praia enquanto você estava fora – disse Jamie.

Gabe sentiu um medo irracional em seu peito – mas ela estava ali, sentada ao seu lado. Não se atirara no mar. Nem andara quilômetros para não voltar mais.

– Conversei um pouco com uma mulher.

– Uma turista?

– Não, uma balinesa. Me contou que nada todos os dias para fazer exercício. Era idosa, eu não saberia dizer a idade. E muito forte. Mora na cidade e vende comida no mercado todas as manhãs. Cuida da neta de 3 anos enquanto trabalha, até o filho voltar para a casa depois do turno da noite num hotel em Kuta.

– Moça falante.

– Ela estava no ritual de purificação. Aquele a que fomos. Disse que o atentado foi uma tragédia, mas que agora as jovens vítimas vão seguir para uma outra vida.

– Ela tem sorte de acreditar em reencarnação. – *Seria tão mais fácil*, ele pensou, imaginar Ethan vivendo uma vida nova e feliz em algum lugar. Porém, quando pensava na morte do filho, enxergava-a como o fim de tudo que havia de maravilhoso.

– Estou presa a esta vida. Não tenho a chance de reencarnar como uma princesa balinesa.

– Você não gostaria da vida de uma princesa – disse Gabe com um sorriso.

– Você acha que não?

– Acho. Você vai viver esta vida.

Gabe pensou em Jamie sentada no sofá do chefe em Berkeley. Imaginou-o como um homem mais velho e durão, sentado do outro lado da sala com um sorriso matreiro. Jogaria para Jamie um novo catálogo de aventuras emocionantes pelo mundo. Escolha uma viagem, a que você quiser, diria. Sim, ela responderia, com o dedo apontado para uma página. Esta aqui.

No final da tarde, Gabe estava no pátio lendo um romance sobre amor e luxúria em Hollywood, quando Jamie saiu da casa e parou ao seu lado.

Vestia as calças de seda que ele colocara na mala, e o tecido macio apertava seus quadris estreitos. Colocara um lenço vermelho ao redor do gesso.

– Você está linda – disse Gabe.

– Exceto pelo rosto.

Gabe levantou-se e tocou em seu queixo.

– Você vai ter um ar misterioso, sexy e um pouco perigoso com uma cicatriz no rosto.

– Mal posso esperar – disse Jamie, com um pequeno sorriso. Em seguida, deu um passo para trás. A mão de Gabe pairou no ar por um momento, até que ele a recolheu.

– Como está a dor?

– Por enquanto, sob controle. Vou tomar um comprimido quando voltarmos.

– De onde?

– Do jantar.

– Jantar?

– Vou te levar a um restaurante.

– Sério?

– Tem algum aqui perto?

– A uma caminhada curta pela praia.

– Então, vamos agora antes que eu mude de ideia.

Gabe estendeu o braço e Jamie aceitou. Andaram pelo gramado até a porta vermelha; Gabe gostou da sensação de ter o antebraço dela apoiado ao seu.

Destrancou a porta e deixou-a passar.

– Uau! – disse ela. – Traços cor-de-rosa coloriam o céu, como se uma criança teimosa tivesse riscado o céu azul com um lápis de cor. Corriam em zigue-zague até desaparecerem no azul profundo do mar.

A praia de areia branca estendia-se por quilômetros em ambos os lados. Mais além havia hotéis com espreguiçadeiras, restaurantes e barcos para alugar, mas em frente ao bangalô só havia a areia macia, algumas palmeiras e o mar azul interminável.

Ficaram parados lá por alguns instantes, olhando as ondas suaves da rebentação. Gabe sentiu o cheiro levemente adocicado do perfume de Jamie e o inspirou. As cores do céu ficaram mais intensas; o mar escureceu.

– É para qual lado? – perguntou Jamie, quebrando o momento.

Gabe a direcionou para a área central de Sanur Beach.

– Você está bem? – perguntou ao ouvir o som ofegante de sua respiração.

– Estou. Ainda fico um pouco zonza quando caminho.

– Talvez seja um esforço ambicioso demais.

– *Ambicioso* significava escalar três picos num dia. Agora significa uma caminhada lenta de catorze metros.

– Daqui a um mês você já vai escalar montanhas de novo.

– Duvido.

Gabe olhou-a.

– Não há motivo para você não retomar as suas atividades habituais.

– Acho que não quero retomá-las.

– Por quê?

– Agora o mundo é um lugar diferente.

– Não – disse Gabe, com a voz mais alta do que pretendia. – Você precisa mergulhar de novo no mundo.

– Como montar de novo num cavalo depois de cair? – Havia uma rispidez desagradável em sua voz.

– Senão os terroristas vencem.

– Já venceram – murmurou.

– Não é verdade.

– Você sempre espera que aconteça algo melhor, não é?

– O que mais se pode fazer?

Pensou nos passeios diários pelas ruas de Boston depois da morte de Ethan, um longo circuito que o levava a uma margem do rio Charles e de volta ao lado de onde partira. Enquanto caminhava, relembrava todos os momentos da vida tão curta do filho. Mas, no final do dia, continuava sozinho. As lembranças não traziam seu filho de volta para casa. Então um dia suas botas ficaram gastas. Numa delas, apareceu um rasgo no dedo polegar; na outra, a sola ficou fina demais. Um fato simples, mas que o fez sair do estado de letargia que o dominava. *Não posso mais andar em círculos*, pensou. Tenho que seguir em frente.

Era preciso ter esperança, senão ele e Jamie nunca sairiam de casa.

Um menino balinês correu na direção deles imitando o som de um motor, como se fosse um avião que iria aterrissar.

Pouco antes de passar rápido por eles, parou de repente e olhou para Jamie. De uma maneira quase inconsciente, tocou em seu próprio rosto.

– Olá – disse Jamie.

– Olá – respondeu o menino.

E depois cantarolou, "olá olá olá olá" e continuou a correr.

– Estou uma aberração.

– Está viva.

Andaram um pouco mais até chegarem ao hotel La Taverna, que tinha um restaurante ao ar livre na praia.

O ambiente do restaurante era alegre, com lanternas penduradas nas árvores. Uma luz azul brilhava no meio de cada uma delas. Havia um balé num canto, enfeitado com uma tapeçaria pendurada na parede posterior. Uma banda tocava num local mais distante do restaurante; Gabe viu três indonésios com guitarras, mas a música parecia uma salsa cubana.

– Vocês querem uma mesa? – perguntou um balinês, olhando para Jamie.

– Sim, por favor. Embaixo daquela árvore, se possível – respondeu Gabe, apontando para uma mesa isolada.

– É claro.

Levou-os em meio às mesas vazias até o local que Gabe escolhera.

– Volto já com o cardápio e a carta de vinhos – disse o balinês, puxando uma cadeira para Jamie sentar.

Quando o balinês se afastou, Jamie disse:

– Estou assustando as pessoas. Sabem que eu estava no atentado.

– Você está ótima.

– Ninguém vai me fazer perguntas, não é?

– Claro que não – respondeu rápido.

– Nunca vou saber como é Bali de verdade – disse, olhando para Gabe.

– Daqui a alguns anos, você pode...

– Isso é Bali. Esse restaurante nessa praia com esse indonésio. Não preciso de mais nada.

– Bali é muito mais do que isso.

– Se eu conseguir manter minha Bali pequena assim, talvez não a deteste tanto.

– Espero que volte algum dia. Dê uma nova chance à ilha.

Um jovem garçom balinês apareceu com um enorme sorriso.

– Bem-vindos ao La Taverna – disse, mas quando viu o rosto de Jamie, seu sorriso desapareceu.

– Obrigado.

O garçom continuou a segurar os cardápios diante do corpo, com o olhar fixo em Jamie, que observava a mesa à sua frente.

– Sim, sim – disse por fim o garçom, desviando sua atenção de Jamie. Entregou os cardápios e deu a carta de vinhos a Gabe. – Volto para anotar os pedidos.

– Você quer voltar para o bangalô? – perguntou gentilmente Gabe.

– Não – respondeu Jamie com uma voz suave. – Quero ficar aqui e comer o meu jantar. Não quero ir embora. Quero que o resto do mundo vá embora.

– A maior parte já foi. Nunca vi Sanur tão vazio.

– Vamos ouvir a música. Vamos fingir que estamos prestes a entrar na pista de dança – disse Jamie, com um esforço para parecer alegre.

– Elizabeth Taylor dançou aqui.

– É mesmo?

– O *jet set* internacional frequentava Sanur nos anos 1960. John Lennon e Yoko vieram aqui. Assim como John

Wayne. Esse hotel era um resort famoso. Aparentemente, todos transavam com as mulheres dos outros. Era uma época muito louca. Ou é o que dizem.

– É difícil imaginar. É tão calmo.

– Agora Kuta e Seminyak atraem os holofotes. Mas na época esse hotel era o grande ponto de encontro. O dono me contou que uma vez alguém subiu na janela da Sophia Loren e a esperou pelado na cama.

– Então sou Audrey Hepburn. Quem é você?

– Cary Grant.

– E deixamos nossos namorados em casa. Estou filmando na Austrália e vim passar o fim de semana em Bali. Fiquei o dia todo boiando no mar. Depois vesti meu tubinho preto e vim para o restaurante.

– Eu estava sentado aqui, bebendo meu Manhattan. Olhei para frente e pensei: *essa só pode ser a Audrey. Não a vejo há anos.* Estou filmando em Nice e vim passar uma semana em Bali para me afastar da minha namorada possessiva. Levanto para te cumprimentar. Você se aproxima de mim com seu andar sexy e diz...

– Ah, Cary. Que surpresa. Não sabia que você estava em Bali.

– Por favor, jante comigo, será um prazer. A não ser que esteja esperando por alguém.

– Estava esperando por você.

– Esse vestido deslumbrante... Não consigo tirar os olhos de você.

Jamie olhou-o e sua expressão mudou. Abriu o cardápio e começou a folheá-lo. Gabe tocou em seu ombro.

– Estou bem – ela falou em voz baixa.

– O que aconteceu?

– Por um segundo esqueci tudo. Por um segundo pensei que era só uma moça num restaurante à beira-mar se divertindo com um rapaz interessante.

O garçom pigarreou e ambos olharam para ele surpresos.

– Já escolheram?

– Quero um atum grelhado – disse Jamie. – E um martini.

– Vou querer o mesmo.

– Muito bem. – O garçom já começara a se afastar, e então voltou. – Vocês são hóspedes do hotel?

– Não – disse Gabe. – Viemos só jantar.

– Eu estava num encontro de meditação na noite do atentado – falou o garçom, um pouco tímido. – Havia umas cem pessoas no auditório concentradas numa meditação silenciosa. Então ouvimos uma explosão e a sala estremeceu. O líder do grupo olhou para cima e disse "Algo terrível aconteceu".

– O que vocês fizeram? – perguntou Gabe.

– Ele disse para voltarmos à meditação. Mas era impossível me concentrar. Não sabia que coisas terríveis podiam acontecer. E agora eu sei.

– Todos nós sabemos – retrucou Gabe.

O garçom olhou de novo para Jamie, mas ela continuou em silêncio.

– Vou buscar as bebidas – ele disse, afastando-se da mesa.

A banda concluiu o ritmo vibrante da salsa cubana e o líder do grupo pegou o microfone.

– Agora vamos tocar uma música diferente.

Em seguida, fizeram uma péssima versão da música de Stevie Wonder, *You Are the Sunshine of My Life*.

– Diga para eles pararem – disse Jamie, e os dois riram.

– Audrey e Cary ficariam horrorizados.

– Sairiam da pista de dança.

– E jurariam que da próxima vez trariam suas próprias bandas.

O líder do grupo cantou a música com uma voz nasal e desafinada.

– Audrey e Cary teriam uma música muito melhor durante o jantar.

Um relâmpago iluminou o horizonte. O céu estremeceu com os trovões.

– Agora, sim – disse Gabe.

E, num instante, o céu se abriu e gotas enormes de chuva caíram sobre eles.

– Vamos para o balé! – Gabe gritou mais alto do que o barulho do dilúvio.

Ajudou Jamie a se levantar e segurou seu braço enquanto corriam para uma mesa embaixo do teto de sapê. Quando chegaram no balé, já estavam encharcados.

– Uau – disse Jamie. – Que chuva!

Olharam a tempestade durante alguns minutos em silêncio. Jamie abraçou o corpo com os braços. A cortina de água era tão espessa que quase não viam as mesas diante deles. Mais uma vez um relâmpago iluminou o céu, seguido pelo som de um trovão.

De repente, a tempestade parou, tão repentinamente como havia começado. Um vapor levantava-se do chão como nuvens de fumaça.

– Audrey teria gostado disso. Muito dramático. Material de filme.

– Onde está a banda? Será que foi um tipo de castigo pela música horrorosa?

Jamie riu.

– Estão escondidos no bar.

– Olhe para mim.

Quando ela se virou, Gabe tocou em seu rosto.

– O curativo está molhado. Vou trocá-lo assim que voltarmos.

Jamie pôs a mão em cima da sua.

– Obrigada – disse ela, depois afastou a mão e virou o rosto.

Gabe tirou o cabelo da nuca de Jamie. Apesar da simplicidade do gesto, teve a sensação de a estar despindo. Viu um sinal na pele bronzeada e macia. Quase sem respirar, desenhou o contorno de seu pescoço. Jamie não se mexeu.

– Martinis molhados – disse o garçom. – E toalhas secas.

Deu a cada um uma toalha de mão e colocou os martinis na mesa à sua frente.

Gabe pegou a toalha e se aproximou do rosto de Jamie.

– Não – disse ela. – Eu faço isso.

Gabe pôs a toalha na mesa.

– A última vez que saí para jantar estava com Miguel – falou em voz baixa. – Parece que foi há milhares de anos.

Gabe sentiu uma pontada de culpa. Enxugou rápido o rosto com a toalha. – Onde vocês foram?

– A uma espelunca qualquer em Kuta. O último jantar dele. Merecia um lugar melhor.

Gabe esperou que ela continuasse a falar.

– Merecia uma namorada que dissesse sim.

Comeram o jantar no balé, apesar de a chuva ter parado. A banda tocou uma música latina e enquanto Jamie e Gabe sentavam à mesa, em silêncio e sem fome, Audrey e Cary rodopiavam na pista de dança, graciosos e incrivelmente belos.

No meio da noite, Gabe ouviu Jamie chamar seu nome. Foi até a porta do quarto e esperou, sem ter certeza de que não fora um sonho. Mas ouviu de novo, dessa vez apenas um sussurro.

Abriu a porta e esperou que os olhos se acostumassem à escuridão.

– Você pode sentar um pouco comigo? – Sua voz estava trêmula, provavelmente teve outro pesadelo.

– É claro – respondeu, dirigindo-se para a cadeira ao lado da janela.

– Não. Aqui – disse Jamie, com um toque leve na cama. – A cadeira fica muito longe.

Ele estava de cuecas samba-canção, não se lembrara de vestir o jeans. Mas Jamie estava semiadormecida e o quarto era escuro, então se sentou na ponta da cama. Ela se deitou de lado para vê-lo.

– Você estava dormindo?

– Não sei bem. Eu ficava entrando e saindo de sonhos. A noite já parece bem longa.

– Que horas são?

– Duas. Duas e meia, talvez.

– Com que você estava sonhando?

– Com o mar. Ia cair no mar de uma altura enorme. Precisava acordar antes de bater na água.

– Eu te salvei.

Gabe sorriu.

– Sim. Você me salvou.

Ficaram em silêncio por algum tempo.

– Parei de tomar os analgésicos.

– Mas ainda sente dor?

– Sinto.

– Então devia tomar um comprimido.

– No voo para casa. Agora quero estar lúcida.

– Talvez por isso não consiga dormir. Por causa da dor.

– Não. Eu não consigo dormir por sua causa.

Gabe olhou para a janela e viu o contorno de uma árvore inclinada pela força do vento. Por fim, virou-se para ela. Estava deitada de lado com o lençol puxado até a cintura. Vestia a blusa que Gabe comprara na cidade: BALI BABY.

Ele estendeu a mão, tirou o cabelo que caíra em seu rosto e deslizou os dedos pelo seu maxilar. Quando chegou ao pescoço, Jamie fechou os olhos.

Gabe deitou na cama à sua frente.

Ela abriu os olhos e observou-o. Gabe podia ver tanta coisa em seu olhar – desejo, culpa, gratidão. Tocou em seus lábios como se quisesse dizer: não fale nada. Só olhe para mim.

Jamie pegou a mão dele e apertou suavemente os dedos em seus lábios. Depois levou as mãos à boca dele, contornando-a com o dedo.

Gabe passou a mão por sua blusa, seus seios, seu abdome e, quando levantou a blusa para tocar em sua pele, escutou um som que nunca ouvira – uma mistura de desejo e de dor.

– Você quer que eu pare?

– Tire a minha blusa – disse Jamie ofegante.

Ele sorriu. Desabotoou-a e tirou-a com cuidado por cima do gesso.

Jamie deitou-se de costas. Seus olhos já tinham se acostumado à escuridão do quarto, e com a luz do luar, Gabe viu que os seios dela eram cheios e redondos, tão bronzeados que, sem dúvida, tomara sol nua em algum lugar do mundo. Quando passou os dedos por eles, ela abriu os olhos e respirou fundo.

– Por favor – disse num tom de voz baixo e suave. – Toque em mim.

Beijou os dois mamilos e então tentou beijá-la no rosto.

Jamie fez uma expressão de dor, e ele recuou.

– Desculpe.

– Vale a pena – falou com um sorriso. No entanto, pôs a mão em cima do curativo e franziu as sobrancelhas.

– Tem certeza?

– Tenho.

Gabe beijou a linha que percorria seu tórax até o abdome e se afastou para ler uma tatuagem, desenhada bem abaixo do umbigo. *Leve-me às alturas*, dizia com uma letra elegante.

– Com que idade você fez essa tatuagem? – perguntou, sorrindo.

– Aniversário de 18 anos.

– Fala de drogas, sexo ou montanhas?

– Sim, sim e sim.

– Você realmente é encrenca – disse, passando a língua pelas letras.

– Mas está funcionando.

Gabe puxou o lençol e olhou-a. Suas pernas estavam machucadas. De repente, teve uma lembrança: se viu puxando-a dos escombros na boate em chamas. Pôs a mão suavemente em sua coxa.

– Não quero te machucar – sussurrou.

– Você não vai me machucar. Você me faz sentir... – Ela fez uma pausa.

Ele a olhou.

– Tudo – Jamie concluiu.

Gabe deitou de novo ao seu lado.

– É exatamente isso que você faz comigo – disse, abraçando-a.

Fizeram amor devagar, com cuidado, mudando de posições por causa do gesso incômodo. Gabe tocou-a como se estivesse descobrindo tudo que ainda desconhecia a seu respeito. E quando puxou o corpo de Jamie contra o seu, ele disse:

– Devagar. Bem devagar.

– Você está me matando – falou, com um sorriso.

Seus corpos encontraram ritmos que Gabe não tentou controlar – se deixou mover junto com ela, sobre ela. Então Jamie montou nele, e, quando gozaram, continuaram a se abraçar.

– Devagar – disse Jamie, brincando, quando ele puxou-a com um olhar faminto de desejo.

– Os dias têm sido tão longos – sussurrou no ouvido dela.

– É verdade – murmurou Jamie, subindo novamente em seu corpo.

Gabe sorriu assim que começou a se mexer. Com os olhos ainda fechados, lembrou-se de um momento no meio da noite. Acordou e sentou na cama para ver Jamie. Ela dormia com o braço quebrado acima da cabeça, como se o gesso não mais fosse um escudo protetor. Pela primeira vez desde o atentado, parecia em paz. Não havia vincos entre os olhos, nem um grito preso na garganta.

Gabe a observara enquanto dormia, desenhando o contorno de seu quadril com o dedo.

Inclinou-se e beijou sua pelve. Perfeita. Sem machucado, edemas, cortes ou arranhões. Manteve seus lábios ali, repousando.

Então abraçou o corpo de Jamie e voltou a dormir.

Agora estendeu a mão para o outro lado da cama – Jamie não estava lá. Abriu os olhos. O sol inundava o quarto com uma luz suave e esverdeada.

– Jamie?

Olhou para o banheiro. A porta estava fechada. Apoiou de novo a cabeça no travesseiro. Logo a levaria para o aeroporto. Mas primeiro iria preparar o café da manhã de Jamie e, juntos, beberiam café sentados no balé. Talvez fizessem amor mais uma vez. Ele lhe explicaria como fazer os exercícios de respiração que aprendera após a morte de Ethan, quando ataques de pânico o acordavam no meio da noite. Não pediria que ficasse em Bali; precisava voltar para casa. Mas iria visitá-la assim que possível em São Francisco.

– Jamie?

Sentou-se na cama. Não viu luz sob a porta. Será que ela estava na cozinha?

Foi até o banheiro e bateu na porta. Quando não ouviu resposta, abriu a porta.

Vazio.

Depois notou que seus poucos artigos de toalete haviam desaparecido. Não havia nada na bancada.

Examinou o quarto. A mala que estava sobre um banco no pé da cama também desaparecera.

Correu para a sala de estar e gritou o nome de Jamie.

Mas o cômodo estava vazio, as portas para o jardim escancaradas. Foi até a porta e procurou em todas as direções. Não estava sentada na cadeira do pátio; não estava no balé com uma xícara de café, esperando por ele.

*O carro*, pensou. *Vou pegar o carro e procurá-la pelas ruas.*

Vestiu numa pressa louca o jeans e a camiseta. Tentou achar as chaves do carro – não estavam no bolso do jeans. Olhou para o balcão da cozinha. Estavam em cima de um bilhete.

Forçou-se a pegá-lo.

Jamie escrevera o bilhete em seu desenho do jardim, na parte inferior da página.

*Gabe, me desculpe. Acordei de manhã bem cedo, pensando no Miguel. Eu devia ter pensado nele quando te chamei no meio da noite. Foi errado fazer isso enquanto ainda estou sofrendo pela morte dele.*

*Vou de táxi para o aeroporto. Miguel merecia algo melhor, e você também.*

*Obrigada por tudo.*

Não assinou o bilhete.

Gabe seguiu para o norte, em direção a Ubud. Limpara a casa de Billy, colocara os lençóis na máquina de lavar, e as toalhas logo ao lado, no chão. Escreveu um bilhete para a faxineira de Billy, pedindo que terminasse o trabalho, e também deixou algum dinheiro.

Já havia telefonado para Lena, a fim de avisá-la que dentro de uma hora estaria na escola. Lena disse que não se preocupasse – poucas crianças estavam indo ao colégio, então um professor era suficiente para atendê-las – mas ele insistiu.

– Preciso trabalhar.

– Eu entendo.

"O que acontece agora?", se perguntou, enquanto dirigia para a região montanhosa de Bali. Sentiu a tensão dos acontecimentos da semana desabar sobre ele.

A chuva começou, e ele ligou os limpadores do para-brisa a toda velocidade. Logo ficou difícil enxergar por causa da chuva torrencial, que batia com força nos vidros do carro. Parou no acostamento e observou a água alagar os arrozais. Um homem pedalava num caminho entre os pés de arroz, com a água da chuva escorrendo pelo chapéu.

*Siga em frente*, pensou Gabe.

Então, após um momento, voltou para a estrada e continuou para o interior de Bali.

# PARTE TRÊS
# 2003

– Não se afaste de mim – diz Jamie. – Por favor.

Gabe ainda não se virou, mas Jamie sabe, intuitivamente, que vai perdê-lo. Depois de um ano tão longo e com tantos quilômetros os separando, não pode deixar que isso aconteça. Ela também tem vontade de fugir – ao vê-lo sente uma emoção forte demais para ser contida. Seus olhos verdes a reconhecem imediatamente, e ela teme o que acontecerá se encará-lo.

Será que inventei a história daquela semana? Quanto do amor é invenção?

– Me dê uma chance – ela pede. – Me deixe explicar por que fui embora.

Gabe abaixou os olhos.

– Eu sei por que você foi embora – responde suavemente.

Uma motocicleta para diante deles e o rapaz pergunta para Jamie:

– Transporte?

Jamie faz um sinal negativo. Quer que o resto do mundo desapareça. Exceto Gabe. Ela o deseja com uma violência que a surpreende.

– A gente pode dar uma volta? – pergunta Jamie. *Me dê um pouco de tempo,* ela quer pedir. *Me deixe te olhar por mais tempo. Preciso conhecer você de novo.*

– Jamie – diz Gabe, seu tom já dizendo não. Em seguida, sua expressão muda. O que parecia choque de vê-la se transforma em raiva. Seu rosto fica sombrio.

– Não quero te ver. Não posso... – Para abruptamente de falar e desvia o rosto.

É como se não suportasse olhá-la. Estaria com medo de amolecer caso lhe desse uma chance? Então precisava lhe dar uma chance. A mente de Jamie se enche de milhões de pedidos, nenhum forte o suficiente para convencê-lo a ficar.

– Desculpe – murmurou Gabe, afastando-se.

Jamie quer correr atrás dele, pegar seu braço e fazê-lo parar. Quer puxá-lo para perto e pressionar seu corpo contra o dele. Lembre-se de mim.

Mas ele se lembra dela. Lembra-se de que acordou de manhã e ela tinha desaparecido.

Ela inclina-se numa árvore e apoia as costas na casca dura. Fecha o punho sobre o peito dolorido.

*Vire*, suplica em silêncio. *Volte para mim.*

Porém ele continua a caminhar pela rua, afastando-se cada vez mais. Um homem aproxima-se de Gabe e os dois se cumprimentam. Estão longe demais para que ouvisse a conversa deles. Não vê a expressão de Gabe, mas o amigo abre um grande sorriso. Jamie quer desesperadamente ver o sorriso de Gabe, mesmo que não se dirija a ela. Lembra-se de como sorria em seu sono quando se esgueirou da cama naquela manhã. Ele murmurou seu nome enquanto tirava em silêncio a mala do banco e saía na ponta dos pés do quarto.

Agora, ele toca no ombro do amigo e, sem olhar para trás, vira numa esquina e desaparece. Jamie encosta a cabeça na árvore e fecha os olhos.

Durante o último ano, imaginou várias cenas para o momento de encontro: Gabe a ouviria, ficaria com raiva, choraria, a odiaria ou amaria.

Mas nunca a deixava para trás.

Encontra Nyoman numa esquina perto de sua casa, junto com um outro homem. Quando se aproxima, os dois viram em sua direção.

– Transporte, senhorita? Ótimo carro.

Nyoman inclina a cabeça cumprimentando-a.

– Não, obrigada – ela responde ao homem.

– Essa é a Srta. Jamie – disse Nyoman ao amigo. – É minha hóspede para a cerimônia de aniversário.

– Bem-vinda, amiga de Nyoman! – fala com um sorriso animado.

– Nyoman – diz Jamie, olhando para os dois. – Posso lhe fazer uma pergunta?

Nyoman afasta-se do amigo para lhe dar privacidade, e ela sente-se agradecida pela compreensão.

– Você está com carro hoje? – pergunta. – E está livre agora?

– Sim. Quando não tenho serviço de guia, procuro trabalho na rua. E tenho um carro se precisar.

– Eu gostaria de ir...

– Eu posso levá-la. Meu amigo não se importa. Você é minha hóspede.

– Você já foi ao local do atentado?

Nyoman abre a boca, mas não diz uma palavra.

– Se for muito difícil para você...

– Fui muitas vezes.

– Eu gostaria de ir – diz com a voz trêmula.

– Talvez seja difícil demais para você.

– Eu quero ir – repete com uma voz mais firme.

– Eu a levarei.

– Podemos ir agora? Não quero mudar de ideia.

Nyoman se aproxima do amigo, fala algumas palavras em balinês e ele lhe entrega um molho de chaves. Nyoman se dirige ao carro à sua frente e abre a porta, então pausa e olha para Jamie.

– Estou pronto.

As palavras ecoam em sua mente. *Estou pronto*. Mas seus pés não se movem; seu corpo permanece teimosamente rígido.

Lembra-se de que Gabe visitou as boates logo após o atentado. "Nunca quero vê-las", ela dissera. Porém de alguma forma, sabe que agora precisa ir até lá.

Por fim, entra no carro.

– Conheci um homem que também perdeu a esposa no atentado – diz Nyoman enquanto dirige.

*Não me conte histórias para que eu me sinta melhor*, pensa Jamie.

– Ele se casou logo depois. É o que preciso fazer, esperei tempo demais. Temos de trazer crianças ao mundo. Não tenho filhos. E, portanto, mesmo que eu não queira uma nova esposa, preciso encontrar uma.

– Não vai ser difícil – diz Jamie com um leve sorriso.

– É difícil porque sinto falta da minha esposa.

– É claro. – Sua franqueza a surpreendeu. Jamie o encara, mas ele olha em frente, com um pequeno sorriso nos lábios.

– Mesmo assim, meus pais precisam de netos. Minhas sobrinhas e sobrinhos precisam de primos. Eu preciso de um filho.

– Ou de uma filha.

– Um filho – repetiu.

– O que há de errado com uma filha?

– O filho herda a terra do pai. Preciso ter um filho.

– As mulheres não podem herdar?

– Não precisam. Vão morar com os maridos nas terras deles.

Jamie não tem energia para discutir. Perdeu todos os seus argumentos hoje, no momento em que Gabe se afastou dela. Além disso, por que discutir com um homem quando, na verdade, a luta é contra um país, uma religião e milhões de anos de história?

O engarrafamento é tão grande que tem a sensação de estar engatinhando, centímetro a centímetro doloroso, para o local do atentado. As ruas estão cheias de motociclistas que viajam diariamente entre a casa e o trabalho, e o ar está pesado por causa de uma tempestade iminente. Jamie segura o braço, que dói com uma dor fantasma.

– E o homem que conheceu?

Nyoman a olha com uma expressão de surpresa.

– Você começou a contar a história de um homem que...

– Sim, sim. Um homem que perdeu a esposa no atentado. Como eu. Porém esse homem logo se casou. E semana passada o bebê nasceu.

– Um filho?

– Um filho.

Jamie olha a multidão de motocicletas pela janela e vê algumas lojas que vendem quadros. As pinturas são toscas. Uma após a outra, as telas amontoadas nas paredes das lojas chamam atenção por suas cores simples e ousadas. Os quadros são horríveis – só menos feios do que o Elvis Presley de veludo. Há imagens de pássaros, flores e mulheres balinesas de seios nus. Puro clichê. Jamie sente raiva dos artistas que acham que os turistas são idiotas. Quem compraria esses quadros?

– Você não está ouvindo – diz Nyoman, como se fosse um professor paciente.

– Estou, sim – responde Jamie, com um ar cansado.

– Quando um bebê nasce, o padre faz uma bênção. Ele pode dizer à família onde a alma do bebê viveu na sua vida passada. O padre sabe essas coisas.

Nyoman sorri, feliz em sua crença.

– Como ele sabe?

– Ele sabe. Fala com a alma da pessoa morta antes da cremação e, assim, sabe do que precisa em sua jornada. E no nascimento conhece a alma do bebê. O bebê é novo, mas a alma é antiga.

– E seu amigo?

– O padre que veio abençoar o bebê não conhecia meu amigo nem sua família. Tinham se mudado para um novo vilarejo depois que a enchente destruiu sua casa. Porém, disse que a alma do bebê pertenceu a uma mulher que morreu muito jovem num incêndio.

Nyoman para de falar e olha para Jamie.

– Entendeu?

– O bebê tem a alma da sua esposa.

– É claro.

Ele sorri e dirige, sorri e dirige. O trânsito não o deixa agitado ou inquieto. As histórias do seu povo não lhe parecem confusas. A tragédia de sua esposa não o paralisa.

– O que existe no local do atentado? – Só lhe ocorre agora que não sabe.

– Como assim?

– Existe um memorial? Reconstruíram as boates? Está exatamente como antes?

– Você vai ver – diz Nyoman. Dessa vez, não sorri.

Nyoman estaciona o carro e anda com Jamie pelas ruas. Nada parece familiar. Vê lojas de turistas, negócios, restaurantes. Os cartazes anunciam as marcas: cerveja Bintang, Coca-Cola. Ainda é dia – talvez nem reconheça as ruas, já que só viera a Kuta à noite. Mas esse lugar é tão banal, tão pacífico. Uma bomba em algum lugar perto daqui? Duas bombas? Centenas de mortos?

Viram numa esquina e Nyoman para abruptamente.

– Chegamos.

Jamie olha em torno. Um suor gelado cobre sua pele.

Mas não há nada aqui.

Em uma rua, vê uma sorveteria, em outra, um banco e um prédio de escritórios.

– Onde? – pergunta, com uma voz quase inaudível.

– Olhe para trás.

Estão parados numa esquina e, quando Jamie se vira, vê um desenho enorme esculpido numa parede. Abaixo do olhar zangado do deus de gesso, há uma placa preta brilhante, com cerca de um metro. Escritos em dourado, estão nomes. Filas de nomes.

Em frente à parede há buquês de flores, alguns frescos, outros murchos e com as pétalas caídas. Alguém colocou fotos na parede – uma mostra uma linda jovem loura, outra um adolescente, provavelmente balinês.

– A boate era...

– Aqui era o Paddy's Pub.

Nyoman aponta para o outro lado da rua.

– Sari Club – continua ele. – Há um espaço vazio, o início de uma construção, entre os dois prédios.

– Esse é o memorial, então – diz Jamie, apontando para a parede atrás deles.

– Sim.

Jamie aproxima-se de uma cerca baixa que rodeia a parede de nomes. Fica perplexa: por que colocaram uma cerca aqui? Será que poderia passar por cima? É proibido chegar mais perto para ler os nomes?

Em seguida, vê um pequeno portão em um canto. Ela o atravessa e se aproxima da parede.

É a única pessoa ali. Nyoman continua parado na esquina, olhando para o outro lado. Será que ele leu centenas de vezes o nome da esposa? Ou será que sempre ficava distante,

distante demais para que as letras se transformassem em nomes, em um único nome?

Jamie chega mais perto da parede. Vai procurar por um nome.

Eles são divididos por países. A Austrália lidera o número de mortos com coluna após coluna. Depois a Indonésia. Reino Unido. Os Estados Unidos têm sete nomes. Olha para eles. Mas, é claro, não os reconhece. Suécia, Alemanha, Países Baixos, França, Dinamarca. Guillaume, Daneta, Lise, Natalie, Emma. Checa a lista de países. Onde está o Chile?

E então seus olhos encontram a palavra e um único nome abaixo.

MIGUEL AVALOS.

Põe os dedos na parede, sentindo os sulcos de cada letra, como se estivesse lendo em Braille. Lembra-se de como ele a beijou atrás da cachoeira enquanto desciam o Monte Batur; lembra-se de seu pensamento: *Será que posso amar esse homem?*

Lembra-se da doçura em seus olhos quando se debruçou na mesa do restaurante em Kuta e a pediu em casamento.

*Eu te decepcionei*, ela pensa. Não te amava o suficiente para dizer sim. Dias mais tarde, amei outro homem. Eu te traí.

Suas costelas parecem comprimir seu tórax. Inclina-se e toca o mármore frio com os lábios. Sente cada letra de seu nome.

Depois recua e começa a ler os nomes dos indonésios. A esposa de Nyoman. Ati. Elly. Tata. Widayati. Qual de vocês amava esse bom homem?

Dá um passo para trás e olha a confusão de nomes, tantos nomes. Quem tirei dos escombros, mas que morreu nos meus braços? Quem estava perto do bar, engolido tão rápido pelas chamas, que não teve tempo de correr? Em quem pisei no caminho para a porta?

Jamie ajoelha-se com o rosto molhado de lágrimas.

Em segundos, Nyoman para ao seu lado. Põe a mão em seu ombro e ambos olham por muito tempo a lista de nomes.

De manhã, Jamie acorda certa do que tem de fazer. Toma banho, veste-se, toma o café da manhã e diz a Nyoman que voltará dentro de algumas horas.

Quando sai do hotel, Bambang e TukTuk alegram-se ao vê-la, como se ela tivesse desaparecido por semanas.

– Você tem trabalho para Bambang? – pergunta o menino, enquanto o cachorro os rodeia como os estivesse amarrando.

– Desculpe, Bambang. Hoje vou resolver um assunto sozinha.

Começa a andar em direção às colinas, distanciando-se da cidade.

– Você vê Sr. Gabe na escola! – diz Bambang, todo orgulhoso.

Jamie continua a andar.

– Você apaixonada por Sr. Gabe? – insiste, correndo atrás dela com passinhos curtos.

– Não é da sua conta – ela responde suavemente.

– Você não tem marido. Você não tem bebê. Sr. Gabe vai ser pai de ficante.

– Não – diz Jamie, rindo. – Não estou procurando pai para um bebê.

– Então, o que está procurando?

– Você é um espertinho intrometido.

– Eu não entendo essas palavras.

– Até parece.

Bambang sorri.

– De onde você é, Bambang?

– Lugar nenhum – o menino responde com a cabeça baixa, escondendo os olhos.

– Onde estão seus pais?

Chegam ao topo da colina. Jamie sente-se feliz ao notar que, pela primeira vez em muitos dias, não está ofegante. Precisa estar pronta para o que vem pela frente.

– Já sou grande. Não preciso de pais – diz Bambang. Há uma ruga entre os olhos do garoto que nunca viu antes.

– Onde eles estão?

– Perguntas demais, senhorita Jamie. A senhorita me disse para não fazer perguntas demais.

– Você dorme na rua?

O garoto desvia de novo o rosto.

– Vou procurar trabalho na cidade – disse com uma voz triste. – Você não tem trabalho para mim.

Jamie inclina-se e acaricia a orelha de TukTuk. O cachorro adorável encosta-se nas pernas dela com um ganido.

– Não se meta em encrenca – ela fala para o cachorro.

Bambang dá meia-volta e sai correndo pela rua, assobiando para que TukTuk o siga. O cachorro balança a cabeça e olha para Jamie com um ar suplicante.

– Vai, TukTuk – diz, e o cachorro corre atrás do dono.

Jamie vira numa esquina e para em frente à escola de Gabe. Ouve o barulho dos gritos e risos das crianças – ninguém pode estudar com tanta agitação. De repente, o barulho para. Um silêncio estranho paira no ar e, em seguida, vozes começam a cantar.

Jamie lê o cartaz na porta da frente do colégio: CELEBRAÇÃO DA LUA CHEIA NA SEXTA-FEIRA. 10H - 14H. JOGOS E LANCHES.

*Parece que cheguei para uma festa*, Jamie pensa. Abstrai seu medo de multidões. Não tem nada a perder.

Entra na escola e anda por um corredor que a leva até as salas de aula vazias e ao jardim no fundo da escola. Enquanto caminha, a música – uma melodia balinesa linda – a emociona e lhe dá coragem.

– Bem-vinda, senhorita – diz um adolescente parado na porta. – Cinquenta mil rupias para os bilhetes da rifa. Cinquenta mil rupias para os jogos. Cem mil rupias para a comida. Todo o dinheiro vai para a Ubud Community School.

Ele fala rápido demais. Jamie ouve a onda de barulho depois que a música termina. E crianças correm por toda a parte, em todas as direções.

– Que pena, senhorita perdeu show de dança. Agora começa feira.

O rapazinho está sentado a uma mesa, com tendas empoeiradas e barracas de jogos espalhadas atrás dele. O lugar está cheio de crianças, pais e professores. *Nunca vou encontrar Gabe*, pensa, sua determinação dissolvendo-se em instantes.

– Você é mãe? Tem filho na escola? Minha mãe trabalha na cozinha. Eu estudo aqui também.

O garoto não para de falar. O sol forte brilha no céu e a poeira irrita os olhos de Jamie.

– Quanto custa a entrada?

– De graça! – exclamou. – Mas muitas coisas para fazer.

Antes que tivesse a chance de descrever todas as atividades de novo, ela lhe dá umas rupias e compra tickets para alguns jogos. O garoto fica feliz da vida.

Jamie anda pelo jardim. A maioria das crianças é bem pequena. Passa por uma barraca de maquiagem, onde uma moça pinta a cara amuada de um palhaço no rosto de um menininho. Também vê arremesso de garrafas e arco e flecha – poderia estar numa feira rural dos Estados Unidos.

Mas num palco caindo aos pedaços, um grupo de crianças toca gamelão – têm apenas 10 ou 11 anos, ela imagina, e são muito bons. Os pais orgulhosos os aplaudem.

Ela passa por um mastro alto com bandeiras presas no topo. Um menino pequeno tenta subir no mastro para pegar uma das bandeiras, porém sempre escorrega. A multidão o aplaude, mas, por fim, quando está na metade do caminho, o menino fica cansado e desiste.

Jamie continua andando. Vê mesas com comida, na maioria especialidades balinesas. Não está com fome – só tem um motivo para estar aqui. Droga, onde ele está?

Gritos animados surgem numa parte mais distante do jardim. Um grupo de meninos chuta uma bola de futebol e, entre eles, vê um homem. Gabe. Segue em sua direção.

Gabe percebe sua aproximação e para por um momento. Todo o entusiasmo desaparece de seu rosto ao vê-la. Semicerra os olhos como se estivesse perdido em pensamentos profundos. Nesse momento, uma bola bate em sua canela e um garoto se joga contra ele. Gabe levanta o garoto e despenteia seu cabelo. De repente volta a ser Gabe, não mais um estranho furioso. Seu rosto se enche de afeto. Mas não é para ela – é para os garotos que continuam a se jogar nele como se esse fosse o objetivo da brincadeira.

Fique aqui, diz a si mesma. Não fuja.

Gabe continua a jogar com os meninos, mas Jamie percebe que está distraído. Os garotos gritam quando ele não pega uma bola. Por fim, diz alguma coisa para o garoto mais velho e caminha em sua direção.

– Não mudei de ideia – disse, com uma voz gélida.

Para a alguns metros de distância dela, seus braços cruzados, como se estivesse pronto para bloquear um golpe.

– Vim de muito longe.

– Para a cerimônia de aniversário.

– Não, por sua causa – respondeu. Não pode mais se enganar.

Gabe dá um passo em sua direção e, por um segundo, Jamie pensa que vai abraçá-la. Mas sua cabeça está baixa, sua voz quieta. – Vou te levar até a saída.

Continua a andar. Passa por ela e se dirige para a escola, mas Jamie o alcança.

– Não é justo, Gabe. Você sabe como as coisas estavam difíceis para mim ano passado.

– Não estou te culpando. Isso não tem nada a ver com você – diz Gabe, sem olhar para ela enquanto caminha.

– Claro que tem.

– Só quis dizer que dessa vez estou cuidando de mim mesmo. Isso é o melhor para mim.

– Me rejeitar?

– Sim.

Ouvem gritos entusiasmados e veem uma multidão reunida ao redor do mastro. Um menino magrinho conseguiu subir até o topo e pegou uma das bandeiras. A multidão berra e assobia. O rosto do menino brilha com o impacto do seu sucesso; ele desce como um macaquinho feliz.

– Sr. Gabe! Ele conseguiu! Ele conseguiu! – Uma menina de cabelos ruivos voa em direção a Gabe e abraça suas pernas. Depois se afasta com os olhos arregalados. – Só três meninos. Todo mundo tentou. Nenhuma menina conseguiu, Sr. Gabe.

– Vamos, Layla. Você consegue.

– Tentei duas vezes. É muito difícil para mim. É muito difícil para meninas, Sr. Gabe.

Jamie segue direto para o homem que pega os ingressos no mastro.

– Posso tentar?

– Claro – ele responde, satisfeito. – Os pais ainda não tentaram. Você é muito corajosa. Eu ficaria morrendo de vergonha.

– Talvez eu me sinta assim daqui a cinco minutos.

Ele pega seu ingresso. Não checa se Gabe a está observando. Espera que a menininha esteja com os olhos no mastro.

Jamie segura o mastro com as duas mãos e coloca as pernas ao redor. É mais escorregadio do que imaginava. Arrepende-se de não ter esfregado as mãos na terra empoeirada, mas agora é tarde demais. Aperta as pernas com força em torno do mastro.

Coloca as mãos mais alto, agarra firme e pega impulso com as pernas. *Eu consigo*, pensa.

Ouve os primeiros aplausos da multidão.

– Quem é essa moça? – alguém pergunta.

– Ela é mãe de algum aluno?

– Acho que é uma professora – outra pessoa comenta.

– Amiga do Sr. Gabe! – berra um garoto, e todas as crianças gritam entusiasmadas.

Jamie continua a subir cheia de energia, até ficar a um terço do topo.

Então precisa de um tempo para descansar; seus braços estão se cansando rapidamente. Precisa reunir forças para chegar à parte mais difícil.

Será que ele está vendo? Jamie não vai checar na multidão. Provavelmente, já foi embora. De qualquer forma, não está fazendo isso por ele. Está fazendo pelas meninas. E bem, nesse momento qualquer tipo de sucesso na vida seria bem-vindo.

O cotovelo do braço que quebrou dói, mas ela ignora a dor. O puro esforço físico e a meta tangível de escalar o mastro lhe davam uma sensação extraordinária.

Ergue as mãos novamente e dá um impulso maior com as pernas para compensar os braços cansados. Ainda está longe da bandeira. Ouve mais gritos; a multidão deve estar aumentando.

*Que besteira*, pensa. *Se eu cair agora, o que vou ter provado? Que um adulto deve se comportar como um adulto? Que existem coisas que as meninas simplesmente não conseguem fazer?*

Alcança ainda mais alto e pega o mastro, puxa e empurra enquanto ouve os gritos da multidão. Ela está ali. A bandeira está ao seu alcance. Vai conseguir pegá-la. Seu coração bate acelerado.

Olha para baixo e vê a cabeça de muitas pessoas. Todas estão olhando para cima, suas bocas abertas enquanto gritam e a incentivam. Gabe está ali, seu rosto também virado para ela. Sua boca está fechada, mas os cantos dos lábios se curvam num sorriso. Ela se lembra desse sorriso.

Ergue o braço e pega a bandeira.

A multidão delira.

Jamie põe a bandeira no bolso detrás da calça e desliza pelo mastro.

Quando pisa no chão, as crianças a abraçam num entusiasmo total. Meninas, na maioria, mas alguns meninos também se juntam ao grupo de admiradores. Jamie ri, e o som de seu riso a surpreende.

Entrega a bandeira à menina menor.

– O prêmio é seu.

A menina dá um grito e sai correndo, abraçando o pequeno retângulo de tecido.

Jamie procura por Gabe. Ele está atrás da multidão, ainda sorrindo.

– Muito impressionante – diz, quando Jamie para ao seu lado.

– Você está surpreso?

– Eu tinha esquecido.

– Sr. Gabe! Sr. Gabe! – grita um menino. – O jogo de futebol vai começar.

– Vá com ele.

Ele a olhou por um momento, como se quisesse dizer alguma coisa. Mas então se vira e corre para o campo.

Jamie o observa por algum tempo, porém em nenhum momento ele olha para trás.

*Talvez eu consiga esquecê-lo, afinal*, pensa.

No final da tarde, depois de jantar sozinha na cidade, Jamie volta para o Paradise. Ao chegar, o portão se abre e Dewi, a sobrinha rebelde de Nyoman, aparece com um ar mal-humorado.

– Odeio pais.

– Entendo o que quer dizer.

– Dizem não festa. Nadar com amigas. Sem meninos. Não me acreditam.

– É para lá que você está indo?

– Sim. Vou de qualquer maneira. Eles muito velhos para impedir.

Jamie lembra-se de quando tinha essa idade e das tentativas inúteis da mãe em controlar seu temperamento rebelde.

– Onde você vai nadar?

– Cachoeira. Você nada também! – diz Dewi, com os olhos brilhando.

– Junto com as suas amigas?

– Sim! – O rosto de Dewi volta a parecer o de uma menina, apesar dos círculos pretos da maquiagem ao redor dos olhos.

– Por que não? Vou pegar meu biquíni.

Minutos depois, está na garupa da moto de Dewi, agarrando-a com toda a força. A garota entra e sai do trânsito, ziguezagueando entre os carros e pedestres e voando pelas estradas rurais. O barulho do motor impedia qualquer conversa; Jamie só podia observar Ubud desaparecer atrás delas.

O pôr do sol ilumina os arrozais com uma luz esverdeada. Jamie para de apertar os quadris ossudos de Dewi e repousa no assento da motocicleta. Os terraços de arroz espalham-se interminavelmente pelas montanhas, com os campos verdes misturando-se uns aos outros.

Dewi sai da estrada principal e entra num caminho no meio do campo. Depois de sacolejar um pouco, a moto para.

– Chegamos – diz Dewi.

– Onde? – pergunta Jamie, olhando ao redor.

– Me segue.

Elas descem e Dewi coloca a motocicleta ao lado de outras duas. Jamie segue a menina pelo caminho.

Dewi entra numa mata espessa e segura alguns galhos para Jamie passar. Em um minuto ou dois, são engolidas pela floresta.

Jamie ouve o barulho da cachoeira quase imediatamente. Dewi assobia alto e recebe outros assobios como resposta.

– Amigas.

Dewi sai correndo com Jamie atrás. Sente-se como uma adolescente metida numa aventura – a emoção de um programa noturno, proibido pelas unidades paternas, lhe dá um ânimo novo. Passam por uma clareira e a cachoeira aparece em toda a sua glória.

Ela é gigantesca, e uma enorme cortina de água cai numa piscina natural. As cabeças de três meninas balançam na água, e os rostos alegres viram-se para Dewi, que tira as roupas e mergulha. Dewi está de biquíni e, mesmo à luz do crepúsculo, Jamie vê uma tatuagem em suas costas. É uma guitarra?

Jamie acena com a mão para as meninas, que a olham desconfiadas. Dewi fala com elas em indonésio e, então, correspondem levemente ao cumprimento.

– Você nada! – ordena Dewi do meio da piscina.

Mas o celular de Jamie toca em seu bolso, assustando-a.

– Num minuto!

Vê o nome de Larson na tela e procura um lugar mais tranquilo em meio às árvores para poder ouvi-lo.

– Larson! – grita.

– Por que está gritando? – Sua voz parece fraca e rouca.

– Estou numa cachoeira com umas balinesas adolescentes e rebeldes. Encontrei meu grupo!

– Incluí você na viagem à Nova Zelândia. Pode ir assim que quiser.

Jamie senta-se numa pedra. Já é quase noite e a floresta abafa o som da cachoeira.

– Você estava certo. Eu ainda tenho coisas a fazer aqui.

– Desde quando você escuta uma palavra que eu te digo?

– Sua voz está horrível, Larson – diz Jamie. Mal consegue ouvi-lo.

– Não estou muito bem.

– É a quimioterapia?

– Não. É a dor agora. Muita dor.

Ouve um grito e olha para a cachoeira. As garotas riem animadas. Sente como se estivesse a quilômetros de distância. A respiração de Larson em seu ouvido a aproxima dele.

– Vou voltar para casa.

– Não.

– Não diga que não.

– Você adora os passeios da Nova Zelândia.

– Tenho coisas mais importantes para fazer.

Ficará com ele em sua velha casa em Berkeley, fazendo o que quer que precise. Por mais difícil que sejam seus últimos meses ou semanas, tentará suavizar seu caminho.

Larson fica em silêncio por alguns momentos. Jamie olha para cima e vê o céu subitamente cheio de estrelas.

– Você vai à cerimônia de aniversário antes de voltar para casa?

Larson não vai discutir com ela. Jamie sente um grande alívio. Também sente uma profunda tristeza – é tão oposto ao seu temperamento deixar que ela cuide dele.

– A cerimônia é no domingo. Vou para lá e viajo na segunda-feira.

– Obrigado, Perninha – diz com uma voz intoleravelmente suave.

Jamie põe o celular no bolso e volta para a cachoeira. A lua cheia reflete-se na água e os rostos das meninas parecem quase elétricos.

– Você nada! – Dewi grita do meio da piscina.

Jamie tira as roupas e fica de biquíni sobre uma pedra na borda da água. Ouve o rugido da cachoeira, os gritos estridentes das garotas e a voz de Larson, que sempre sussurra, *Mergulhe*.

Mais tarde, Jamie vai para o lado de fora do bangalô. Já passa de meia-noite, mas ela não consegue dormir. Cansou-se de lutar com os lençóis – precisa de ar puro.

A luz também está acesa no bangalô de Nyoman. *Somos perseguidos por nossos fantasmas*, ela pensa.

A porta do bangalô abre e Nyoman aparece na soleira, como se o pensamento dela o tivesse chamado. Olha para Jamie e faz um aceno com a cabeça. Aparentemente, não se surpreende por vê-la ali.

– Um hóspede desse hotel consegue chá de gengibre no meio da noite?

– É muito caro – diz Nyoman, com um sorriso.

Jamie também sorri.

– Ponha na minha conta.

– Vou trazer em um minuto – diz Nyoman, entrando novamente em casa.

Jamie olha para os outros bangalôs. As janelas estão escuras – os pais de Nyoman, a avó e a família do irmão já dormiam.

Ela caminha até a mesa embaixo da figueira-de-bengala. A luz do luar ilumina seu caminho em meio às raízes, e ela senta-se no seu lugar habitual do café da manhã. O ar está surpreendentemente frio, embora minutos antes, quando estava deitada na cama no bangalô, tivesse xingado o calor balinês.

Nyoman volta com um bule de chá e duas xícaras nas mãos. Como sempre, seu sorriso a anima, sente-se contente por ter sua companhia.

– No dia do atentado, um americano salvou minha vida – Jamie conta para Nyoman. – Eu o encontrei ontem.

– Ele ainda está em Bali.

– Sim, é professor de uma escola na cidade.

Nyoman toma um gole de chá.

– De repente, não sei mais por que precisava encontrá-lo.

– Você precisava encontrar outra coisa em Bali. Não esse homem.

– O quê?

– Quando minha esposa morreu... – Nyoman começa, mas pausa. À luz do luar, Jamie vê seu rosto ficar sombrio. – Quando minha esposa morreu, me senti perdido no mundo. Então olhava para minha comunidade e pensava: como posso me sentir perdido, se todos sabem onde eu estou? O sofrimento é um sentimento terrível. Ele pesa no coração e dificulta nossos passos. Agora me sinto leve de novo.

– Por causa da sua comunidade – diz Jamie, numa tentativa de compreendê-lo.

– Você não está perdida – diz Nyoman, com a voz firme. – Você tem amigos que sabem onde está. Amigos como eu.

– Obrigada.

– Beba o chá e você vai conseguir dormir – ele diz, e Jamie sabe que é verdade.

Na manhã de domingo, Jamie fica deitada por um bom tempo depois de acordar. Hoje é o aniversário de um ano do atentado. Não quer participar da cerimônia. Já sofreu demais nessa viagem; agora só quer voltar para casa.

Porém, Nyoman ficaria muito desapontado – ela era sua responsabilidade e a cerimônia tinha uma grande importância para ele. Então, teria de levantar a bunda da cama e vestir as roupas que ele lhe dera para o evento. Amanhã pode ir embora de Bali.

Seu celular toca, e ela o pega na mesa de cabeceira.

– Oi, mãe. – Deita de novo com o celular no ouvido.

– Eu te acordei?

– Não. Estava indo tomar banho.

– É hoje, não é?

– Sim, vou sair daqui a pouco.

– Vai ser difícil.

– Eu sei, mãe. – Jamie levanta-se. As roupas cerimoniais estão em cima da cômoda, à sua espera.

– O que aconteceu com seu herói? Gabe. Você o encontrou?

– Acho que chegou a hora de seguir a minha vida.

– Você está bem?

– Estou.

– Parece triste.

– Sonhei com o Gabe durante um longo ano. É difícil desistir de repente.

– Talvez assim você fique pronta para encontrar outra pessoa.

– Você tem sorte de ter o Lou. – Para sua surpresa, está sendo sincera.

Sua mãe fica em silêncio por um momento antes de responder e, nesse intervalo, Jamie imagina Rose e Lou sentados à mesa da cozinha em Palo Alto, bebendo café com o *The New York Times* à frente deles. Lou se inclina sobre a mesa para beijar o rosto de Rose.

Lembra-se de uma manhã em que sentara ao lado de Gabe no balé, pedindo que lhe passasse o leite. Quando o fez, suas mãos se tocaram. Fora um toque mais íntimo do que o abraço de Miguel, e sentiu-se culpada. Agora, anseia por esse toque.

– Obrigada – diz Rose. – Tenho *mesmo* sorte.

Assim que desliga o telefone, Jamie levanta-se da cama. Está atrasada para o café da manhã, mas Nyoman não bateu em sua porta. Liga o chuveiro e entra no banho.

Uma hora depois, Nyoman e ela partem de carro para Jimbaram, na região sudeste de Bali. A cerimônia será realizada num parque cultural chamado GWK, nome da enorme escultura que está sendo construída lá. A escultura é de Wisnu, deus da água, cavalgando no dorso do pássaro mítico Garuda.

Chegam ao parque junto com centenas de carros e motocicletas. Nyoman para o carro num estacionamento reservado a convidados especiais e, quando saltam, olham a multidão à frente.

– Você vai ficar bem – diz Nyoman.

Jamie aproxima-se dele e tenta esquecer o medo.

– Vamos, então.

Seguem por um caminho chamado Lotus Pond, ladeado por pilastras de calcário. A cabeça gigantesca de cobre e latão de Wisnu sobressaía acima delas. Nyoman diz que a escultura ainda está sendo feita. Todas as pessoas parecem um pouco intimidadas com o ambiente e um silêncio solene paira no ar.

Demora bastante tempo para organizarem os grupos – famílias das vítimas, sobreviventes, jornalistas, funcionários do governo, líderes religiosos e as muitas centenas de balineses e ocidentais que vieram em sinal de apoio.

Nyoman encontra Dolly, a organizadora da fundação de apoio aos sobreviventes e viúvos, e pede que leve Jamie a seu lugar. Antes de deixá-la, sussurra no seu ouvido:

– Estou do seu lado.

Jamie conserta os óculos que se penduravam tortos em seu nariz.

– Por aqui – fala Dolly impaciente, puxando Jamie atrás dela.

O sol forte a incomoda enquanto segue Dolly até a seção dos sobreviventes, perto do palco, onde sobe uma escada e se senta à sombra de um grande toldo. As arquibancadas estão cheias, mas, mesmo assim, pessoas continuam a preencher o enorme espaço. A multidão é tão grande que ela não consegue ver onde termina.

Jamie fecha os olhos e começa a contar. Larson lhe disse, certa vez, o que fazer ao acordar de um pesadelo no meio da noite: *conte de dez para trás. Respire profundamente ao contar cada número. Comece novamente quando chegar a um. Dez, respire. Nove, respire.* Porém sua respiração não acompanha o ritmo lento dos números; é uma força independente.

Alguém bate em seu joelho e Jamie abre os olhos. Uma jovem, com uns 20 e poucos anos e de aparência nórdica, senta-se ao seu lado. Seu rosto tem muitas cicatrizes – *uma vítima dos incêndios*, Jamie pensa. Nota-se que o rosto sofreu várias cirurgias reparadoras. Porém, apesar das intervenções cirúrgicas e enxertos, a cor é diferente; a pele apresenta manchas e nódulos.

– Meu nome é Marit – diz a moça. Ela sorri, e seu rosto sofre com a mudança até que se conclui – é bonita apesar dos ferimentos.

– Jamie.

– Você é da Austrália?

– Não. Dos Estados Unidos.

– Sou norueguesa, mas moro em Bali. Obrigada por ter vindo. Essa cerimônia é muito importante para nós.

A respiração de Jamie desacelera. Sente os ombros relaxarem.

Pensa nos pais de Miguel e deseja que também tivessem vindo. Conversou com eles por telefone algumas vezes ao longo do ano, mas não queriam conhecer o país onde o filho morrera.

De repente, uma música atrai a atenção de todos e a cerimônia começa. Os discursos são feitos em indonésio e em inglês. Um coro infantil canta uma música balinesa emocionante. O primeiro-ministro da Austrália faz um discurso, e um inglês eloquente fala sobre seu filho, um jogador de rúgbi que morreu no atentado. Depois, um homem começa a falar de maneira hesitante.

– Eu estava lá naquela noite.

É um homem alto, louro e muito bonito – que surpresa ouvir sua voz trêmula. Sotaque australiano. Jamie inclina o corpo para frente, curiosa.

– Nessa noite, há um ano, eu estava jantando perto das boates. Eu tinha abandonado a carreira de jornalista e me tornara um surfista de meia-idade. Encontrei um amigo para jantar, outro expatriado. Mas, na verdade, queria era encontrar umas moças no Sari Club mais tarde. Eu não era um homem muito sério um ano atrás.

Sua voz começa a ficar mais firme à medida que fala.

– O restaurante estremeceu com a explosão das bombas. Parte do mezanino desabou. De alguma forma, sabia que era uma bomba. Não sei por que ou como, quase não lia jornais na época, apesar de um dia ter sido jornalista. Então, tive uma atitude vergonhosa. Fugi.

Para de falar e espera até se acalmar. A multidão está silenciosa.

– Não dormi aquela noite. Ouvi as sirenes a noite inteira. Ouvi os ecos dos gritos que escutei antes de fugir. E na manhã seguinte voltei a ser um jornalista. Fui ao local do atentado e aos hospitais e conversei com todas as pessoas a quem tive acesso. Estava movido pela vergonha, a pior das razões, porém quanto mais eu descobria, mais isso me mudava. Pouco depois, eu precisava saber. Precisava entender. Quando escrevi meu artigo para a revista *Time*, senti que minha culpa diminuía um pouco. Contei ao mundo o que havia acontecido em Bali. Mas não foi suficiente. Então criei uma fundação de apoio aos sobreviventes e viúvos. Consegui doações de quase todos os países do mundo.

Faz uma pausa e olha ao redor. Agora sua postura é ereta, com a cabeça erguida.

– Mas não sou um herói. Sou só uma pessoa desprezível que tenta todos os dias compensar pelo que não fiz nesse dia, há um ano.

Abaixa a cabeça por um instante e a multidão espera em silêncio.

– Queria chamar uma pessoa para subir ao palco. Ele não sabe que vou chamá-lo. Porém gostaria que vocês conhecessem um verdadeiro herói. Gostaria que conhecessem um homem que fez a coisa certa naquela noite.

Olha para a multidão.

– Por favor, Gabe Winters.

Jamie inclina-se ainda mais na arquibancada, agora alerta. Seu coração dispara em seu peito – danem-se os exercícios de respiração. Ele está aqui? Passa o dedo, nervosa, na cicatriz, como se com esse gesto ela fosse desaparecer. Olha para a multidão à procura de algum movimento. De repente, Gabe está no palco ao lado do jornalista, que lhe dá um abraço caloroso. Quando se afastam, Jamie vê seu rosto. Parece pálido e inseguro.

– Gostaria de contar a vocês o que ele fez –, diz o jornalista no microfone. – Na noite do atentado, ele entrou nos prédios em chamas. Salvou muitas vidas. Mesmo quando o fogo aumentou, ele continuou a carregar as pessoas para a rua, tentando salvá-las. Muitos de vocês... – O australiano para de falar e aponta para a sessão de Jamie na arquibancada. Gabe olha diretamente para ela. Não precisa procurá-la, sabe onde está. – Muitos de vocês foram salvos por esse homem. Ele é o verdadeiro herói.

O jornalista passa o microfone para Gabe, que desvia o olhar de Jamie e levanta as mãos, como se dissesse: tenho mesmo de fazer isso?

– Vamos, meu amigo –, diz em voz baixa o jornalista, mas o microfone pega as palavras, e suas palavras de encorajamento ressoam no ar.

Com relutância, Gabe pega o microfone. Olha de novo para Jamie como se procurasse por alguma coisa, e depois se fixa na multidão. Pigarreia e dá um passo para trás, surpreso ao ouvir a reverberação pelo sistema de som.

– Eu não esperava por isso. Estou muito surpreso. – Volta a examinar a multidão e, quando seu olhar cruza com o de Jamie, ela vê que Gabe está buscando coragem. Seu rosto parece mais suave. A barreira está se rompendo.

Ela balança a cabeça, incentivando-o. Você consegue.

– Obrigado, Theo. Apesar de não concordar com você, te agradeço. Acho que todos nós reagimos de maneiras diferentes. Talvez eu tenha sido um herói naquela noite, mas você tem sido um herói ao longo desse ano todo. Agradecemos muito por isso.

A multidão o aplaude durante muito tempo. Depois dos aplausos, Gabe continua.

– Gostaria de citar outro herói. Quando entrei no Paddy's Club naquela noite, uma moça jovem já estava fazendo um trabalho heroico. Ela entrou no bar à procura de um amigo depois que a bomba explodiu, e apesar de ele ter morrido, ela seguiu em frente, carregando muitas pessoas para fora do prédio. Mesmo machucada, quando uma parte do teto caiu sobre ela, não parou. Continuou a ajudar os outros. Ela demonstrou uma coragem extraordinária. – Olha diretamente para Jamie. – Essa moça não desiste nunca. – Com um sorriso furtivo, diz: – Jamie Hyde, você poderia se levantar?

Jamie tem a sensação de que seu coração parou. Não pode ficar em pé – certamente desmaiará. As pernas tremem e a cabeça rodopia. A moça ao seu lado segura sua mão. Respira fundo e então se levanta. Olha para o caleidoscópio de rostos e ouve o barulho dos aplausos. O som a anima a ficar com uma postura mais ereta. Olha para Gabe, e agora é ele que faz um aceno com a cabeça, como quem diz: estou com você.

*Absorva essa sensação*, diz a si mesma. Nunca tinha passado por uma experiência tão significativa como essa. Em algum lugar do parque, Nyoman a aplaude. Imagina Larson, sua mãe, Lou, o pai em Connecticut – sua própria família dividida em um conjunto balinês –, abraçando-a nessa celebração. Pensa em Miguel e quase ouve sua voz em seu ouvido. *Você fez tudo que podia*, sussurra para ela.

Jamie se senta e a jovem norueguesa aperta com força sua mão.

– Obrigada – diz Marit.

Um homem à sua frente a cumprimenta.

– Obrigado.

Alguém atrás dela põe a mão em seu ombro e sussurra:

– Obrigado.

O gamelão toca e a multidão se aquieta. Jamie olha para o palco, mas Gabe desapareceu. Um homem toca uma música tão bonita, que Jamie não contém as lágrimas. A jovem ao seu lado continua segurando a sua mão.

– Eu não sabia – diz Nyoman, quando se encontram depois da cerimônia. – Obrigado por tudo que fez.

– Queria encontrar o Gabe. Você pode me ajudar?

– É claro. Vi o Sr. Theo conversando com Dolly. Vamos perguntar a ele.

Andam em meio à multidão e, ao chegarem perto do anfiteatro, Jamie grita.

– Ele está ali!

Mas Jamie refere-se ao australiano alto, sua cabeça loura bem acima do grupo de balinesas que o rodeia.

Quando se aproximam, Jamie vê que as mulheres estão agitadas numa tentativa de seduzir o bonito homem. E ele retribui o jogo de sedução. Jamie precisa falar alto para chamar sua atenção.

– Desculpe! – ela diz.

Ele a olha e seu rosto ilumina-se ao reconhecê-la. Afasta-se do grupo e abraça Jamie, que é engolida por seu abraço enorme.

– Obrigado. – Recua para olhá-la. – Ouvi histórias sobre você de muitos sobreviventes.

– Obrigada a você. Nyoman me falou sobre o impacto da sua fundação.

O australiano cumprimenta Nyoman calorosamente.

– Uma cerimônia maravilhosa, Sr. Theo – diz Nyoman.

– Você sabe onde posso encontrar Gabe? – pergunta Jamie.

Com a vantagem da altura, Theo examina a multidão em todas as direções.

– Se eu o conheço bem, foi embora assim que a cerimônia acabou.

– Você tem o telefone dele? O que eu tenho não existe mais.

Theo pega o celular no bolso. Checa a lista de contatos e dá o número para Jamie.

– Obrigada – ela diz. – Por tudo.

– Você quer tomar um drinque? – ele pergunta. – Ou jantar?

Jamie sorri.

– Viajo amanhã.

– E esta noite?

– Desculpe, mas não posso.

– Você pretende voltar a Bali?

– Talvez. – E pela primeira vez, não é uma mentira.

TukTuk está sentado sozinho do outro lado do Paradise. Jamie examina os dois lados da rua à procura de Bambang, com os olhos semicerrados para enxergar através da névoa da manhã. Nunca viu o cachorro sem o menino, ou o menino sem o cachorro.

TukTuk sai correndo, para ao lado dela e encosta a cabeça em seu joelho, como se, por fim, pudesse descansar.

– Onde está o seu amigo?

O cachorro preto respira ofegante.

– Você se perdeu dele? Impossível.

Jamie examina de novo a rua.

– Tudo bem, fique um pouco comigo. Ele vai aparecer.

Segue para a cidade com o cachorro ao lado. Quer comprar algumas lembranças de Bali, já que embarca à noite. Um colar para a mãe, umas pulseiras de contas para ela. Talvez fosse ao estúdio de ioga de Isabel para se despedir.

Sente-se estranhamente feliz essa manhã. Não tem mais uma missão a cumprir. Encontrou e perdeu o cavaleiro de armadura brilhante. Ligou para Gabe várias vezes na noite passada, porém ele nunca atendeu. Na verdade, não precisa atender – Jamie acredita que ele a perdoou. Foi uma tola ao pensar que o que aconteceu depois do atentado tinha alguma relação com amor.

Pelo menos Bali a ama. Gosta da sensação de seus passos mais leves, da vontade de comprar souvenirs. Gosta também da companhia do cachorro ao seu lado. *Vou comprar um cachorro*, pensa feliz. Preciso de um cachorro de novo na minha vida.

– Você quer voltar para casa comigo, TukTuk?

O cachorro gane.

– Acho que não. Por que abandonar uma vida de crime?

A palavra *crime* ecoa em sua mente. Bambang deve estar em apuros. Com um arrepio, o imagina espancado por alguém que tentara roubar, largado para morrer numa vala ao lado da estrada. Mas o cachorro nunca o abandonaria.

– Onde ele está, TukTuk?

O cachorro olha para ela e inclina a cabeça.

– Você vai me fazer descobrir sozinha, não é?

Abaixa-se e acaricia seu pelo; o cachorro geme, como se o carinho de Jamie fosse uma substituição medíocre do que realmente quer. Ele quer Bambang.

– Você está com fome?

Ele a observa com uma expressão suplicante.

– Vamos começar pela comida.

Andam até o mercado ao ar livre. Jamie entra num caminho estreito entre as barracas, com TukTuk ao lado.

– Onde estão as barracas de comida? Acho melhor seguir você, TukTuk. Com certeza, consegue farejar todas as comidas gostosas.

Porém pegam um caminho errado e passam em frente a barracas que vendem sarongues coloridos, vasos de cerâmica, cestos de palha e bijuterias. Os vendedores gritam:

– Você quer isso? Bom preço! Dou melhor preço! – Jamie os ignora.

Em seguida, a passagem movimentada dá acesso a um pátio, e ela vê as barracas de comida mais adiante. Pensa se é permitida a entrada de cachorros, mas há outros comendo tudo que as pessoas deixam cair.

Aproxima-se de uma barraca e aponta para um prato de carne e arroz. A mulher idosa embrulha a comida num cone de papel encerado e Jamie lhe paga. Não dará a comida ao cachorro na frente da mulher. Tem certeza de que as pessoas ficariam furiosas. Então sai com TukTuk do mercado e param num beco.

– Café da manhã, TukTuk.

O cachorro se senta, à espera da comida. Jamie desembrulha o cone e o oferece. O cachorro come um pedaço pequeno de carne, depois agarra o cone de sua mão, joga-o no chão e devora a comida de costas para ela. Jamie sorri enquanto o observava.

– Você estava mesmo precisando comer, não é?

Quando termina, TukTuk corre para seu lado e, como esperava, não gane mais.

– Ainda não terminei meu trabalho, meu doce cachorrinho. Onde está o seu amigo?

Andam até a rua principal e começam a procurar Bambang. Jamie imaginava que o cachorro não teria dificuldade de encontrar Bambang. Mas, então, por que estava parado em frente ao hotel? Será que tinha desistido de procurá-lo?

Não conseguia pensar em ninguém a quem pudesse perguntar: você viu aquele garoto que rouba, furta e trapaceia?

A professora de ioga! Ele falou de uma professora de ioga que o ajudou. Não era Isabel, mas o estúdio dela seria um bom lugar para começar.

– Vamos TukTuk. Temos a primeira pista para encontrar Bambang.

Os dois vão para o estúdio de Isabel, que fica a uns dez minutos da rua principal da cidade. Quando chegam, Jamie vê que Isabel está prestes a começar uma aula.

– Espere aqui, TukTuk.

Entra correndo no estúdio no momento em que Isabel coloca seu tapete na frente da sala.

– Jamie! Você vai fazer uma aula? – pergunta Isabel.

– Preciso de ajuda. Você conhece um garoto chamado Bambang?

Assim que Isabel faz um aceno negativo, duas mulheres dizem ao mesmo tempo:

– Eu conheço Bambang.

Jamie se vira para os alunos. A maioria está arrumando seus tapetes, mantas, rolos e tiras para alongamento. Uma das alunas está de ponta-cabeça. Porém duas moças, cada uma de um lado da sala, se aproximam dela.

– O cachorro dele apareceu essa manhã em frente ao meu hotel.

– TukTuk – diz uma delas.

– Isso. O cachorro está sempre com Bambang. Tenho a sensação de que algo aconteceu com ele.

– Tente a prisão – diz a outra moça. – Ele vai para lá mais ou menos uma vez por mês. Querem tirá-lo da rua e pensam que assim vão assustá-lo. Mas ele não tem medo de nada.

– Ele roubou vocês? – pergunta Jamie, subitamente curiosa.

As duas moças sorriem.

– Quem se importa. Ele é um amor de menino.

– Onde é a cadeia?

Isabel lhe explica como chegar e quando Jamie sai do estúdio, a maioria das mulheres já está sentada nos tapetes na posição de lótus, de olhos fechados e com as costas eretas.

– Me siga – diz Jamie, desnecessariamente. O cachorro corre atrás dela.

Acha a cadeia com facilidade. TukTuk fica de guarda do lado de fora enquanto ela atravessa a porta imponente. Vê uma sala grande com muitas mesas, a maioria vazia.

Por fim, encontra um homem que consegue responder à sua pergunta. Sim, um garoto chamado Bambang foi preso ontem por roubar a mala de um turista no Monkey Forest Hotel. Sim, ainda está na cadeia. Não, ela não pode visitá-lo.

O policial - um rapaz esquelético novo demais para se barbear - olha para Jamie com uma expressão ansiosa. Ele está esperando um suborno, ela imagina.

- Tem algum banheiro que eu possa usar? - ela pergunta.

O rapaz aponta em direção a um corredor comprido e escuro.

Usa o banheiro vazio para tirar uma nota de vinte dólares da carteira e a enrola na palma da mão. Seu coração bate acelerado. Não tem a menor ideia se isso funcionaria ou se ela seria presa por tentativa de suborno. Talvez visitasse Bambang ocupando uma cela ao lado da sua. *Ajudaria muito TukTuk*, ela pensa. Além disso, seu avião parte à noite.

Aproxima-se do policial, que agora se inclina sobre uma mesa, conversando com uma balinesa bonita.

Desculpe - diz Jamie.

O policial a olha impassível.

- Gostaria que desse um recado a Bambang. Você pode dizer que Jamie está cuidando do TukTuk?

O policial ergue os ombros com indiferença.

- Obrigada - fala, estendendo a mão.

O policial a cumprimenta e o dinheiro desaparece na palma de sua mão. Vira-se e some.

Jamie espera um momento. Não sabe o que está esperando: sua prisão? O aparecimento de Bambang? Porém nada acontece. Por fim, sai da cadeia e para sob a luz brilhante do sol. Ainda é bem cedo, mas o calor já é opressivo. Pensa com ansiedade no seu voo à noite.

TukTuk encosta o focinho na sua perna; ele não está lhe dando atenção.

- Desculpe, meu amigo. Fiz o possível.

Porém o cachorro dá um uivo longo. Voa para os braços de Bambang e depois os dois rolam no chão lutando. Ambos dão gritos e uivos de alegria.

Jamie ri com o encontro dos dois, e decide que a primeira coisa que faria ao chegar à Califórnia seria comprar um TukTuk para ela. Larson gosta de cachorros e, enquanto estivesse cuidando dele, precisaria de um pouco de apoio moral. Mais tarde teria de diminuir o ritmo das viagens, mas de repente está na hora de passar mais tempo em casa. Talvez pudesse explorar a parte administrativa da agência – algo que Larson faz tão bem. Pode descobrir se gosta desse tipo de trabalho.

Há muito em que pensar, mas faria tudo com calma. Cachorro, Larson, casa. Uma nova vida.

Por fim, Bambang termina a luta e se inclina diante de Jamie, com as palmas das mãos encostadas e os polegares apoiados no peito.

– Agradeço com coração – diz, com um ar solene.

– Pare de roubar os turistas.

– Era turista com três malas. Eu só peguei menor de três.

Jamie não consegue reprimir um sorriso. Esse menino desgrenhado é um ladrão dos mais improváveis, adoravelmente sincero e travesso ao mesmo tempo.

– Como me achou?

– Suas amigas do ioga cuidam bem de você.

Bambang parece confuso.

– E TukTuk me disse que você estava desaparecido.

Bambang se abaixa para fazer outro carinho no cachorro.

– Tenho que fazer a mala. Volto hoje para casa.

– Vou com você até hotel. Eu protege de batedor de carteira.

– Que alívio – diz Jamie com um sorriso.

Andam pela rua principal com TukTuk entre eles.

– Por que vai embora? Muito cedo para ir.

– Porque eu estou pronta.

– Vou sentir sua falta – diz Bambang com a voz séria.

Jamie olha-o.

– Onde estão seus pais? – pergunta de novo.

– Mãe morreu.

– Sinto muito. – Não se surpreende com a resposta. Visivelmente, ele é um garoto à procura de uma mãe. Tem a sensação de que tudo que ele quer é alguém que lhe desse comida quente e lhe preparasse um banho.

– E seu pai?

Passam em frente ao Royal Palace; os ônibus se enfileiram e os turistas japoneses esperam pacientemente pelo guia, segurando guarda-chuvas para protegerem-se do sol. Jamie não tem certeza se Bambang está ignorando sua pergunta ou examinando alvos em potencial.

– Bambang?

– Pai está longe.

– Longe?

– Sim.

– Onde? Java?

– Cadeia – responde rápido.

Talvez Bambang tenha aprendido seus truques com o pai, seguindo a boa tradição indonésia. Os pais treinam os filhos para serem agricultores, escultores, tecelões ou pintores. Por que não ladrões?

– Por muito tempo?

– Muito tempo. Talvez todo tempo.

*Então não é um ladrão*, Jamie pensa. Se posso comprar a liberdade desse menino por vinte dólares, para alguém passar a vida na cadeia o crime deve ser sério.

– Você tem família em Bali?

– Não tem família.

Andam em silêncio por alguns minutos; de alguma forma, a alegria deles desapareceu. *Não preciso salvar esse menino*, Jamie diz a si mesma. Outras amigas do ioga o ajudariam no futuro.

Mas Bambang toca em seu ombro com a mão.

– Se contar história, você vai odiar Bambang. – Seu rosto está sério; Jamie sente o cheiro de cadeia nele.

– Não vou odiar você – diz com firmeza. O garoto fica pensativo.

– Siga Bambang – diz e vira numa rua paralela.

*Outra pilantragem*, imagina. Mas ela descarta o pensamento. Ele não tem mais motivos para enganá-la.

Sobem uma ladeira. TukTuk corre à frente e então volta, fazendo círculos ao redor deles e os forçando a andar mais rápido. Bambang, com a cabeça baixa, fica em silêncio. Jamie continua esperando que ele conte sua história.

No final da ladeira, há um caminho que segue para a floresta. Jamie pensa por um instante: *isso é seguro*? Depois, abandona a preocupação. Percebe, surpresa, que confia em Bambang.

TukTuk saltita à frente deles como se desse boas-vindas. Sem dúvida, aquela é sua casa. Logo no início da floresta, Bambang construiu um barraco de madeira – nada mais do que algumas tábuas presas com pregos. Ele as pintou de verde, mas parece que a tinta acabou antes da hora. Há restos de uma fogueira, e uma panela suja de fuligem está ao lado das cinzas.

Jamie olha para dentro do barraco. Uma esteira de folhas de palmeira ocupa o espaço inteiro do único cômodo.

– Gostei muito.

Bambang sorri orgulhoso.

– Nunca mostrei casa para ninguém.

– Me sinto muito honrada.

– Você me ajudou.

TukTuk cutuca sua mão e ela acaricia o pelo dele.

– Quer chá?

– Não. Obrigada.

Aponta para uma pedra em frente ao barraco.

– Sente aqui.

Jamie senta na pedra com as pernas cruzadas. E Bambang senta ao seu lado.

À sombra de uma mangueira, olham para os telhados de Ubud. Do local alto onde estão, parecem flutuar acima da cidade. *Gosto daqui*, Jamie pensa. E, em seguida, fica claro para ela: *gosto de Bali.*

Vê os arrozais que rodeiam a cidade em todas as direções. Há uma mistura de prédios antigos e novos, típica de um vilarejo que se transforma numa cidade. O perfume de jasmim chega a ela, vindo de um jardim abaixo. Sente uma espécie de alegria, mesmo nesse momento improvável. Ali está ela na companhia de um menino de rua, um ladrão pequenino.

– Meu pai não é homem bom – diz Bambang. Ele olha os telhados, com as costas tão retas como as das alunas de ioga em seus tapetes.

– O que ele fez?

– Meu pai é homem bravo. Perde cabeça fácil, mesmo com coisa pequena.

Para de falar e TukTuk senta ao seu lado. Bambang põe a mão na cabeça do cachorro.

– Um dia, minha mãe e eu senta na cozinha brincando com irmã pequena. A gente ria. Meu pai entrou em casa com raiva, sempre gritando com minha mãe. Disse que não tem dinheiro e eu podia trabalhar, que era velho para ser menino mimado em escola e em casa. Minha mãe disse não, eu era muito inteligente e ia para escola. Meu pai bateu nela forte, ela caiu e bateu cabeça no fogão. Tinha muito sangue, ela não se mexia. Saí da cozinha com irmã pequena para ela não ver.

O garoto fica em silêncio por algum tempo. Quando sua mão para de acariciar a cabeça de TukTuk, o cachorro encosta o focinho na perna de Bambang. O corpo de Jamie treme, como se de repente sentisse muito frio.

– A polícia foi para casa. Meu pai disse que minha mãe desmaiou e bateu cabeça. Mas eu disse, não, meu pai bateu nela. Ele matou.

Bambang olha para Jamie. Agora ela via medo em seus olhos. Jamie faz um aceno com a cabeça, sem conseguir falar.

– Meu pai foi para prisão. Se não for por todo tempo, vai me procurar. Vai me matar também.

– Meu Deus – Jamie diz em voz baixa.

– Talvez eu seja pessoa ruim que botou pai na cadeia.

– Bambang, você não é uma pessoa ruim. Você fez a coisa certa.

– Ele é meu pai – Bambang insiste.

– Sim. Mas ele matou sua mãe.

Bambang abaixa a cabeça.

– No dia seguinte fui embora. Tenho tio, irmão da minha mãe, me pôs em avião para Bali. Não quero amigos em Bali. Não quero dizer "Meu pai matou minha mãe. Eu botei ele na cadeia".

Para de falar. Jamie vê a fumaça que se eleva de um dos campos na parte mais distante da cidade. Tinha ouvido que os balineses ainda queimam o lixo, apesar das advertências do governo de que é prejudicial. No entanto, a distância é bonito, com as espirais de fumaça subindo para o céu e misturando-se às nuvens.

Põe o braço ao redor de Bambang e o menino se encosta nela.

– Você não fez nada de errado – diz Jamie.

* * *

Jamie termina de arrumar a mala e a fecha. Coloca o chapéu de palha no meio da cama; um dos parentes de Nyoman poderia ficar com ele. Ouve um barulho e se vira.

Gabe está parado em frente à porta do bangalô.

– Suas bagagens, senhorita?

Jamie olha-o, perplexa. Por um instante, volta no tempo. Esse é o homem que conheceu há um ano. Sente que o conhece de novo, conhece seu olhar, a curva de seu sorriso. Conhece a mão que acaba de pegar sua mala.

– O que você está fazendo aqui?

– Você pediu um táxi para te levar ao aeroporto.

O homem que se afastou dela há alguns dias era um estranho. Falou com ela com uma voz que nunca ouvira. Mas esta voz é familiar. Lembra-se de ouvi-lo contar uma história no quarto escuro do bangalô na praia e de pensar: *como seria beijar esse homem?*

– Táxi? Do que você está falando?

– Este táxi vem com um guia de turismo. Partimos agora, vemos um pouco de Bali e depois eu te levo ao aeroporto.

– Quem te disse que...

– Posso levar essa mala? – pergunta, apontando para a bagagem.

– Sim. Não! Por que está aqui?

Gabe encosta-se na porta. Jamie se lembra dessa inclinação de cabeça. – Soube que você vai embora hoje – fala em voz baixa. Olha para os pés. – Queria passar um tempo com você antes que fosse.

– Fico contente – diz Jamie, respirando fundo. Imagina-se tocando em seus lábios.

– Deixe eu te levar ao aeroporto.

– Quem te disse que eu vou embora hoje?

– Um garoto indonésio. Ele me procurou na escola.

Jamie sorri.

– Aquele encrenqueiro.

– Você fez bons amigos em Bali.

– Não podiam ser melhores.

– E o dono desse lugar me examinou da cabeça aos pés, como se fosse seu pai.

Jamie sorri ainda mais.

– Outro amigo.

– Parecia mais um guarda armado.

– Gostei de Bali dessa vez.

– Você me deixa te dar uma carona?

– Sim.

Gabe leva sua mala para o carro. Depois que sai, Jamie apoia-se no batente da porta, olhando para o jardim. Nyoman aparece na janela de seu bangalô, com a cabeça baixa. Ela sente uma onda de emoções contraditórias. Era como se estivesse dizendo adeus e olá ao mesmo tempo.

Ouve um grito e vê que Dewi lhe acenava como uma louca na porta do bangalô dos avós.

– Vem aqui! – Jamie grita.

A menina corre em sua direção. O cabelo tem mechas azuis vibrantes. Na camiseta de hoje está escrito: CALA A BOCA E ME BEIJA.

– Oi – diz Jamie.

– Vou com você – fala Dewi com um sorriso travesso.

– Para os Estados Unidos?

– Califórnia. Vou ser garota da Califórnia. – A menina saltita como se fizesse uma *go-go dance*.

– Seu estilo é mais de Nova York do que da Califórnia.

– Nova York! – Dewi grita.

– Um dia, quando você terminar o colégio, peça para o seu tio te levar para uma visita.

– Sério?

– Você vai falar comigo por e-mail?

– Sim! – Dewi sai correndo para o bangalô de Nyoman. Jamie a observa, rindo. Volta com um bloco de papel e uma caneta na mão. Jamie escreve seu endereço de e-mail.

– Você tira foto minha?

Jamie pega a câmera na mochila. Dewi dá um passo para trás e posa para a câmera como se tivesse sido treinada em Hollywood. Põe um ombro para frente e inclina a cabeça, com uma mecha azul caindo no olho. Abre um sorriso sedutor.

– Olhe para você – diz Jamie com um assobio.

Dewi dá um salto.

– Poste foto na internet. Diretor de cinema americano me descobre.

– Nem pensar. Seu tio me mataria. – Jamie inclina-se e beija a menina no rosto.

Dewi corre para o bangalô dos avós. Antes de entrar, se vira e acena para Jamie pela última vez.

– Quem é? – pergunta Gabe, voltando para o bangalô.

– Outra amiga.

– Você esteve bem ocupada por aqui.

– Muito.

– Tem mais alguma coisa para eu levar?

Jamie faz um gesto negativo.

– Preciso me despedir do meu anfitrião. É melhor esperar no carro como um bom taxista, ou ele pode te expulsar da cidade.

Depois que Gabe sai em direção ao carro, Jamie olha para o quarto do bangalô pela última vez. Pensa em sua primeira noite ali. Foi só há seis dias, mas parece muito mais. Sente-se um pouco triste por partir.

Quando se vira, Nyoman está parado à sua frente.

– Eu ia agora falar...

– Tem um homem aqui...

– Eu sei.

Olham-se constrangidos por alguns instantes.

– Agradeço por...

– Eu quero...

Começam a falar ao mesmo tempo e param novamente. Jamie ri.

– Minha vez.

– Sua vez – diz Nyoman.

– Muito obrigada.

– Digo as mesmas palavras. Mas elas não são suficientes.

– Sei o que quer dizer.

– Esse é o homem que te salvou no atentado.

– Sim. Ele vai me levar ao aeroporto.

– Eu levaria você também.

– Eu sei. Obrigada.

– Volte algum dia a Bali.

– Um dia vou voltar.

Jamie abraça Nyoman. Ele fica tenso, mas depois a envolve em seus braços.

Quando se afasta dele, Jamie vê a expressão de tristeza em seu rosto.

– Uma foto – ela diz. – Com um sorriso.

Nyoman estica as costas e dá aquele seu sorriso extraordinário. Pelo visor da câmera, Jamie vê que os óculos estão tortos. Tira a foto.

– Aonde estamos indo? – pergunta Jamie.

Gabe dirige o carro por estradas rurais desconhecidas. Passam por um rio, onde duas mulheres banham os filhos embaixo de uma pequena cachoeira. A água desliza sobre os corpos morenos.

– Depende de quanto tempo temos. Que horas é seu voo?

– Às 21h.

– Então temos tempo.

– Para quê?

– Você vai ver.

– Obrigada.

– Por quê?

– Pelo que fez na cerimônia. Fiquei muito emocionada.

– Pensei que, se eu tinha que sofrer com toda aquela atenção, você também deveria. – Ele sorri.

– Não foi fácil. Quase desmaiei, mas aí achei que não pareceria nada heroico.

– Foi uma boa cerimônia. Pensei muitas vezes em não ir. Achava que era cedo demais. Mas foi importante para Bali.

– E para você?

– Sim, também para mim – responde com um sorriso.

– Você me odiou por um ano – diz Jamie em voz baixa.

Quando a olhou, não estava mais sorrindo.

– Você me machucou muito – fala, com um tom de voz sério. – Entendi por que foi embora. Mas eu tinha aberto meu coração para você.

Jamie quer tocá-lo, porém continua com as mãos dobradas no colo. Não dirá: *também abri meu coração para você.* Gabe está falando do passado, não do presente.

Além disso, tem um avião para pegar.

Por fim, diz:

– Me desculpe, Gabe.

Gabe limita-se a fazer um aceno com a cabeça. Jamie quer passar o dedo no maxilar dele. Mas desvia o olhar.

Os arrozais espalham-se pelas colinas como um tapete exuberante. Pensa no banho de cachoeira há duas noites, no ar frio em seu corpo quando ela e Dewi andaram pela floresta para pegar a moto, na voz estrangeira das meninas enquanto conversavam entre si. *Sempre fui uma turista, uma forasteira. O que aconteceria se eu pertencesse a algum lugar?* Agora, atravessando a região rural de Bali, pensa em Berkeley, em um passeio pelas colinas com seu bloco de desenho. *Nunca desenhei uma casa*, ela percebe.

Jamie fica em silêncio por muito tempo e Gabe toca em seu joelho. Ela observa a mão ao seu lado por um momento, até que ele curva os dedos e segura o volante de novo.

– Por favor – diz com uma voz gentil. – Me fale de você.

– Passei por momentos muito difíceis. Me senti um desastre total por semanas.

– Você voltou para a casa da sua mãe?

– Sim, mas detestei ficar aos cuidados dela. É estranho, porque foi tão fácil deixar você cuidar de mim.

– Acho que você não tinha escolha. – Gabe dá um sorriso irônico. – Se tivesse, teria fugido no dia seguinte.

Jamie lembra-se de uma manhã em que estava deitada na cama depois do bombardeio, atenta ao silêncio do bangalô à beira-mar. *Ele foi embora*, pensou. Voltou para sua casa na montanha, para seus alunos e para a vida de pessoas saudáveis. E então ouviu o barulho da porta. Gabe entrou no quarto e trouxe com ele o cheiro do mar. *Vou superar tudo isso*, pensou.

– Você está errado – diz Jamie. – Posso não saber muito sobre deixar as pessoas cuidarem de mim, tenho pouca prática, mas queria que você estivesse ao meu lado.

Gabe a observa. O sorriso desaparece. Jamie tenta ler sua expressão, porém ele parece procurar algo que não consegue encontrar. *Estou aqui*, ela quer dizer.

– Você voltou para o trabalho? – Gabe pergunta.

Jamie lhe conta sobre a dedicação extraordinária da mãe – as visitas a hospitais e consultórios em busca dos melhores tratamentos, as longas noites em que não dormiram.

– Tive medo de não conseguir mais sair da casa da minha mãe. Depois de um mês, senti que *tinha* que ir embora.

Voltei para Berkeley e pedi para o meu chefe me incluir na primeira viagem que a agência organizasse. Ainda não estava preparada, mas precisava me ocupar.

Gabe coloca uma mecha do cabelo dela atrás da orelha. É um gesto tão suave, e no entanto lhe causa uma profunda emoção. Depois desliza os dedos por sua cicatriz.

– Ela curou bem. Você curou bem.

– Não imediatamente. Me fiz acreditar que conseguiria. Assim como alguém se convence a atravessar uma ponte a centenas de metros de um rio perigoso, me convenci a voltar à vida. Funcionou. Em alguns momentos.

Para de falar, exausta diante da torrente de palavras. Eles dirigiam e dirigiam, o campo um contínuo fluxo de terraços de arroz contra um céu sem nuvens.

Jamie olha para uma menina pedalando pelo terreno. Um menino a persegue com sua bicicleta. Ouve os gritos triunfantes da garota. *Me pegue*, ela pensa.

– Para onde vamos?

– Já estamos quase chegando.

Entram numa cidade desconhecida. Jamie pensa: *Gabe está errado, não quero conhecer uma nova cidade, um outro templo ou uma atração turística.*

Mas quando abaixa o vidro da janela, sente o cheiro do mar.

– Foi aqui que...

– Sim.

Gabe entra numa rua pequena e dirige até o final, onde estaciona o carro. Saltam e andam rumo ao barulho das ondas.

Passam entre duas lojas e lá está o mar imenso, calmo e azul. Chegam a um caminho à beira da praia, que se expande nas duas direções.

– Me lembro disso.

– Essa direção vai para a cidade – diz Gabe, apontando para a esquerda. – A outra para o bangalô onde ficamos.

– Vamos para aquele restaurante.
– La Taverna.
– Sim.

Jamie se lembra de todos os detalhes do restaurante. Lembra-se de correrem na chuva para a mesa dentro do balé. Dessa vez, escolhem uma mesa com um ombrelone, apesar de o céu estar límpido. Lembra-se do garçom que falou sobre a sessão de meditação interrompida pelas bombas. Lembra-se da invenção de Audrey e Cary, seres fantásticos que rodopiaram na pista de dança. Hoje, não há banda, só a gravação de uma música popular balinesa que faz Jamie pensar em cachoeiras.

– E você? – ela pergunta quando se sentam. – Como foi voltar à sua vida depois do atentado?

Os dois estão bebendo vinho branco. A mesa fica de frente para o mar, e como é meio-dia, já podem ver alguns dos turistas corajosos o bastante para virem a Bali. Bem diferente da praia quase deserta nos dias seguintes ao atentado. Agora, algumas pessoas nadam no mar raso, outras se sentam nas espreguiçadeiras, lendo ou dormindo. Uma mulher loura e o filho pequeno fazem uma enorme montanha de areia e, enquanto Jamie os observa, a montanha se transforma numa tartaruga. Há um movimento constante de pessoas que caminham entre a praia e o restaurante, a maioria jovens balineses em pequenos grupos ou em pares. Um casal de adolescentes anda de mãos dadas, seus ombros batendo um no outro enquanto caminham.

– Eu me apaixonei por você – diz Gabe, tão de repente, que Jamie prende a respiração. – No início, pensei que fosse pela experiência que compartilhamos. Ninguém mais entenderia o que a gente passou. Mas não, era você. Me dei conta disso naquela última noite, quando fizemos amor.

Jamie lembra-se do sorriso em seus lábios enquanto dormia.

– Então eu fugi – ela diz, com a voz baixa.

– Não sabia como perder algo que tinha acabado de encontrar. Nada me parecia familiar no mundo, exceto você. E você desapareceu.

– Gabe, eu sinto tanto. – Jamie quer pressionar os dedos em seus lábios. Não fale mais nada. Eu entendo.

O garçom traz um carpaccio de atum e uma salada de laranja e hortelã. Eles o esperam encher de novo os copos de vinho.

– Voltei para Ubud depois que você partiu. Recomecei minhas aulas. Vivi minha vida mais intensamente depois daquela semana. Mas quando te vi em frente à escola, fiquei chocado. Tinha imaginado esse momento tantas vezes, e em todas as minhas fantasias eu agia mais como Cary Grant do que Gabe Winters. – Sorri para Jamie. – Gabe Winters se virou e foi embora.

– Então é o Cary Grant que está sentado ao meu lado?

– Há alguns dias, na feira da escola, me apaixonei por uma moça no alto de um mastro – diz Gabe, seu rosto brilhando. – Este sou eu.

Ela o observa por alguns instantes. Deveria saber o que dizer. Mas talvez já tenham dito palavras demais. Pensa na camiseta de Dewi: CALA A BOCA E ME BEIJA. Agora tem um sorriso bobo no rosto, e não quer tentar explicá-lo. Olha para o mar.

O menino termina de esculpir sua tartaruga de areia e sobe em cima dela, como se quisesse levá-la para o mar. Com um grito de alegria, dá um pulo e a tartaruga desmorona com seu peso. O rosto do menino se transforma e ele começa a chorar.

Jamie olha para Gabe. Ele parece esperar que ela diga alguma coisa.

– Imaginei muitas vezes como seria sua vida – ela comenta.

– É uma vida calma.

Jamie toma um gole de vinho e olha para a comida – está lindamente servida nos pratos, mas, mesmo assim, não conseguiria comer nada.

– Você tem se sentido feliz?

– Algumas vezes. Gosto do meu trabalho. E adoro meu *joglo* na montanha. Ele combina comigo perfeitamente.

– Que bom.

O garçom se aproxima da mesa e pergunta:

– Está tudo bem?

– Sim – ambos respondem e pegam os garfos. Jamie come um pedaço de atum; Gabe pega a travessa de salada de laranja. O garçom vai para outra mesa.

– A gente nem se conhece – diz Jamie, com um ar tímido.

– Nos conhecemos muito bem.

– Pensei que estaria morando em Paris com uma namorada bonita.

– Sabíamos o que aconteceria se sentássemos num restaurante.

– Preciso de vinho.

– Preciso de comida – diz Gabe com uma risada. – Podemos dividir?

Jamie estende a mão para a salada de laranja e Gabe para o atum, e seus garfos se chocam.

– Desculpe – dizem ao mesmo tempo.

– Não se preocupe. Trabalhei uns três meses como garçom quando era adolescente. Acho que consigo dar um jeito nisso.

Ele troca os pratos e os dois comem em silêncio.

– Quer trocar de novo? – Gabe pergunta depois de um tempo.

– Não. Você perdeu – diz Jamie enquanto devora as laranjas.

Gabe põe a mão em cima da dela.

– Por que não me procurou depois da cerimônia? – pergunta Jamie.

– Andei pelo parque inteiro à sua procura. Pensei que tivesse ido embora logo depois.

– Eu também te procurei. E quando consegui o seu telefone com Theo, liguei...

– Eu sei. – Gabe olha para o prato. – Não atendi. Queria te ver pessoalmente. Não queria que fosse só um telefonema rápido.

O garçom vem retirar os pratos. Serve mais vinho e vai embora.

– É uma da tarde e já estou meio tonta – sussurra Jamie.

– Nunca me senti tão lúcido.

– Vou respirar um segundo.

Levanta-se e olha em torno, subitamente precisando se mexer.

– Você se importa...

– Os banheiros são atrás do bar.

– Não, preciso pôr meus pés na água.

– Podemos andar na praia depois de pagar a conta.

– Eu já volto. Vão ser só alguns minutos.

Jamie se afasta da mesa. Há um fluxo de barulho – crianças gritando na piscina do outro lado do restaurante, um homem berrando para que alguém o espere, o canto dos pássaros, a quebrada das ondas na rebentação. Ficou tão envolvida no mundo deles dois, que não tinha ouvido nada até agora.

Tira os sapatos e deixa-os embaixo da mesa.

– Posso ajudá-la, senhorita? – pergunta o garçom ao seu lado.

– Não, obrigada.

Começa a andar em direção à praia, desviando-se dos pequenos grupos de pessoas. Passa ao redor das espreguiçadeiras, das toalhas de praia e da tartaruga de areia esmagada. Sente o calor forte do sol nos ombros.

Duas crianças bem pequenas brincam na arrebentação. A mãe está sentada na areia, as ondas suaves deslizando por suas pernas e então voltando para o mar.

Jamie levanta a saia. Fica surpresa com a temperatura morna da água – meu Deus, em uma semana em Bali não tomou banho de mar nenhuma vez. Adora o mar.

Quando a água chega à altura dos joelhos, para de andar e olha para trás. Gabe está sentado na mesa do restaurante, observando-a. Parece preocupado. Será que pensa que ela continuaria a andar e não voltaria mais?

Manda um beijo para ele.

Depois mergulha na próxima onda. A água a envolve e, num rápido instante, sente seu coração expandir. Quer tirar as roupas – a blusa e a saia grudam-se em seu corpo como algas. Porém está em Bali e não é mais uma adolescente. Adora o impulso, adora a alegria que a leva a furar onda após onda.

Quando chega num trecho de águas tranquilas, levanta-se. A água cobre seus ombros e, devagar, gira o corpo. Um menino a olha com curiosidade enquanto anda na água; ela sorri para o garoto. Em seguida, ele mergulha. Jamie olha para a praia e vê Gabe parado perto da rebentação.

– Vem! – grita Jamie.

Ele sorri.

– Está perfeita – ela diz.

Gabe tira os sapatos e a camisa. Puxa a carteira do bolso detrás da calça, enrolou-a na camisa e deixa tudo na areia. Depois corre para o mar e mergulha na primeira onda.

Quando emerge ao lado de Jamie, a expressão em seu rosto é de profunda alegria. Gabe a abraça, ela o beija, sentindo o gosto do sal, do sol e da suavidade de seus lábios.

* * *

Jamie fica surpresa ao ver que nada mudou na casa. As portas francesas, os sofás brancos, o piso de teca escura, os preguiçosos ventiladores de teto. Vai até ao quarto, precisa checar se sua memória está certa. Sim, a cama é verde, as paredes são verdes. Sua caverna verde. Sim, não há mais nada além da cama e de um pequeno banco de teca. Não há nada nas paredes. Não tinha tirado todos os detalhes da decoração apenas para se lembrar com facilidade. É um quarto verde simples. Um quarto onde se curar.

Colocaram as roupas molhadas na máquina de secar de Billy. Jamie tem outras roupas na mala, mas Gabe só tem o jeans molhado. Agora, estão enrolados em grandes toalhas verde-limão.

Não falaram sobre a decisão de visitar a casa. Simplesmente terminaram de nadar, deixaram algum dinheiro na mesa do restaurante e seguiram em direção ao bangalô de Billy. Gabe tinha a chave da porta vermelha. Andaram descalços pelo jardim e Jamie surpreendeu-se com a abundância de lírios brancos no lago. A estátua da deusa estava rodeada de glicínias. E as buganvílias enfeitavam o telhado de sapê do balé.

– Entre – disse Gabe. Quando se virou, viu que ele abrira todas as portas francesas e, assim, a pequena casa parecia fazer parte do jardim.

Agora estão parados na porta do quarto, ambos um pouco trêmulos. Nenhum dos dois conseguia dizer "entre".

– Adoro esse bangalô – diz Jamie.

– Você pode ficar aqui alguns dias. Billy, o dono, vai passar um mês na Inglaterra. Posso usar o bangalô o quanto eu quiser.

– Quantas horas a gente tem até precisarmos sair para o aeroporto?

– Duas horas.

– Pensei que ficaria com muito medo de voltar a essa casa. Mas não sinto medo nenhum.

– Você estava com medo de sair dela. Esse foi um bom lugar para nós.

Jamie se aproxima dele e começam a se beijar de novo. Agora, o gosto de sal do mar já desapareceu.

– Venha para a cama – diz Gabe.

– Sim.

Jamie joga a toalha no chão e deita-se no lençol verde. Está nua e Gabe senta-se na ponta da cama, olhando-a.

– Você é linda.

– Cheia de cicatrizes – ela responde, mostrando o braço.

Gabe passa o dedo pela cicatriz perto do cotovelo.

– Os médicos tiveram que recolocar o osso no lugar.

– Era o que eu temia.

– Nada disso tem importância.

Gabe passa o dedo na cicatriz do rosto e depois desliza os lábios sobre ela. Vê uma cicatriz em seu ombro e também a beija.

– Não me lembro dessa.

– É nova. Uma gata da vizinhança caiu de uma árvore e aterrissou no meu ombro. Tive um ataque de nervos por uns cinco minutos.

– A gata sobreviveu?

– Sim. Larson é que quase não sobreviveu. Ele estava comigo na hora.

Jamie deita-se de lado e Gabe beija suas costas.

– Você tem costas lindas. Se a gata não tivesse te arranhado, seriam perfeitas.

– Aparentemente, a perfeição não é meu dom.

Gabe deita ao seu lado.

– As suas imperfeições são maravilhosas.

– Me beije.

Seus corpos se movem juntos. A mão de Jamie segue o contorno do braço de Gabe, de suas costas, de seus ombros. Ela corre os dedos por seu cabelo. Respira fundo e sente o cheiro do mar, do sol e do perfume. Abraça-o com mais força. Sente o gosto de sal em sua pele quando passa a língua pelo seu peito. Gosta de seu tamanho, do peso de seu corpo quando se posiciona sobre ela.

– Gabe – murmura.

– Vamos recomeçar – diz Gabe, com uma voz tão suave como uma promessa.

– Meu voo.

– Shh.

Levam muito tempo conhecendo de novo seus corpos, sentindo o gosto e o cheiro de sua pele e, quando gozam juntos, levam ainda mais tempo se abraçando com força, colando a pele um no outro, eliminando qualquer espaço entre eles.

Mantêm os olhos abertos, se examinam, sussurram palavras. Sim. Por favor. Agora.

Mais tarde, Jamie beija a testa de Gabe e se solta de seu abraço.

Toma um longo banho com as loções e sprays de Billy, e depois veste as roupas limpas que pegou na mala. Quando sai do banheiro, não há sinal de Gabe.

Sente um aperto no coração. É uma idiota. Ele foi embora. É sua vingança.

*É melhor assim*, pensa, embora saiba que é mentira. *Vou chamar um táxi. É mais fácil não dizer adeus.*

Mas Gabe entra no quarto vestido com o jeans e a camiseta, os cabelos molhados penteados para trás.

– Tem um chuveiro no jardim.

Ela se aproxima e o abraça longamente, embora parte dela já esteja se despedindo.

– Você poderia ficar.

– Não posso.

Estão a caminho do aeroporto. A mão de Gabe repousa na coxa de Jamie, a mão dela sobre a sua.

Passam por anúncios oferecendo bangalôs, condomínios e resorts. A rua está cheia de lojas que vendem móveis de teca, budas de pedra e telhas de cerâmica. O sol já se põe no horizonte, e os carros arrastam-se pela estrada. Jamie não para de olhar o relógio.

– Ainda temos muito tempo – diz Gabe.

*Essa é a parte feia de Bali*, ela pensa. O rio está cheio de lixo, as ruas destruídas por empreendimentos em excesso e pela necessidade geral de se tirar vantagem. Um homem com uma perna de pau pede dinheiro à beira da estrada. Quando o carro para perto dele, Jamie sente seu cheiro, e o carro demora minutos demais para ultrapassá-lo.

É difícil imaginar que a pouco tempo dali há a incrível beleza dos penhascos à beira-mar de Bali, das florestas exóticas, dos arrozais verde-esmeralda.

– Minha irmã, Molly, acabou de ter um bebê. Ela tem 44 anos, e depois do atentado decidiu que não queria mais esperar o amor entrar em sua vida. Então, foi a um banco de esperma em Boston e escolheu um cara com bons genes. Agora tem um menino incrível. Ele parece um pouco com Ethan.

Jamie olha para Gabe, mas a expressão dele é de alegria.

– Foi uma ótima decisão. Amo esse bebê. Adoro ver a felicidade da Molly.

– É um pouco como a reencarnação – diz Jamie. – A oportunidade de uma segunda vida, sem a fatalidade da morte.

– Diria que é a versão americana da reencarnação. Queremos ter uma segunda oportunidade nesta vida, não na próxima.

– Fico feliz por sua irmã.

– Passei duas semanas com eles no mês passado. Alugamos uma casa em Cape. Prometi que voltaria logo. – A palma de sua mão aperta a coxa de Jamie. – Posso parar em São Francisco no caminho.

Jamie pensa em casa. Talvez consiga ter uma casa sua em Berkeley. Precisa de uma casa para o cachorro que vai adotar. Tem Larson para cuidar, mas logo – embora ainda se recuse a pensar nessa hipótese – ele iria embora de sua vida. Precisará de um lar.

Uma nova imagem preenche sua mente. Está na porta de sua nova casa, um bangalô minúsculo nas colinas de Berkeley – pode praticamente vê-lo agora, como se estivesse totalmente realizado em sua imaginação. Gabe anda até ela, descendo um caminho ladeado por flores silvestres. Só há espaço para ele ali, abrindo caminho em meio à profusão de cores. Seu cachorro – que se parece até demais com TukTuk – corre em sua direção, e Gabe se abaixa para acariciar seu pelo. Quando olha para ela, seu rosto está iluminado.

*Bem-vindo*, ela diz. E acrescenta mais uma palavra. *Lar. Bem-vindo ao lar.*

– Em que você está pensando? – Gabe pergunta.

Jamie sabe o que deveria dizer: *Venha me visitar. Fique alguns dias comigo*. Porém não consegue encontrar palavras. Quer mais dele; quer tudo dele. E, em alguns minutos, ela vai perdê-lo.

– Ano passado não tivemos o momento de despedida. Agora estou me preparando para ele.

Saem do carro, mas continuam no mesmo lugar. As pessoas passam por eles às pressas, dizendo nervosamente "Até logo", "Estou atrasado!", "Obrigado por tudo". Uma mulher choraminga enquanto a filha corre para o aeroporto. Um autofalante anuncia mensagens truncadas. A distância, ouve-se um trovão.

– Eu posso deixar o carro aqui. Posso entrar no aeroporto agora e comprar uma passagem para São Francisco.

Passa os dedos pelo cabelo de Jamie e ela vê sua tatuagem, seu pássaro procurando um lugar onde pousar.

– Você gosta de cachorros?

– Adoro – diz com um sorriso.

Ela inclina o rosto e o beija.

# AGRADECIMENTOS

Muitas pessoas ajudaram-me ao longo da pesquisa e da escrita de *Paradise*. Em primeiro lugar, gostaria de agradecer à minha fabulosa editora, Jen Smith, por seu trabalho incansável, guiando-me a cada etapa da elaboração deste livro. Jen tem o dom de realizar seu trabalho primoroso com inteligência e elegância. É um privilégio trabalhar com ela.

Minha agente, Sally Wofford-Girand, faz milagres. Sally vende livros, negocia direitos autorais no exterior e direitos de adaptação para o cinema e, em seu tempo livre, oferece-me sua percepção intuitiva, seu estímulo e confiança. Sally, você é o meu rochedo.

Às vezes, penso que sou a escritora mais feliz do mercado editorial, porque a Ballantine envolveu-me em seus braços e permitiu que eu fizesse parte de seu time de escritores. Jane Von Mehren, você é extraordinária.

Obrigada também a Gina Watchel, Leigh Marchant, Cindy Murray, Susan Corcoran, Hannah Elman, Maggie Oberrender e à minha equipe de heróis na Ballantine e na Random House.

Diversas pessoas leram as primeiras versões do livro e ajudaram a mim e aos meus personagens a descobrir um caminho em meio à escuridão. Teria sido impossível realizar esse trabalho sem a ajuda de todas elas. Agradeço a Elizabeth Stark, Rosemary Graham, Nina Schuyler, Lalita Tademy, Antonya Nelson, Amanda Eyre Ward, Nick Taylor, Melissa Sarver, Boris Fishman, Kelli Fillingim e Neal Rothman.

Passei um mês em Bali fazendo pesquisas para *Paradise* (o melhor trabalho de pesquisa que um escritor poderia sonhar!). Conheci diversas pessoas que abriram as portas para que eu entrasse. Meus agradecimentos sinceros aos meus novos amigos em Bali: Sarah Laight, Alice Dill, Wayan Suka, Carolyn Kenwrick, William Ingram, Andrea e Nyoman Phillips, Patrick e Jenny Scott, Janet De Neefe, Daniel Aaron, Patti Bollen, Rupert Skinner em La Taverna, Howard Klein no adorável Desa Seni Resort e as mulheres do Bali Book Club. Rucina Ballinger, que mora em Bali há muitos anos, leu o livro e corrigiu imprecisões sobre o país e o povo. Muito obrigada por esse trabalho, Rucina. Se houver erros quanto a Bali, sua cultura e história, a culpa é minha. Mindy Goodman, da Mountain Travel Sobek, compartilhou seu conhecimento profundo de Bali e de seu povo comigo.

Agradeço em especial à Organization IKIP (Yayasan Kemanusiaan Ibu Pertiwi), fundada depois do atentado de 2002, uma homenagem viva aos 222 mortos e 446 feridos, vítimas das explosões das duas bombas. Sri Damayanti (Ida) acompanhou-me nas inúmeras visitas às vítimas, viúvas e viúvos do atentado terrorista de 2002. Muito obrigada aos extraordinários sobreviventes, viúvas e viúvos que compartilharam suas histórias comigo.

Gostaria de agradecer a Lily Hamrick pela sugestão do título do livro e a Vicky Mlyniec pelas quintas-feiras no café, quando escrevia estas páginas.

Agradeço à Foundation La Napoule pelo presente de cinco semanas de hospedagem dedicadas exclusivamente a escrever. Terminei *Paradise* quando estava hospedada no Château La Napoule.

Por fim, não poderia escrever uma única palavra sem a infusão diária de amor e apoio de Neal, Gillian e Sophie.

| | |
|---|---|
| 1ª edição | *março de 2014* |
| impressão | *Assahi* |
| papel de miolo | *Lux cream 70g/m²* |
| papel de capa | *Cartão supremo 250g/m²* |
| tipografia | *Minion Pro* |